寻骨谜踪

HONEOTOMURAU

[日] 宇佐美真琴 著

温雪亮 译

台海出版社

U0587066

◇ 千本櫻文庫 ◇

文库，原本是指收纳书物的仓库和书库，也指收纳书与记事簿，以及不常用物品的小箱子。以前者为例，京滨急行线的"金泽文库站"就是以前镰仓时代北条氏用来收藏汉书用的，"金泽文库"名字的由来便是如此。东京都的世田谷区也存在着收集着珍贵汉书的"静嘉堂文库"。后者则更多地被称为"手文库"。

江户时代以来，可以放入袖袄的小开本书籍逐渐流行起来，被称为"袖珍本"。明治三十六年（1903年），富山房发行了小开本的丛书，起名"袖珍名著文库"。随后，明治四十四年（1911年），讲述战国时代的猿飞佐助和雾隐才藏系列故事的讲谈社"立川文库"发行出版。讲谈是日本民间艺术，以口语化的方式讲述历史故事的形式。而"立川文库"则是将讲谈收录成册集中出版的丛书，据统计，当时刊行量为200册左右。从那时起，文库就脱离了原本的释意，逐渐演变成了现在的类书集丛。

文库的说法借鉴了日本出版业界的传统说法。而千本樱源自日本奈良县吉野山樱花盛开的奇景，世人皆称"一目千本樱"来形容樱花美景。千本樱文库的纳入作品皆为日系作品，题材包括推理、悬疑、幻想、青春、文化等类型，正如千本樱满山盛开的绝景。

现代日本，以"文库"命名刊行的丛书系列有200种以上，所谓"文库本"只不过是统称而已。日本传统的"文库本"常用的是 A6 尺寸的 148mm×105mm，也叫"A6 判"。千本樱文库的所有书籍将在"文库本"的基础上提升，达到 148mm×210mm 的开本标准。追求还原的前提下，力图带给读者更清晰的阅读体验。

　　悬疑推理小说中对人性的描写正是这类小说的看点之一，而本作的作者宇佐美真琴正是以善于细致地刻画人性的阴暗面而闻名。本作《寻骨谜踪》作为一部群像悬疑小说，以一起"遗骨谜案"为线索，向我们讲述了数个坎坷的人生故事。本作的主人公们在解开"遗骨谜案"的过程中，逐渐获得了对抗残酷命运的勇气，读来备受鼓舞。正如文中说的那样"这个世界远没有我们想象得那么糟糕"，提醒我们，即便身处阴霾之中，也不要自暴自弃，只要心中还有希望，奇迹定会降临。

千本樱文库编辑部

MULTI-NEW ROUTES OF MYSTERIES

推理的多元新航路

如今，推理已经成为全世界都非常热衷的娱乐元素，冠以推理概念的动漫作品、影视作品、游戏作品更是层出不穷。

随着这些娱乐形式深入到生活的方方面面，作为原生土壤的推理小说却日益被边缘化。为了适应不同时代读者的需求，推理小说也会进行相应调整。因此，世界各国的推理小说都在探索新的内容与形式。

不同的时代会涌现不同风格的文学作品，推理小说也无法脱离时代背景。在经济全球化愈演愈烈的现在，推理也在多元化的大航海中不断开辟着新的航路。所以，我们不仅要挖掘深埋于历史中的名作，也要竭力推广优秀的新作品。

从某种角度来说，奖项和销量是衡量一部作品的重要指标，获奖作品与畅销作品也代表着所处时代的文化趋势。但是，任何时代都有很多充满创作热情的作者，他们的作品或许没能满足当时市场的需求，却同样富有个性与魅力。

"推理的多元新航路"旨在敢为人先，在发现、传播新人佳作，为推理文化注入活力的同时，我们也想将埋藏于历史的杰出作品，传递给热爱推理文化的读者。宛如大航海时代一样，这些作品联结古今文化，让我们共享推理盛宴。

千本樱文库

寻

骨

谜

踪

目 录 CONTENTS

河堤中发现人骨

　　18日，据通报，有人在市内赤根川河堤（替出镇）的泥土中发现了人骨。前日河川涨水使得河堤的地面发生大面积的坍塌，从中发现了类似于人骨的物体。警方在调查后判定，该物体为理科教学或医疗机关中充当教具或模型的骨骼标本，而且埋了有数十年之久，可又是何人出于何种目的将其埋在了此地，目前仍不得而知。这起引发热议的"弃骨事件"让警方也困惑不已。

　　地洞之中既潮湿又阴暗。不仅是洞中，连周遭的地上部分也铺满了寒气逼人的腐叶。天空看起来十分遥远，森林中密密层层的树木遮天蔽日，让人有种置身于万丈深渊的孤独感。

　　"我为什么会在这种地方？"

　　这个问题他已经在梦中思考了很多次。与此同时，刚翻开的黑土还散发着强烈的味道。

　　丰在洞中盘腿而坐，腿上还放着某种物体。他双手将其抱住，缓缓往下看去。那是一个圆滚滚的白色物体——

　　——头盖骨！

　　那两个空洞的眼窝正直勾勾地盯着丰。

　　他不禁大叫起来，并将手中的东西扔了出去。滚落在地的头盖骨

1

仍死死地盯着他。丰挣扎着想要从洞中逃出去，可脆弱的土壤却逐渐开始坍塌，弄脏了他胡乱摆动的手脚。

"是谁？是谁杀了我？"

头盖骨开口说道。

丰拼命地用手扒着垮塌下来的泥土，并将其盖在了头盖骨上。某人苍白的亡骸就这样逐渐消失在土中。即便如此，它的声音仍然自土中传来。

"是谁？是谁杀了我？"

丰疯了似的继续往上面泼土。

"你应该知道吧？"

丰发出了连他自己都不曾听过的嘶哑叫声。

"你应该知道吧？"

"你应该知道吧？"

如坏掉的磁带般不带丝毫感情的声音，反反复复地从土中传来。

"你应该知道吧？"

丰在黑暗中睁开眼睛，确认自己正躺在自己房间的被子里后，这才松了一口气。

自从看了那则报道后，丰一直都会被同一个噩梦所困扰。

只有知晓真相，才能逃离这一噩梦。

"我真的有接受这一真相的觉悟吗？"

面对自己的提问，丰再次战栗不已。

一 哲平之章

"咱们以前不是埋过骨头吗？"

"嗯？你说什么？"

哲平用肩膀夹住手机，往马克杯里倒入了咖啡。一旁的朱里打开了榨汁机的开关，随即产生的声响让哲平皱起了眉头。朱里佯装不知，继续往里面塞着苹果还有油菜。于是哲平便大踏步地逃进了自己的书房。

"忘了吗？我们以前不是去扔过骨头吗，然后还挖了个洞——"

"你在说些什么啊？"

"就是小学五年级的时候——"

桌上的资料堆积如山，哲平小心翼翼地避开这些资料，将马克杯放在桌上后便扑通一声坐在了高背安乐椅上。

"我说，丰。这么长时间了，你才想起来联系我，就为了跟我回忆童年？我现在可要去公司上班了。"

"你几点下班？"

"你要干什么？"

"有工作。我马上就到东京。"

"啊？是吗？"

哲平向后仰去，这位中年男子的肥硕身躯就这样靠在了椅子上。这把意大利产的高背安乐椅是他为了追求舒适度而特意买的。

"谁打来的？"

哲平回到餐厅，朱里正一边享用着看起来十分浓厚的蔬菜汁，一边向他问道。

"本多丰。就是跟我在同一所小学和初中念书的那位。"

"是吗？"

可以听出来，朱里对此事并不感兴趣。

"他正在来东京的路上。我们定好了今晚见一面。"

"这样啊。"

虽说事出突然，但好巧不巧之前约在今晚的聚餐取消了，正好有时间和丰见上一面。

"我今晚可能会晚点回来。"

"嗯。"

朱里喝完蔬菜汁，并迅速吃完一小块牛角面包后，就坐在了客厅的沙发上。她靠在靠枕上，拿起扣在沙发上的单行本开始了阅读。

"下个月的杂志昨天已经校对完了。今天下午我要去一趟摄影棚，所以你晚点回来也没关系。"

哲平的女友是时尚杂志的编辑。今天要出席摄影棚的模特拍摄活动。哲平一边隔着餐厅的桌子看着朱里，一边慢悠悠地喝着咖啡。朱里是个书虫，一有时间就会看书。当他们决定住在一起的时候，朱里带到这间公寓的藏书多得惊人。据她所说，这还是她处理了一半的书后所剩下来的。

其实朱里最希望在出版社的文艺部门工作。只可惜事与愿违，最终她被安排去做营销和杂志的编辑。由于双方的工作作息都没有规律，以至于很少有机会在一起吃饭。朱里做饭的手艺并不差，但只有在休息日心情好的时候，她才会亲自下厨。四十岁的哲平和三十岁的朱里一直保持着同居关系，但他们二人目前并没有结婚。对此哲平并没有什么不满，反倒还挺享受这种关系。

"怎么了？"

朱里似乎察觉到哲平的视线，于是她移开眼前的书，朝哲平那边看了过去。

"没什么，我在想，你又在看那个作家的书了。"

朱里轻轻一笑，却并没有回答他，然后继续埋头看着书。

这本让她读得如此入迷的书出自一位名叫宇佐美真琴的作家。这位作家的作品从恐怖色彩浓厚的小说到悬疑、奇幻小说都有涉及。哲平很难接受这些类型的作品，而且他根本就不喜欢看小说。读书的话，他看的多是些与工作有关的工具书，以及跟经济或是政治有关的书籍。听说前不久，宇佐美真琴好像拿了个什么大奖，但哲平对此毫无兴趣。只是因为朱里很喜欢看她的书，他才知道了这位作家的名字。

哲平从朱里身上学到了很多知识。比如做人要有贪婪的求知欲，要以恭敬的态度来工作（哪怕不感兴趣也要做下去），就算失败也不气馁，但也不能逞强蛮干，要张弛有度。

不过最让哲平欣赏的，还是她那种不拘泥于结婚这一固有观念的生活态度吧。他们二人从开始同居到现在已经过了四年，可双方始终没有开口提过结婚的事。哲平甚至断定，对于为了实现自己的梦想而将全身心都投入工作的朱里来说，这种生活方式也许再合适不过了。而且朱里似乎也很讨厌被周围的人反复问到"为什么不结婚呢"这样的问题。

可就在最近，他总觉得朱里开始有些在意这一问题了。从她的样子可以看出，与其说是希望结婚，不如说她只是在担心错过最佳的生育年龄。哲平则装作没看出来的样子。就目前的生活来说，他们并没有多余精力去养儿育女。跟自己相比，恐怕朱里要更加为难吧？如果有了孩子，工作就会受到限制，不能再像现在这样从事辛苦的工作了。编辑的工作，特别是和时尚杂志有关的工作，相当耗费体力。熬夜进行编辑以及校对的工作也都是家常便饭，而且她还要和摄影师、模特、造型师、作家、设计师进行协商。虽然繁多的编辑会议和策划会议让她忙得不可开交，但她认为这些都是值得的。

这些工作经历终将会为她的职业生涯添彩，让她能够去心仪的部门工作。哲平认为她并不想为了生孩子而舍弃这一切，于是便做了一个灵活的决定，在她果断地放弃这些之前，不再向她提及此事。

迅速在卧室换好了衣服的哲平对朱里说道："那我出门了。"朱里暂且放下书，并抬头朝他轻轻地挥了挥手，但很快又沉浸在书中的文字里。于是哲平就这样离开了家。

他朝着车站走去。这里作为滨水城市有着美丽的人文风景，吸引了许多年轻家庭来到这里生活。有几位母亲正推着婴儿车走在路上，也许是刚送完孩子去上幼儿园，正在回家吧。这时，运河那边吹来了一阵令人感到舒适的风。虽说是租的房子，但也能在新建的公寓里体会到幸福的滋味。

早高峰后，哲平在摇晃的电车里回想起丰刚才说的话：

"咱们以前不是埋过骨头吗？"

他正纳闷丰为什么会冷不丁儿地问自己这个问题——

此时他终于明白了这句话的意思。哲平小时候生活在位于四国[1]正中心的田园地区，他曾在那个被他遗忘了许久的替出镇度过了自己的童年。清风拂过广袤无垠的稻田，青葱的稻叶随风摇曳，这幅已然消逝的画面不知不觉便浮现于脑海之中。

替出镇这个地名虽说还保留着，可如今整个小镇已经变成市里的体育公园。市民球场、橄榄球场、体育馆、市游泳馆、网球场，还有自行车赛车场也都直接搬到了这里。为了使原本分散在市内各个地方的设施全都集中在一个地方，一望无际尽是田地的替出镇便成了首选之地。于是，在市政府收购了这里的土地后，当地居民便不得不搬到镇外去住。哲平的父母如今也住在其他城镇。

哲平曾拜访过一次故乡的小镇，那里的景色早已发生翻天覆地的变化。矗立在此地的市民球场看起来就像一个从天而降的巨大UFO。

我们确实埋过骨头。

哲平回想起当年参加过那场小型冒险的每一位同伴。提议的人是佐藤真实子，应该说每次都是她。在那个年代，女孩子要比男孩子更加成熟可靠。还有京香，真实子的好朋友，她们总是形影不离。一直以来最赞同真实子想出来的计划或提议的人就是水野京香。

除了丰和哲平外，还有一位名叫田口正一的男生。因为他的名字

---

1 四国是构成日本列岛的四大主要岛屿（北海道、本州、九州、四国）之一，由德岛县、香川县、爱媛县和高知县及其周边的附属岛屿组成。——译者注

仅由横与竖的笔画组成，所以外号叫作四角[1]。人如其名，他是个不知变通的人，只要认定了一件事就会头也不回地做到底。他们四人曾经按照真实子的计划，将骨头分开装在各自的登山包里，然后便朝着深山进发了。

那些骨头其实是真实子从理科教室里偷出来的骨骼标本。哲平的记忆开始逐渐苏醒。此事发生的三个月前，学校开展了一次科学公开课。市教育委员会和其他学校的教师们会前来观摩这次授课。这节课需要用到骨骼标本来教授关于人体的知识。为了捉弄不招人喜欢的班主任老师，真实子将骨骼标本给偷了出来。这个女孩该说她胆子大呢，还是说她想法奇特呢，竟能面不改色地做出这种事来。

真实子不知如何处理这些骨骼标本，于是便拜托小伙伴们跟她一起将其扔到远处。这种时候她仍能展现出一种不容分说的强势。当时丰还怯懦地表示他并不想成为盗窃者的帮凶。虽然他嘴上不同意，但最后还是在真实子这位童年玩伴的强烈要求下放弃了抵抗。

哲平已经记不得标本埋在了哪里。他只记得是坐巴士去的，但不确定是在哪站下的车。毕竟这已经是将近三十年前的事了。即便如此，他之所以还能记得背着骨头，沿着山路，深入森林，挖下深坑，埋下骨头的行为，也许是因为那次冒险对于小学生来说实在是太过荒诞了吧。这一切都是拜真实子所赐。

记得真实子还将此事称之为"祭奠遗骨"仪式。也只有比同龄人更加成熟的真实子，才能取得出这种煞有介事的名字。

---

1 日语中的"四角"除了有"四角形"的意思外，还可以形容一个人很死板，不知变通。——译者注

不过是将理科教室的骨骼标本给埋起来了而已，可事到如今丰为何又要旧事重提呢？

想到这里的哲平从电车中走了下来。

哲平走进一栋人来人往，而且镶满玻璃的高层建筑。出示完挂在脖子上的ID卡后，他便乘电梯一口气来到了二十二层。哲平在一家顶尖广告代理公司担任活动策划人，负责策划和举办各种展会、研讨会、音乐会、宣传会活动。

"早上好，大泽先生。"

哲平刚来到办公桌前，戒田佐纪便走了过来。

"您今天有一个客户需要见一下……"

"啊，几点来着？"

"下午两点半开始。"

"那我可能没有时间。我下午约好了要去检查活动会场。客户有什么问题吗？"

"是关于预算的一些事。"

戒田将此事告知了哲平，原来是昨天很晚的时候，顾客提出了要求较为细致的订单。哲平一一点头确认，认为这些要求应该可以达成。现在的他正忙于四个月后将要举行的大型美食节。

"那我得在见客户之前，再做一份满足对方要求的预算书。会场检查工作就交给谷本吧。"

"好的。"

戒田迅速回到了自己的位置上。哲平的团队个个都是能干的人才，很多事务都可以放心交给他们去做。活动策划人需要负责很多工作，比如与活动相关的信息收集、宣传册的制作、音响和照明、包括美术效果在内的会场布置，此外，宣传和通知也是十分重要的工作。处理大小问题的同时，空无一物的地方也逐渐展现出活动会场应有的样子。按照制造商或自治体等各种客户团体的要求，举办好活动并得到夸奖时，可以获得一种无以言表的成就感。

哲平身为队伍的领导人，要负责管理预算、遴选工作人员、调整日程表、对外下单等各种事务，总之一旦企划开始了，他就会忙到不可开交。要想创造出新颖的企划，就得经常锤炼感性能力，充分发挥自身的想象力。虽然工作很困难，但他认为为之付出是值得的。因此，直至今日，哲平对组建家庭都没有什么兴趣。正因如此，哲平才乐意与朱里保持现在的这种生活状态。

和丰约好的时间是下午七点半。在此之前，哲平决定先把工作处理好。

结果哲平比预定的时间晚到二十多分钟，然而等着他的丰却看起来十分悠闲。

"抱歉。"

他边道歉边坐了下来，看到丰只点了水喝，便在心中苦笑了起来。也没征询他的意见，很快便象征性地点好了餐。

"来看你姐姐的？"

问完，对方轻轻点了点头。丰的姐姐结婚之后就住在千叶县。丰偶尔会去拜访他姐姐，所以每隔几年，就会像今天这样和哲平在东京见面。如今与哲平还保持联系的老乡只有丰一个人。自从搬离替出镇后，当地人也就各奔东西了。

"不过，这次有些不同。"

丰说他的父亲会到他姐姐家去住，他是陪父亲一起过来的。

"是吗，这样也好，总比两个男人住在一起要强。"

二人干了一杯，哲平喝的是生啤酒，不胜酒力的丰喝的则是乌龙茶。

丰的母亲几年前亡故后，只剩下单身的丰和父亲两人一起生活。父子俩的关系原本就不好。二人最开始产生分歧是在丰年轻的时候，当时他想娶一名女性，而父亲却坚决不同意。主要是因为对方已经结过一次婚，而且还有一个年幼的儿子。丰的父亲作为一名高中校长，性格十分顽固，他绝对不能接受这样的女人。

一开始还尝试从中调和的母亲，最终也屈服于冥顽不化的父亲，结果丰只得放弃了这门婚事。这件事使得此前一直在地方银行上班的丰丧失了工作的动力，于是他辞去了这份工作。后来，他选择成为一名家具木匠。在一家位于岐阜县的木工学校学到了制作家具的基本知识后，便回到四国，成立了自己的工作室。

于是丰便在自己的工作室里，踏踏实实地做着自己想做的东西。做出来的东西会放在网上去卖，但这终究不是一份挣钱的工作。丰似乎早就不在乎赚不赚钱，他只想花时间去做自己满意的东西。尽管会有顾客评价他做事认真，但这样的顾客终归是非常有限的。

这一点也引起了他父亲的不满。在父亲的眼中，丰就像一个人生输家。这些事情哲平也略有耳闻。丰的母亲死后，哲平心里便知道这一天迟早会来。

"也就是说，你可以一个人舒舒服服地过日子了吧。"

听到哲平半开玩笑的话后，丰尴尬地笑了一下。

"话说，你怎么突然提起了咱们以前干的那件事？"

哲平觉得这也不是什么值得一提的事，于是便若无其事地问道。听完这话，丰将身体往前一倾。

"不，事情没那么简单。"

丰从皮包中取出剪报，一声不吭地将其递给了哲平。

"河堤中发现人骨"的标题冲进了哲平的视野。他被吓了一跳，然后继续读了下去。这则报道说，流经哲平他们老家替出镇的那条一级河流——赤根川水位上涨，使得河堤发生了垮塌，有人在那里发现了零散的人骨。但经过详细调查后发现，那其实并不是真的人骨，而是被某人遗弃的骨骼标本。看这内容，很像是地方报纸上的头条新闻。

哲平抬起头看向丰。"这是怎么一回事"，这几个字仿佛就写在了哲平脸上，于是丰便开口说道：

"我想这会不会是咱们当年埋的那些骨骼标本。"

"是被真实子偷出来的那些标本吗？"

哲平再次搜寻起自己以往的记忆。

哲平当年的班主任姓木下，他经常摆出一副高高在上的姿态，心情不好时就会大声斥责学生，因此学生们对他的评价相当恶劣。当年就是这个木下负责讲授科学课的公开课。那节课好像要讲人体的结构。总而言之，骨骼标本对那节课来说至关重要。

因为有大人物前来听课，所以木下打起了十二分的精神。为了上好这节课，还认真地做了准备工作。他似乎非常高兴自己的班级能参加这次公开课（话虽如此，哲平他们上的那所小学里一个年级也只有三个班），而同班的真实子却很是讨厌。木下多次要求孩子们做出认真学习的样子并守好规矩。如果没做好，木下就会发火，然后拿学生们撒气。

也不知木下哪儿来的自信，坚信自己要比别人优秀。一旦事情进展不顺，自以为是的他就会归咎于他人。都四十好几的人了，从不自我反省，只会一个劲儿地固执己见。学生们也经常受其牵连。他在教师当中也不受人待见。

于是真实子心生一计，打算让傲慢的木下栽一次跟头。

公开课的前一天，真实子磨磨蹭蹭地留在了学校。看到班主任离开后，她便悄悄潜入科学准备室，将骨骼标本给偷了出来。事后真实子说她用大号的运动背包将标本带了出来。那套骨骼标本很是精致。虽说这并不是为了公开课而特意购置的，但记得木下曾得意地说过："在小学教学中使用这套骨骼标本也太奢侈了，它对人体骨骼的还原度可是相当高的。"

也许是出于这个原因，学校的这套标本一直被收在木箱里。

所以直到公开课开始前，木下也没有注意到标本被人偷了。盗窃一事，完全是真实子自作主张，就连哲平他们也并不知情。

哲平至今都忘不了刚开始上课时，木下装模作样地打开木箱，看到里面空空如也时的那张脸。当时的哲平一下就理解了什么叫"像挨了竹枪的鸽子一样目瞪口呆[1]"。

1　日语中的惯用语，形容十分吃惊的样子。——译者注

木下的脸先是变得通红，然后变得煞白。意识到发生了教学事故后，学生们都使劲儿地憋住不笑。至于后续，哲平已经想不起来了，只知道最后也没能找到嫌疑人。直到事发后的第三个月，真实子才向哲平等人坦白了此事。

"不过，报道里的骨骼标本应该不是当年的东西吧？毕竟那些标本——"

已经被他们埋到了遥远的深山之中，哲平本想这么说却没能说完。

"我想说——"丰打断了哲平的话，"也许那并不是什么骨骼标本。"

"什么？怎么回事？"

"也就是说——"丰犹豫了一会儿，但还是下定决心一口气说出来。

"那会不会是真的人骨呢？"

哲平先是惊讶得张大了嘴，然后便忍不住笑了出来。

"怎么可能呢？！"

然而，丰却看起来一本正经的样子。

"那套骨骼标本里的头盖骨，不是真实子她装在自己包里带过去的吗？埋之前我还拿在手里仔细看过。"

"然后呢？"

"嗯。然后——我就觉得瘆得慌。"

哲平拍着大腿笑了起来。

"你这家伙。"

"这件事是一个月前报道出来的，然后我就一直在琢磨。"

比起骨头的事，哲平更担心丰的精神状态，毕竟以前他就想得太多。父子二人的争吵和对生活的焦虑终有一天还是让丰精神崩溃了。丰没有理会哲平的想法，并继续激动地说道：

"真实子会不会是为了处理人骨，才特意把骨骼标本给偷了出来？会不会是她先把标本埋在了河堤，然后又让我们一起把真正的人骨埋在远处？"

"丰，我都说是你想多了。"

可丰却完全听不进去。

"你看，说不定哪天就像这次河堤被水流冲垮一样，原本埋在地下的东西又重见天日。埋在镇内也不行，那里早就决定要建体育公园，迟早会开工动土的。所以真实子需要把骨头埋在很远的地方，以至于谁都不能发现。"

"于是她就借助了我们的力量？"

哲平觉得此事十分荒唐，而面对他的提问，丰却深深地点了点头。

"那些骨头有些分量，真实子一个人是搬不过去的。"

哲平在脑海中搜索着关于被真实子说成是骨骼标本的那些骨头的记忆。她曾说那些东西在她家院子里埋过一阵子。所以那些骨头都被土给弄脏了，即便如此，看起来却仍然很干净。白白净净，没有异味，也没有肉附着在上面。所以当真实子找他们帮忙的时候，他们并没有产生怀疑。

"我说丰，你没事吧？"哲平终于还是说出了这句话，"好，那我问你，为什么真实子会有真正的人骨呢？"

被如此问到的丰无力地摇了摇头。哲平已经不想再继续这个无聊的话题了。

"你去问真实子不就好了？这样一来，什么问题都能水落石出，你也不必再为这些乱七八糟的事所烦恼了。"

哲平特意将事情说得很简单，但丰却再次摇了摇头。

"我并不知道真实子现在在哪里。"

据说在建设体育公园的时候，她全家就搬到远方的城镇去住了，之后便杳无音信。于是哲平深深地叹了一口气。

"真的吗？你和真实子关系不是很好吗？她以前还经常去你家玩吧？"

"她不是来找我，而是来找我父亲借书的。小学图书室的书她已经看腻了，于是就想读我父亲手上那些难读懂的书。父亲也很高兴，并一次次地借书给她，还表扬真实子有求知欲。"

"对啊。你父亲是高中老师，肯定有很多书。"

说到这里，哲平也想了起来。自己去丰家玩的时候，确实见过真实子把似乎很难懂的书从书架上抽出来，然后便一屁股坐在地上，不再理睬他们。或许是因为父亲很欣赏这位少女身上的钻劲儿，所以才会允许她随意翻阅书籍。

丰继续说道：

"另外，在埋那些骨头的时候，真实子好像还对骨头说了些什么，是在吟唱咒语吧。我当时还挺纳闷儿，这仪式还弄得挺神秘的呢。可能是说给某个死人听的吧。"

"还有这事？我都已经忘了。"

哲平敷衍了一句。此时的他已经没有了食欲。

"你今天打算怎么办？"

丰回答说他今晚就住胶囊酒店，明天再回四国。父亲搬走后，家里也只剩下他一个人，虽说离替出镇不远，但一想到这位孤独的中年男子日后的生活，哲平心里便不是滋味。想了一会儿后，他拿出手机，给朱里发了条信息。很快便收到了回信。

"我说，丰，今晚你就住在我家吧。现在和我同居的那位，就喜欢这种悬疑故事。"

丰一脸吃惊地看着他的这位老朋友。

回到公寓已经是晚上十点多了。离店没多久居酒屋便打烊了。朱里说她也才刚到家。

"请进。"

没换下正装的朱里看起来气势逼人，被吓到的丰呆呆地站在玄关。

"我都不知道哲平你结婚了。"

"不，我们没有结婚，只不过是在一起生活罢了。"

听完哲平的话，丰越发感到吃惊。这种男女关系在乡下很少见，想必丰一时还难以理解吧。一一解释也很麻烦，于是哲平便推着他的后背说道："好了，快进来，快进来。"

朱里也明白，简单地自我介绍后，便去自己的房间换了套衣服出来。

"怎么办，你们要吃东西吗？我是吃过晚饭再回来的。"

哲平说他们也是吃完才回来的，不过朱里还是迅速准备了两三个小菜，以及几罐啤酒。丰说："我不能喝酒，真是不好意思。"于是

18

朱里又准备了热茶。

"我还是先回房间吧，你们两个聊。"

"不，有件很有意思的事想让你也听一听。"

"是吗？什么事？"

"关于骨头被调包的事。"

哲平简单地描述了丰的疑问。朱里则两眼放光地回答道："噢哦，是吗？确实很有意思呢。"

和预想的一样，朱里对此事很感兴趣。

"对吧？是你喜欢的话题吧？"

哲平放心地说道。相比在居酒屋听朋友讲这些荒唐事，还是两个人在家里一起听他讲更有趣。

"为了作弄班主任，竟然把骨骼标本给偷了出来。那个佐藤真实子究竟是个什么样的孩子呀？"

"是个奇怪的人。"回答的同时，哲平还将目光移到丰的身上，像是在催促他表示赞同。

"不像个小学生。"

"是的。她虽然看起来老老实实的，但其实头脑聪明，很擅长随机应变，除此之外她还很孤傲，和其他的女孩子根本玩不到一块儿。"

丰畏畏缩缩地补充道：

"那家伙很会用比喻来批判他人。"

"是啊，我真是佩服她。"

"比如'像薄窗户纸一样贫嘴薄舌的家伙''跟恐龙一样块头大

脑子小¹'之类的。"

"形容得可真够犀利。这么尖锐、这么毒舌的话哪是小孩能说出来的。"

"只有她真实子才能做到。"

"毕竟她是个会取外号的天才。"

"当时有个长得胖墩墩的邻居老大爷，他的脸也圆鼓鼓的，可他却剪了个平头。于是她给老大爷取了个外号叫'前方后圆坟²'"

朱里噗的一声笑了出来。

"对了，丰，你还记得那个居委会会长大爷吗？他说话像含了块热萝卜一样吐字不清，而且拐弯抹角地说个没完没了，大家都烦死他了。真实子背地里说他是'怎么也脱不了模的布丁'。她还说，听完居委会会长那滔滔不绝的讲话后，真想痛痛快快地吃一顿顺顺畅畅地从容器里滑出来的布丁。"

朱里大声笑了起来。很久没见她这样笑过了。最近，她因为工作繁忙而显得有些疲劳。

"原来不是还有个姓吉野的大爷吗，他总是闯进别人家里说个不停，所以他的外号就叫作'滑瓢'。据说滑瓢这种妖怪会在忙碌的傍晚时分溜进别人家中索要茶水和香烟。不过我并不知道这回事，都是真实子告诉我的。"

---

1 科学家在重建恐龙大脑后发现，它们的大脑其实很小，某种体型类似于狐狸的恐龙，其大脑甚至只有豌豆粒大小。——译者注

2 前方后圆坟是日本的一种古坟样式，由圆形的主要部分以及方形的突出部分组成。——译者注

"真实子可真是博学啊。"

朱里甚至笑出了泪水，她一边擦着眼睛一边如此感叹道。

"吉野大爷还经常带着老伴儿去真实子家里。他老伴儿上了岁数，却还画着很浓的妆，所以被真实子叫作'涂壁[1]'。"

"好一对妖怪夫妇。"

"哈哈，我不行了！"

朱里弯着身子大笑，笑完后还止不住地喘息。

"顺便说一句，她给木下取的外号叫'My Way男'。因为他经常自我陶醉，根本不把周围的人放在眼里。他自恋的时候，脑海中就会大声播放弗兰克·辛纳屈的 *My Way*[2]。"

"她怎么可以想到这么贴切的外号，不敢相信她当时只是一个小学生。"

"所以我刚才不也这么说吗？"

不过，真实子只会对哲平他们说这些事。如果她能在班上的同学面前说出这些事的话，应该会成为人气王吧？但她对此并不感兴趣。在坚持自我的这一点上，她跟木下是一样的。

真实子在学校很少开口说话，她总是在看书。她异常乐观，就像个小大人似的，不过她从不出风头。可想而知她并不喜欢引人注目。虽说她的成绩并没有很优秀，但却聪明伶俐、足智多谋，而且还有着

---

1 涂壁是日本九州北部地区流传的一种妖怪。据说它会像一堵看不见墙一样阻挡走夜路的人。——译者注

2 这是一首著名的英文流行歌曲，创作于二十世纪六十年代。"My Way"意为"走自己的路"。——译者注

敏锐的洞察力。同学们也很佩服她，可她的朋友却少之又少，给人一种难以接近的感觉。除了童年玩伴以外，恐怕其他人都将她视为怪人吧。

"小京是真实子的忠实信徒。不管什么时候，她总是像个跟屁虫一样跟在真实子的身后。"

"你们几个男生是因为陪她去埋过骨头，所以才成了她的跟班吗？"朱里尖锐地说道。

"我们毕竟是从小就在一起玩的邻居。"

哲平对丰使了一个眼色，就像在对他说"我说得没错吧"。好不容易冷静下来的丰对哲平点了点头。他们五个人曾经住在位于赤根川河堤下方的小村落里。那里有一望无际的田园风光，有神社和喷涌而出的地下泉水、广袤的杂木林、长长的河堤，还有零零散散的房屋。

哲平不禁想到，他已经没法再回到那里了，也没机会向朱里展示自己的故乡了。在都市的中心努力工作的他虽然很享受这种优雅的生活，但他认为自己的根也许还在那个小镇上。

直至今日，哲平都没有想过这些。从四国而来的丰唤起了哲平儿时的回忆，他仔细地品味着这些回忆：将脚伸进清澈流水时的冰凉触感、闪耀着金色光芒的夕阳时分、被太阳烤得热气腾腾的青草、顺着风从河堤跑下去的快感，还有无缘无故放声大笑的丰、四角和自己。

京香她们的身影也开始清晰地浮现于脑海之中。她们正站在细长的水渠旁，看着这几个傻里傻气的男孩。

"好，那我们就试着推理一下吧。"

朱里的声音将哲平拉回了现实。她拿起罐装啤酒喝了一大口。

"假如那些是真正的人骨，那它们是哪儿来的呢？换句话说，是谁死了呢？"

哲平偷偷看了眼丰的侧脸，发现他正在咽口水。哲平心想：糟糕，这家伙的神经质该不会进一步恶化了吧。

朱里则若无其事地继续说道：

"你们觉得是谁死了呢？试着想一想吧。为什么非要把骨头带到那么远的地方去扔掉不可？会不会是你们身边的人？一切都是为了掩盖此人突然的死亡。此事背后应该存在很复杂的利害关系。"

"我说，你推理小说看多了吧，搞得神秘兮……"

"不过，通常情况下，小学生是不会做出杀人这种行为的。"

朱里完全无视了哲平的讲话。

"是啊，通常情况下，一个小学生也不会想到把人骨遗弃在那种地方。"

哲平放弃抵抗，并试着半开玩笑地如此说道。

"会不会是受人之托？"

哲平瞥了丰一眼，发现他已经完全被朱里给带跑偏了。

"会是谁呢？家里人？我想应该不会。没有人会让一个小孩子去做这种事吧？会不会是和她关系亲近的人？"

"京香？不会吧？那家伙可是很期待那次'弃骨之旅'的。她深信自己装在背包里的东西就是骨骼标本。"

三人暂时陷入了沉默。这种毫无结果的讨论要持续到什么时候呢？哲平看了眼挂在墙上的时钟。丰也跟着往墙上看去，不过他似乎并不在意时间，他的目光正游离于虚空之中。

"说到跟真实子关系好的人，那就是德田先生了吧？"

丰如此回答道，不过他的声音听起来并不自信。看来他是在试图排除一个个可能性。

"啊，是那对喜欢小孩子的老大爷老婆婆吗？是啊，真实子家跟他们家离得很近，所以她经常会去串门儿。"

哲平想起了那对看起来很和善的圆脸老夫妇。他们那样的人是不可能杀人的。朱里的推理到这里便走进了死胡同。丰应该也察觉到是自己在胡思乱想了吧？不论怎么想，那些东西也只不过是真实子偷出来的骨骼标本罢了。哲平认为，还是先弄清那些被埋在河堤的骨头是怎么回事，要更加省事吧，但丰却在他开口之前说道：

"德田先生原本不是替出镇的居民。他在咱们出生前，买下了这里的房子，然后从县内的其他地方搬了过来。"

"你知道得还挺多。"

"我父亲当时不是民生委员嘛。德田先生搬进他买下的那栋老房子时，我父亲好像还帮了不少忙。"

确实如此。丰的父亲是一名教师，他在大家的请求下担任了多年的民生委员。学校的工作本就繁忙，不过只要居民有什么问题，丰的父亲二话不说便会前去帮忙。此时，一个骑着老旧的自行车，在小镇中来回穿梭的身影浮现在哲平的脑海中。

有时，丰会坐在自行车后面，戴着棒球帽的他会紧紧地抱住父亲的后背，父子二人还会在河堤上玩投球游戏。这个人很在乎自己的那位独生子。很难想象他们二人的关系竟然会发展到今天这个地步。

"老大爷名叫恒夫，老婆婆名叫邦枝。恒夫先生已经因癌症而去世了吧？"

"是啊。那时他的身体似乎相当不好。真实子很是担心，好像还向我们叮嘱了很多事。可到头来——"

"他是什么时候去世的？"

"很遗憾，是在我们扔掉骨头之后过了很久才去世的。应该是在小学六年级的暑假前举办的葬礼。"

"嗯。我们当时都参加了葬礼。"

德田夫妇没有孩子。邦枝阿姨也许很受打击，但实际上，邦枝阿姨并没有因此而气馁，反倒顺利地操办好了葬礼。长年患病的丈夫，终于从病痛中解脱，这让她松了口气吧。

"我记得琴美姐当时哭得非常厉害。"

哲平的脑海中再次浮现出零碎的记忆。丰受惊般地睁大了双眼。

"琴美姐？"

朱里立刻追问道。

"她住在河堤下面，挺漂亮的。我当时还挺喜欢她的。"

"是吗？毕竟是个成熟女性，这也难怪。"

朱里以一种试探性的、戏弄般的眼神看着哲平。哲平心想自己说错话了。不过那个年纪的男孩不论是谁都会如此吧。琴美那时二十五岁左右，和母亲生活在一起。她之所以会哭成那样，想必是因为德田夫妇很照顾她吧。话说，她跟真实子之间的关系也是亲如姐妹。

"总之，真实子身边，就没有什么突然消失，或是给她提供人骨的人。"

从哲平的话可以听出，他已经想结束这个话题了。

"说得也是。如此充满戏剧性的事件是不会发生在现实当中的。"朱里看起来有些失望地回答道。

"你还是在宇佐美真琴所描绘的世界里去追求恐怖与惊悚吧。"

哲平试着去赞扬她非常喜欢且一直挂在嘴边的那位作家，可她只是耸了耸肩。然后朱里便站了起来，开始收拾桌子上的东西。虽说丰还是一脸无法接受的样子，但还是礼貌地低头说道："抱歉，我不该说那些奇怪的话。"

"话说回来，我记得当时好像有人掉进河里淹死了。"

哲平之所以会说这话，是因为他觉得丰有些可怜。

朱里停下了手中的活。

"就是那个人，那个被真实子取了个外号叫作'都市鼠叔'的大叔，他也是替出镇的居民。对了，他叫什么名字来着？"

"你是说崎山先生吗？"

记得那是在德田先生去世前一年的冬末发生的事。当时正逢大雨时节，崎山先生应该是在从琴美家回来的路上，跌落至水渠才丧命的。低气压导致当时下了很大的雨。赤根川水位大涨，变成了一条汹涌的浊流。即便是平常水流平缓的水渠，也上升到可以将人给淹没的危险水位。

真实子之所以会给他取"都市鼠叔"这个外号，也许是因为崎山这个家伙身材短小，为人极不安分。不仅爱打听人家的家长里短，而且还会摆出一副高高在上看不起对方的态度。就像一只瞧不起乡下老鼠的都市老鼠。

真实子讨厌他经常进出琴美姐的家，讨厌他喜欢插嘴说些无聊的话来取乐。听说崎山是琴美已故父亲的堂兄弟。哲平隐约记得，琴美那位身体不太好的母亲，经常对着崎山低三下四地行礼。

崎山有非常不好的传闻，听说这个人在非法放贷，而且还通过欺诈的方式骗过人。

真是不可思议，关于遥远故乡的事情，哲平早就忘记了。与老朋友的闲聊间，竟然能很轻松地回忆起以前的事情。

"水渠与赤根川合流之后，遗体就被冲到了下游，导致一时间无法找到遗体。"

"欸？那么……"

"可惜。"哲平一句话打破了朱里的期待，"虽说这件事发生在我们扔骨头之前，但崎山先生的遗体已经找到了。所以那并不是他的骨头。"

哲平觉得自己很奇怪，他竟然会毫无违和感地参与这场离奇古怪的会话，难不成自己在朱里的影响下也中了宇佐美真琴的毒？

"话说回来，你们经历的事够多的。真好啊。而我的青春早就被学校、学习和补习班给终结了。"

朱里一边如此说道，一边麻利地将桌子收拾好了。

朱里进了里屋，然后又回到客厅，将全新的毛巾递给了丰，请他先去洗澡。诚惶诚恐的丰，在朱里的指引下，向位于走廊尽头的浴室走去。丰还是有些不好意思，不停地向哲平道谢。哲平则鼓励他道：

"我说，丰。忘掉那些事吧。无论是真实子的去处，还是事件的真相都已经不得而知。你就不要再考虑这些无聊的事了。从现在开始，就好好考虑自己的人生吧。"

其实本轮不到自己来讲这种大道理。丰回复完一句"嗯"后，便走进浴室。但在关门前，丰又喃喃道：

"我觉得那就是男性的头盖骨。身体的骨骼也非常粗壮。"

他在哲平的面前关上了门。

"这家伙是不是有什么事瞒着我？"哲平不禁如此想。他是不是已经知道真实子所埋骨头的由来，以及到底是谁杀死了谁？他可能是因为不确定自己的推理是否正确，所以才想跟别人讨论一下的。于是他便来到了曾经的朋友身边，但他没有勇气说出自己的想法，这些事真有这么难以启齿吗？

哲平在浴室门前陷入了沉思。

哲平与朱里上床的时候，已经是十二点多了。

"非常抱歉，我突然把朋友带回家里。"

"没事，我也很开心。"

朱里笑着说道。其实朱里曾多次带朋友回来过，她的妹妹就在家里住过，哲平这回则是第一次。哲平不愿意把私生活暴露给他人，而且他在东京也没有关系好到这个地步的朋友。

这么一想，童年玩伴真是不可思议。数年不曾见一面，一旦见面，一下子就能回到儿时的那种友好关系。儿时建立的关系真的无论过了多久都能保存下来吗？假设和真实子见面了，我们还会像以前那样，被她随心所欲的行为耍得团团转吗？

真实子是个瘦瘦高高、皮肤有些黑，且不好相处的少女。她超然脱俗，从不趋炎附势，不过有时会有一些古怪的想法，然后不顾后果地横冲直撞。他们这四位从小一起成长的邻居经常会被她卷入这些麻烦之中。

那次真实子让他们帮忙处理她偷来的骨头就是其中最离奇的事件。不知为何，他们最后都没能拒绝她提出的事情。这位面相贫寒的少女具有不可思议的吸引力。也不能说是被她控制了，就是觉得自己只要按她说的去做就行了，实际上还挺开心的。她真是个不可思议的人。

"看到你的表情，我觉得我都快不认识你了。"朱里将下巴贴在哲平的肩膀上说道，"原来你也有童年啊。"

"你在说什么呢？当然有了。"

"可你从未对我说过这些事吧？"

"是吗？"

"其实，那些骨头是真是假都无所谓，能看到哲平你带朋友回家，并且跟他聊得热火朝天，我就放心了。"

"什么跟什么啊？"

哲平睡不着，于是便对朱里讲述替出镇是个什么样的地方、自己小时候是个什么样的孩子、玩过什么样的游戏，以及自己跟兄弟与朋友之间的关系如何。并不是自己不愿再回想过去的事情，只不过是觉得城镇已经消失，而且也没有人再住在那里，所有的一切都已经不复存在了。确切地说，那里的一切并未完全消失，至少在过去那个时候是存在的。

故乡季节的颜色，要比城市更加浓厚。孩子们能敏锐地察觉到夏秋两季交替的瞬间。暑假结束的一刹那，孩子们所主宰的王国就会一并消失。吹来的风中会夹杂着不知来自何处的硬物，被风吹动的草地泛起绿色的波浪。孩子们立于波浪之上，他们手持捕虫网，等待着透明翅膀在夕阳下闪闪发光的蜻蜓在此飞过。孩子们屏息凝视，然后唰的一下迅速挥动捕虫网。他们无须追赶，只要横向挥动即可。因为胜负在挥动捕虫网的那一瞬间便已确定。

若是能捕捉到无霸勾蜓，那个人就是当日的胜者。

"这很有武士道精神啊。"

朱里觉得很有趣。

"夏季结束的时候有一个仪式，就是跳入赤根川最深的河段。"

这事要是对大人说了，肯定会被骂。所以哲平他们选择隐瞒。赤根川有一个巨大的弯曲处，在那片深水区，填满了可怕的蓝黑色河水。

"在那片河流上有一块巨大的岩石，我们就是从那上面往下跳的。岩石到水面的距离有三米，不对，有四米。这种事在小学里只有高年级的男生才能做到。"

——只有小孩子才会在测试胆量的时候觉得开心。

真实子就是这样贬低那个仪式的。她还是老样子，不苟言笑。

哲平心想：实际上那个地方的高度可能只有两米左右。即便如此，自己站在岩石上的时候腿也在颤抖。深水区的水冷得都快结冰了。哲平觉得自己就像是被河水拉进去一样，不断地沉入水中，即便拼命地划动手脚，可水面还是离得很远。

有数秒的时间，哲平感觉死亡距离自己仅一步之遥——

虽说很害怕，但他们还是跳下去好多次去体会这样的感觉。夏天就这样悄然无声地离开了，就这样抛下了身体冰凉、气喘吁吁的少年们。

朱里则不知在何时就呼呼地睡着了。

第二天早上，朱里难得做了顿日式早餐。

"不好意思，家里没有食材了，只好用现成的东西做了点吃的。"

玉子烧、拌青菜和味噌汤。以及不知道是谁送来的土特产——腌茄子。

"没有的事，这已经很丰盛了。很久没吃过这样的早餐了。"

丰非常感动，然后便津津有味地品尝着刚出锅的米饭。哲平还有朱里看到丰这个样子，也围坐在餐桌旁。他们知道丰昨天晚上就想知道他们为什么不结婚。也看得出他在纠结该不该提出这种不礼貌的问题。

"我们觉得现在这种状态最好了。"

丰吃惊地停下筷子。

"说白了就是，我们都有各自的工作，都有各自要去做的事。正因为我们清楚这些，所以不想被结婚这种形式所束缚。"

"这样啊。"

丰不太好意思说出自己理解不了这种事，他沉默不语，继续咀嚼着口中的食物。哲平想到，朱里应该想要说些什么，但她也选择了沉默。

"丰，你是不是也该考虑一下结婚了？"

"我还没有对象呢。"

"你对前女友不还念念不忘，要不你再重新考虑一下她？毕竟你现在已经和父亲分开住了。"

"不，没这回事，没这回事。"

说到这里，丰慌忙摇着头。看来还是不要再提这个话题为好。

丰连声说着好吃、好吃。

"只是些粗茶淡饭罢了，你这么一说让我怪不好意思的。"

朱里有些难为情地说道。

"没有，两个男人生活在一起确实挺凄惨的。毕竟以前家事都是母亲在处理，她去世后，我也就不跟父亲说话了。"

可以想象得到他家的餐桌有多么冷清。

"那你父亲今天早上是不是能吃到你姐姐亲手做的早饭了？"

"是啊，大姐很擅长做饭，孩子们也在，肯定很热闹吧。"

丰说，她姐姐家有一个刚上班的儿子，还有一个正在上大学的女儿。

"她年纪很大了吧？"

"是的，我和大姐相差八岁。"

"那她和我家二哥一样大。在我家里，我和大哥相差十岁。"

"这样啊！"

朱里吃惊地插嘴说道。

"我以前没跟你说过吗？应该说过吧。"

哲平和朱里开始在一起生活后，虽说把这件事告诉给了父母，但他并没有带朱里回过老家，也没有把她介绍给家里人。哲平认为，能避免这种麻烦事也是如今这种同居方式所带来的额外福利。

听丰说，他姐姐和她大学的学长结婚了。男方在一家很有名的证券公司工作，经常被调动到全国各地的主要城市去工作，据说如今好像在千叶县安家落户了。既然能把妻子的父亲接过来住，想必他家在空间和经济实力上都很富裕吧。哲平心想，和这个姐夫一比，丰可能会觉得自己很没面子。

说到这，哲平也谈论起自家兄弟的事。他的大哥在当地的农协工作，二哥则继承了妻子娘家的运输公司，如今住在广岛。朱里正饶有兴趣地听着他们的对话。哲平没有告诉她，他大哥曾狠狠地训斥过他："你不要再这样混日子了，赶紧给我结婚吧！"

朱里匆匆忙忙地去上班后，哲平便收拾起碗筷。他将这些餐具放入洗碗机，然后按下了开关。虽然这是再正常不过的举动，但这让丰有些难为情。没想到哲平会亲自做这些事，丰还在犹豫要不要帮忙，但哲平很快就收拾好了。

哲平提出要送丰去新宿交通总站坐高速巴士。

"没事，不用麻烦了。虽说我是乡下人，但我还是知道怎么去新宿的。"

丰坚持拒绝了哲平的提议。

"不麻烦。正好今天中午要去那边见客户。本来要回公司一趟，但我跟公司打了招呼，所以可以直接过去了。"

即便哲平这样说，丰还是觉得不好意思。但在哲平的催促下，他们二人还是一同离开了公寓。

哲平久违的在早高峰时段坐着摇晃的电车来到了新宿。在开往四国方向的巴士到来之前，还有一个多小时的空闲时间。丰说可以一个人等车，让哲平先去忙工作。由于还没有到约定好的见面时间，哲平便带他走进了车站内的一家咖啡厅。

在满是客人进出的店里，他们坐在了店内最靠里的位置上。丰有些沉不住气，并向四处张望。

朱里出门之后，丰就说要去拜访京香还有四角。

丰这么在意真实子带来的那些骨头的来历吗？哲平感到有些吃惊。从公寓出来后，丰依旧对这件事念念不忘。哲平认为，不能就这样让他回去。如果他有什么顾虑的话，自己愿意听他讲述。然后等他消除完心中的顾虑后，再让他回乡下。毕竟不能让他一个人带着烦恼，闷闷不乐地生活下去。

哲平若无其事地问道："你把以前的事给翻出来，又能怎样呢？"

"不，不是这个意思，我是想让这件事情彻底结束。"丰看着一脸不放心的哲平说道，"当我把父亲送到姐姐家，开始尝试一个人生活，在考虑今后该怎么办的时候，我才发现自己没有任何想做的事。"

"制作家具呢？你不是还有工作室吗？"

"话是这么说。是啊，我做木匠活的时候确实很开心，可以说是心无旁骛。"

"那你就——"

"我打算暂时关掉工作室，虽说这样做对不起那些已经下了单的客户。"

哲平心想，这个家伙已经丧失了人生的目标。不过，何为人生的目标？连他自己也没有明确的人生目标。自己虽然在东京努力打拼到如今的地位，但他觉得自己只不过是一直专注于眼前的工作，然后就走到了今天这个地步。他努力过了。与朱里一同生活以后，他们二人都在努力实现自我的价值，并且为此感到满足。二人没有结婚，也没有要孩子，而是想尝试一种新的家庭模式。

但这样真的好吗？将来又该何去何从呢？周围的人真的会觉得他是个人生赢家吗？话说这样做真的有意义吗？他自己又能得到些什么？到最后，自己可能只会成为一个自我满足、俗不可耐的男人吧？

是丰让自己产生了这些焦虑，这让哲平有些生气。

"丰，你太天真了。"

哲平一不小心便说出了这句话。丰毫不动摇地承认了他说的话。

"你说得对，我就是太天真了，是个无可救药的男人。"

随后丰又对坐在自己对面的哲平讲述了自己是如何的天真。

丰说，自己年轻时想跟一位在风俗店工作的女人生活在一起。第一次见面时，面对只点了一杯乌龙茶的丰，那个女人显示出一脸嫌弃的样子。她告诉丰，自己是将三岁孩子交给母亲照看，然后再出来工作的。因为丰经常光顾那家店，二人很快便成了男女朋友。从此丰便沉迷于那个女人无法自拔。

"这事说来也很羞耻，初惠的肉体让我着了迷。那时我就觉得非这个女人不可了，我已经无法明辨是非了。"

丰说他觉得这个女人既坚强又很不幸，他想帮助她。

哲平想笑却没有笑。也只有丰这样的人还能如此纯情了。他忽然回想起当年在跳入赤根川深水区前，众人凝视着脚下并大口做着深呼吸时的情景。

"我打算跟她结婚，却遭到父亲的强烈反对。我坚决地表明了我的态度。那个时候，初惠已经怀了我的孩子。如果他不同意，我甚至会跟她私奔。"

"但是这种事并没有发生吧？"

因为初惠流产了。

"本应出生的孩子最后却死了，这对女性而言想必是个沉重的打击吧？初惠很快就变得萎靡不振。不论怎么抱她，都没有原来的感觉了。渐渐地，我感觉自己就像在抱着一个冰冷的死人。"

之后，初惠便从丰的面前消失了。虽然丰四处寻找并最终找到了她的住处，但无论如何也无法让她回心转意。

"所以你就开始怨恨你的父亲了吗？"

丰轻轻一笑，但仍可以隐约从他脸上窥见悲伤之情。

"是啊。我觉得，不，是一直觉得，如果他当时答应我们结婚，我、初惠、她的孩子，还有我的孩子，说不定早就过上无忧无虑的生活了。父亲也知道我一直都是这么想的。"

丰再次笑着说道，事情哪会这么顺利呢。

"刚才你问我是否对初惠还恋恋不舍，我说没有。那是真的。虽说我舍弃了有关初惠的一切，但我对没能帮到她的自己感到失望。于是在很长一段时间里，我把由此而产生的感情转移到了父亲身上。这样做能让我更好受些。

"当父亲决定搬到姐姐家去住的时候，我拜访了初惠家。"丰说道。他不打算做任何事，只不过是在意那个没能被自己拯救的女人现在过得怎么样。

丰看到了初惠正与一男子同居生活。

听说初惠，与丰分开后，经历了第二次结婚与离婚，之后初惠在男女关系上就变得很随意。她的第一个孩子交给了母亲抚养，之后她又生了两个孩子，这两个孩子的父亲都不是同一个人。

"在我看来，她的生活变成这样，全都是我的错。所以我打算向初惠道歉，结果——"

丰碰了一鼻子灰。那个女人曾经是那么风光，可最终还是被生活击垮了。最后，她如今的丈夫，一个不务正业的人，甚至出面威胁起了丰。

"啊，真是够了。你这家伙也太天真了吧。"

"没错，你说得没错。如果真实子在这里，估计会对我说'你找块豆腐一头撞死算了'。"

二人总算捧腹大笑了起来。

"是啊，真实子肯定不会放过嘲讽我们的机会。"

二人暂且陷入了沉默，开始回忆他们的童年时光。那时他们既没有烦恼也没有忧虑，只需考虑明天怎样玩得开心。

"你是想寻找自我。"

说完，哲平便为这句不成熟的话而感到无话可说。

"哪有那么高大上。不过如今，本应该被咱们扔掉的骨骼标本，却七零八落地出现在河堤下。我觉得，这或许是一种信号。"

"得知事件的真相后，你就能再次面对人生了吗？"

"不会吧。不过，我确实需要一个契机。"

丰低下头，喝了一口手中的咖啡。其实他算是人生输家，就在前不久，哲平还瞧不起自己眼前的这个男人。但不知为何，他又开始牵挂起了丰。

哲平仿佛在这家伙的脚下看到了什么，是夏末深水区的深渊巨口吗?

哲平迫切地想再一次跳进那条河里,再一次体验那些少年们的庄严仪式——从深水处游向水面,然后再次回到阳光明媚的世界中。每次进行这项游戏时,都有种重获新生的感觉。

"你知道京香和四角在哪吗?"

"嗯。京香嫁到了邻市。男方是县议会议员,他家祖祖辈辈都是政治家。现如今,她也变成了议员夫人。如果能见到京香,或许可以从她那儿打听到真实子的下落。"

"是吗?"

"还有,四角现在住在东北,宫城县的东松岛市。"

"宫城县?"

"是的。那个家伙受到东日本大地震的牵连,家里人都去世了,现在就他自己一个人生活。"

哲平哑口无言。来到东京,不对,应该说是自打从替出镇搬走后,就跟除了丰以外的童年玩伴们越来越疏远。即便曾经一起度过了那么亲密无间的时光,哲平也没有想过去获取对方的联系方式。这难道就是自己期盼的未来吗?当年的自己期盼的究竟是什么呢?哲平已经不记得了。

"我说,丰,见过大家后,你回头能告诉我他们怎么样了,以及你在意的问题是否得到解决了吗?"

哲平装作满不在乎的样子在试探丰,但他从丰的表情中,得不到任何信息。

不过之前在谈到骨骼标本的时候,哲平就能察觉到丰在担心什么。他这人一旦为了弄清某件事，就必定会采取相应的行动。

哲平突然很想知道，这个男人究竟会发现些什么呢？不过，哲平也不知道为什么自己会如此在意这种事。一开始自己只是想着去安慰丰，可如今，就连自己也陷进这个来自过去的谜团了。

"知道了，我会告诉你的。"

听到丰的回答后，哲平终于松了一口气。

"丰，今早谈论各自兄弟的时候，我想起了一件事，我不是说我大哥在农协工作吗？"

"嗯。"

"我小学五年级的时候，他就已经在农协的销售部工作了。"

哲平的大哥利彦，高中一毕业便去农协就职了。

"替出镇不是乡村吗？农协其实是个好去处。附近的人会到这里来买各种各样的东西，销售部的大哥忙得不可开交。他脾气好，还会帮人处理琐事。话虽如此，我有时也会被他叫过去帮忙。当然了，我们也去过德田先生家。"

德田家在河堤下方那片村落的最边缘处。德田家的老婆婆经常请他吃零食喝果汁。现在看来，管六十岁的人叫老婆婆是一种不礼貌的行为，但对小学生而言，那已经算是很大的年纪了。

德田家并没有水田。不过，他家老旧的房屋自带一个很大的院子和旱田。他家后面还有一个延伸至河堤的杂木林，听说那也是德田家的土地。那些土地应该是在购房时一同买下的。也许正是因为没人会购买如此不方便的地段，所以即便土地再怎么大，也卖不出高价吧。

"他们退休后的生活应该很自在吧？"

"不，我想他们并没有那种闲情雅致。恒夫先生好像在赤根川上游的木材加工厂工作，但后来就生病了。"

丰一边在脑海中搜寻着旧时的记忆，一边慢悠悠地开口说道。在地里气喘吁吁地种植蔬菜的邦枝阿姨，将二老通过网购在农协购买的肥料、消毒剂和园艺防护网送来的利彦，还有经常来他们家串门的真实子齐聚一堂。有时真实子还会坐在外廊上看书，或是跟前来串门的琴美一起聊天。

琴美叫住了前来送货的利彦还有哲平。哲平的大哥将货物放好后，便会加入众人的聊天。他一定很高兴能和琴美这样的美女聊天。她那雪白的肌肤和曼妙的身姿实在不像是出身于农村的人。又黑又亮的双眸、线条分明的双眼皮、向上卷翘的睫毛、鹅蛋般的面部轮廓，以及如流水般倾泻而下的黑发。哲平记得他大哥总是说，琴美虽然打扮得不花哨，但却是个典型的和风美女。

"她的左耳垂上不是有两颗黑痣吗？那看上去可真是迷人啊。"
大哥神魂颠倒似的说道。

"他是不是傻了？"真实子看着利彦并在心里如此想道。而坐在琴美旁边的哲平，正沉醉于琴美身上散发出的香味之中。

哲平一边在心里说着"大哥是不是傻了"，一边沉醉于琴美散发的体香中，殊不知此时的真实子也在用同样的目光看着自己。

真实子和琴美都是独生女，她们年龄相差虽大，可关系却非常好。她们彼此称对方为"小真实"和"琴姐"。

"如果你能有琴美一半的气量就好了。"这话哲平想说却又不敢对真实子说。而明察秋毫的真实子则对他严厉地说道："你该不会是有什么话想说吧？"

"还不赶快把肥料搬到储藏室里？"在真实子的催促下，坐在外廊上的哲平不得不起身前去干活。所谓的储藏室，其实只是农田旁边一个用来放置工具的地方，农户的家里通常都设有这种储藏室或者工坊。德田先生家的主屋后面，有一个集中了所有用水区域的砖瓦房。这里有以前使用的浴室和厕所，过去这类用水区域与主屋似乎都是分离的。这里用的还是旱厕和烧柴型浴室，也许是为了避免厕所的臭味和烧柴产生的火星，才设在与主屋分离的独立房屋里。

这种落后于时代的设施即便是在当年，也已经被设在主屋内使用起来更方便的现代浴室和厕所替代了。德田家的旧浴室里，水泥加固的水池和铺着马赛克瓷砖的小型浴池还十分坚固耐用，恒夫先生也说："这也没漏水，要用的话还可以接着用。"由于哲平经常帮忙往德田家里搬东西，慢慢地便熟悉了他家的构造。

利彦和哲平也不是在逞强，只是自然而然地在完成别人拜托的事。

工作结束后，作为答谢，邦枝阿姨会请他们在外廊吃西瓜。根据季节的不同，有时会吃烤红薯，有时会喝甜酒。没过多久，恒夫先生便骑着自行车下班回来了。看到大家欢聚一堂，他便扬起了嘴角。

每个人都面带笑容地看着正在斗嘴的真实子与哲平。

如此平静的生活画面在乡村里随处可见。那个时候，哲平以为这样的时光会一直持续下去。可世间万物一直都在悄无声息地发生变化，而小孩子却无法察觉到。他们相信这份和平与安宁是不会消逝的。可现如今，我们都知道这些东西其实是脆弱不堪的，这便是大人的悲哀。

"恒夫先生是什么时候患上癌症的？"

哲平小声问道，但他的声音却被店内的喧闹声所淹没，丰似乎没有听到。

"我说，丰。"哲平提高了嗓门。这时，面向窗外街景的丰才将目光转向了他。

"有件事我觉得很奇怪，不知道是不是他患病的缘故。"

哲平这次又像是在自言自语。

"丰，你还记得吗？德田先生当时把家里弄得特别脏，甚至还引发了恶臭事件。"

"有这回事？"

"是的，我想起来了。你怎么给忘了呢？"

哲平小学五年级的时候，利彦帮德田夫妇做了一件事。那是一次奇怪的委托。据说夫妇俩有个住在山上的熟人，正在卖通过陷阱捕到的野猪肉。狩猎期捕到的野猪肉经过冷冻保存，无论何时都可以买到。德田夫妇说他们想吃野猪肉火锅，于是便拜托利彦去帮他们买回来。

哲平家有一辆小货车，利彦偶尔会开车搬运与农协无关的货物，或是帮忙去买东西。不论是谁的请求他都会帮，特别是没有车的德田先生，很是信赖他。当时利彦也很爽快地答应了。

"当时，我也坐在副驾驶位上陪他一起去了。"

兄弟俩就当是去兜风，开了一个多小时的车，这才来到德田先生说的地方。

野猪肉实在是太多了。因为德田先生说他订了很多，所以利彦还特地往车上放了两个大保温箱。即便如此却还是不够用，于是又找卖家借了一个箱子。

"这得有一整头野猪的分量吧。想不明白他们为什么会买这么多的肉呢？毕竟——"

那时，恒夫先生的样子就已经变得有些奇怪了。

"恒夫得补充些营养才行，最近他都没有什么精神。"

虽然邦枝是如此说的，但不知为何，听完后让人觉得毛骨悚然。恒夫先生那憔悴的样子，应该不是一句"没什么精神"就能概括清楚的。和之前熟悉的德田夫妇相比，如今的他们让人觉得有些疯狂。

话虽如此，作为谢礼，他们还是给了哲平兄弟一块野猪肉。当天晚上，哲平一家便煮了野猪肉火锅来吃。也是从那天开始，德田夫妇变得奇怪起来。原本热衷于耕作的邦枝阿姨竟会对田地弃之不顾。记得是在五月前后，地里很快便长出了乱蓬蓬的杂草，恒夫先生也辞去了工作，不，他可能在此之前就已经辞职了。以他的身体状态来说，无论如何也不能在木材加工厂工作了。

德田先生过上了除了去医院就是醒了又睡睡了又醒的生活。后来邦枝阿姨也散漫了起来。她本是个喜好干净的人，却任由家中变得脏乱不堪。垃圾也没有好好处理，只是一味地堆在家里。虽说他们家住在村子的边缘，几乎没什么人注意到，可这也太不像样子了。不过，住在附近的真实子，还是像从前那样频繁地出入他们家。

"真实子肯定注意到了这件事。可是——总感觉她也有些奇怪。"

或许是被德田夫妇身上那种因过度的失意和疲惫，而产生的足以扰乱人心的情感所传染，真实子每次都是一脸阴沉地出入他们家。德田家昔日的生机早已被不祥与疯狂的气氛所取代。

琴美小姐出于担心而登门拜访，却被二老拒之门外。德田夫妇之前那么疼爱她，他们之间的关系还那么好。哲平曾多次看到，琴美小姐在被邦枝阿姨拒绝后独自离开的孤寂身影，他自己自然也是如此。此后，利彦也没再收到二老的委托。

"接着就发生了恶臭事件。"

"啊——"丰回应道，"对啊，我想起来了。当时闹得沸沸扬扬的，我父亲还前去查看了情况。"

丰说他父亲身为民生委员曾多次前去询问情况。

"一开始的时候，总是被他敷衍过去，并被拒之门外。父亲回来后说恒夫先生身体欠佳，他也不太好强行追问。"

"也就是说，丰你也知道了那个恶臭的来源？"

丰点了点头。哲平瞥了一眼手表，巴士还有四十分钟到。自己要在巴士到来之前结束这段过去之旅。

三个星期，不对，应该是持续了一个月之久，那股恶臭才淡了几分。似乎是自那时起，邦枝阿姨才坦白，那是扔在后院草地上的野猪肉变质后的臭味。那片草地就在德田家后面的那片杂木林里。这片土地是他们顺便买下来的，并没有特地用它来干过什么。他们放任那片杂木林肆意生长，整片土地几乎都被杂草和藤本植物所覆盖，已经到了难以落脚的地步。

"我们家也听说过这事。邦枝阿姨买了那么多的野猪肉，却一句'因为太难吃'就给扔掉了。听说此事后，我心里总觉得不是滋味。之前我们家在吃野猪肉火锅的时候，还'好吃、好吃'地赞不绝口呢。"

也许是他们的味觉也变得奇怪了吧？不对，肯定还是精神上出了问题，所以才会做出那些奇怪的行为。买了一大堆吃不完的野猪肉，没过多久就将其扔掉，这种行为实在是不正常。

后来哲平逮住了真实子，向她询问情况。她这才告诉哲平，说恒夫先生患上了癌症，已经时日无多了。哲平这才明白是怎么一回事。

"记得他们没有孩子，就夫妻两人一起生活吧？也许是患上癌症这件事让他们受到打击，所以才会这样自暴自弃吧。"

"他们好像有孩子。"

"什么？"

"德田先生好像有一个女儿。不知何时我听父亲说起过。不过，那位女儿好像小时候就因交通事故而去世了。"

"这样啊，真是可怜。"

即便如此，也不能就这样处理腐肉，不仅招苍蝇，而且卫生上也很成问题。丰的父亲曾再三提醒过，但恒夫先生却说自己没有力气去处理。到最后，还是丰的父亲在草地上挖了一个坑，将那些腐肉给埋了。野猪肉已被丢弃了一个半月，尽管那些肉被埋在土里，但臭味一时间还没法散去。丰说他父亲大汗淋漓地回到家后，身上有股难闻的味道，而且还被马蜂给蜇了。杂木林里似乎有马蜂窝，所以马蜂在林子里飞来飞去。

"你父亲真是干了件大好事啊。"

哲平说完后，只见丰露出了有气无力的微笑。

　　"如果那个时候有人能帮恒夫先生一把的话，他估计就能振作起来了。"

　　"恶臭事件结束后，恒夫先生也终于到了不得不住院的地步。但是由于他总是担心没有精神头的邦枝阿姨，就一直拖着没住院。想必邦枝阿姨也觉得他这样下去不是个办法吧。"

　　"后来还拜托我大哥去农协给他们买个东西。"

　　"买什么？"

　　"小苏打。就是商用的那种，用大容器装的小苏打。"

　　"是吗？"

　　"估计是用来打扫家中卫生的吧。毕竟他们家太脏了。除此之外，还拜托大哥带了些双氧水过去，说是这东西有杀菌的作用，能用来消毒，家里说不定也染上了那股恶臭。真实子也去帮忙了。"

　　不知是在活动身体的过程中逐渐打起了精神，还是做好了接受艰难命运的准备，一切仿佛都回归了正轨。也许是出于这一点，恒夫先生才下定了决心去住院。此后，他的病情有段时间还出现过好转，最终平静地迎来了死亡。

　　真实子也恢复了从前那种泰然自若、不怒自威的状态。之后，她又开始捉弄起班主任，恢复了她的本色。

　　"看来我们埋在山里的那个，其实只是真实子偷出来的骨骼标本而已。"

　　哲平斩钉截铁地说道，没想到这次丰竟然很老实地点着头说了声"嗯"。

　　"即便如此，你还是要去见京香和四角？"

丰依旧回答"嗯"。

"那你替我向大家问声好。"

"好的。"

就这样，哲平与丰在咖啡厅门口分别了。哲平一直目送着丰，直到他的背影消失在人群中。丰头也不回地直接朝着坐高速巴士的方向走去。

"当年那场扔骨头的小旅行真有趣。"哲平心想。

当时的那五个人傻里傻气的，却又很认真，而且还很兴奋。即便知道这一切都是真实子设计好的，仍然觉得心甘情愿。那场小旅行或许是一个与童年时代告别的契机，一个能让大家走出狭窄的世界踏上各自人生道路的契机。那时的他们对长大成人没有任何畏惧，而且比以往任何时候都要渴望长大。那同时也是他们开始远离那段幸福时光的转折点。

浑然不知的他们就这样通过了这一重要的转折点。

当年那个站在岩石之上脸色煞白的少年，会如何看待现在的自己呢？

那天晚上，哲平正抱着朱里。只要哲平有所需求，朱里一般都会满足他。她原本就是一个清心寡欲且头脑清醒的人。她不拘小节，很快就会忘记讨厌的事，并且可以迅速转换心情。她没有物欲，所以她的房间里只有最小限度的必需品。

但性爱对他们二人的生活来说是不可或缺的一部分。虽然双方都过着忙碌的生活，但他们之所以还能保持亲密的关系，靠的就是他们对这段时间的重视。它就像一个晴雨表，能够显示对方的心情还有身体状态。

哲平出生的时候，其父亲与现在的哲平一般大。当时二哥和父母年龄相差就很大，父母也觉得可能不会再有孩子了。可当母亲再次怀孕的时候，哲平的父母还有祖父母都高兴极了。后来听说当时家里其实想要一个女孩，不过生了个男孩后，父亲也很是满意。家里人都非常疼爱这个小儿子。

自己的父母一定过着随意的生活，而且也不在乎会生多少孩子。他们不会采取避孕措施，而是心怀感激地全盘接受上天的馈赠。这样的生活可以说是他们那个乡间小镇的常态。耕地、播种、仰赖来自上天的阳光与雨水、等待果实成熟。他们以这种谦虚的态度过着悠然自得的生活。

哲平的后背突然被朱里用手指戳了一下。哲平回头看向朱里，然后便钻到了她的旁边。

"继续讲故事吧。"

"什么？"

"就是那群少男少女们围绕骨头展开的冒险，我还等着听结局呢。"

"没问题。不过故事并没有结束，还有后续呢。"

"别吊我胃口啊。"

哲平将自己与丰分别时所说的话全都告诉了朱里。她没有插嘴，并认真地听到了最后。

"啊，真的好羡慕啊。"

"羡慕什么？"

"羡慕你能有一个如此激动人心、满是谜团的童年。"

"不过，那个小镇已经不存在了，如今也没有人住在那里了。"

朱里伸出手，狠狠捏了一下哲平的鼻子。

"你真是什么都不懂。其实并不是这样的，你们在那里生活过的回忆是不会消失的。"

哲平可以感觉到，自己的根或许就在那个小镇。不论离得多远，不论经历了多少岁月，曾经存在过的东西，并不会就此消失，因为过去会影响未来。哲平搂住朱里，感受着她肌肤的温度。如果不是这样的话，那么，自己正在享受的当下，或许不知何时就会成为泡影吧。哲平想去体会这份切实的感受。

"丰旅行结束后，说不定就会发生什么。"

"会是一场惊心动魄的结局吗？不是结束而是开始。"

"我说，可以让我也加入你们的冒险吗？"

"我想想，带你去冒险也不是不可以。"

哲平的鼻子又被朱里捏了一下。

"好疼！"

"啊，对呀。这种事拜托你也没用。毕竟真实子小姐才是领导者，对吧？"

"不知怎么回事，那个家伙的想法总是会实现。她真是太厉害了。"

朱里不由得小声笑了起来。

"你就直说了吧。你们是不是都迷上她了？"

"怎么可能？"

哲平觉得自己像个小孩子一样在辩解。

"好想见见她啊。"

朱里把自己的侧脸贴在了哲平的胸前。

"不知道还能不能再见到她。她选择销声匿迹也有她的道理吧。真实子这个人，怎么说呢——"

哲平将手插进朱里的头发里，一边粗鲁地来回挠着她的头发，一边组织着语言。

"她肯定是想旁观者清。只有与事物保持一定的距离再进行观察，才能看透事物的本质。她总是这样凝视着一切，然后提出自己独到的想法，并且面不改色地做出大胆的举动。所以那时的真实子虽说是个孩子，但却不像个孩子。她拥有我们所无法匹敌的某些品质。"

突然，哲平觉得自己再也见不到真实子了。他的内心告诉自己，不论丰再怎么寻找她，那个偏执且桀骜不驯的家伙也不会出现了。

"那个家伙应该正在某个地方，创造着自己满意的世界吧。毕竟她可不会满足于寻常事物。"

朱里一言不发，像是在回味哲平说的话。哲平抚摸着朱里光滑的肩膀，眼看着就要睡着了。

"这个世界远没有我们想象得那么糟糕。那些引人入胜的谜团，如念珠般结成一串，闪耀着灿灿光辉，就像蜘蛛网上那被蛛丝连成串的露珠一样闪闪发光。真理其实近在咫尺，只有想去发现它的人才会注意到它的存在。"

朱里喃喃自语道。

"你在说些什么？"

"这是在宇佐美真琴的小说中登场的人物所说的话。这个人物的台词经常让我感到十分震撼。"

"看来你中毒不浅啊。"

"要我借你一本书看吗？"

"不必了，还是算了吧。"

朱里用拳头捶向哲平的胸膛。

二人裹着一张床单，身体紧紧地贴在一起，不一会儿便进入了幸福的梦乡。

二　京香之章

教室内鸦雀无声，弥漫着令人不快的气氛。有的人面面相觑，有的人低头不语，京香也一言不发，只是死死盯着放在膝盖上的双手。慢慢地，她感觉到众人的视线开始聚集在自己身上。京香完全可以想象到接下来会发生什么，这种事她已经经历了很多次。

"那么，我们开始推荐吧，哪位……"

班主任犹豫不决地说道。

这是本年度的第一次班级座谈会。今年四月份要选出家长教师联合会的负责人。

"可以拜托富永女士[1]担任这个工作吗？"

坐在京香对面的高个子女性，注视着京香并如此说道。这位有着领导气质的女性是麻友的妈妈。在她发表了这个提案后，可以看到在场的人都松了一口气。

"我知道了。"

京香说完后，教室内的气氛便得到了进一步的缓和。

"真的吗？那太感谢了。那么，三年二班的负责人就拜托富永女士了。"

教室内响起了稀稀落落的掌声。

---

1 日本女子出嫁后要随丈夫的姓。——译者注

"真是太感谢您了。由富永女士担任我们班的负责人真是再合适不过了。"

京香一边叹气一边凝视着微微一笑的麻友妈妈。自己的独生女萌萌香和麻友自幼儿园开始就一直在一起上学。也是从那时起，京香就开始承担起负责人的工作了。

"那么，这次的座谈会到这里就结束了。"

班主任起身鞠躬致谢，紧接着与会者们便有说有笑地走出了教室。

正在运动场的游玩设施玩耍的萌萌香和麻友，看到家长出来后便跑了过去。

"好了，我们回去吧！"

身后的麻友妈妈，来到京香的身边大声地说道。

"这两个孩子可真要好啊！"

看着跑过来牵着自己手腕的麻友，她又接着说道。

"是的……"

京香以含糊的笑容回应了过去，并以同样的表情看着跟麻友一起过来的萌萌香。京香很清楚萌萌香总是被活泼淘气的麻友耍得团团转。文静的萌萌香无法将自己的想法很清楚地表达出来。

萌萌香跟自己一模一样。京香紧紧握住自己女儿的手。

除家长教师联合会的负责人外，京香还被邀请参加了手语小组、合唱团以及地方义工的活动。婆婆澄江对自己说过，如果有人邀请她参加这类活动，是绝对不能拒绝的。

"像这样去扩大交际圈也是你的责任。选举的时候，他们会成为你的人脉资源。"

京香仿佛感觉到，澄江那刺耳的声音又在自己的耳朵深处响起。

"我说，你不觉得这里有点危险吗？"

麻友妈妈停下脚步。眼前是一条三岔路，最窄的那条根本看不清前方的路。

"你看，如果有车从那边过来的话，除非开到身边，不然根本注意不到。"

"您说得是啊。"

京香无意中使用了敬语。

"这棵树太碍眼了。"

东边的两条道路交叉的部分形成了一个凸出的三角形区域，那里长着一棵铁冬青。与其说那是棵行道树，不如说是一棵借助鸟类的粪便自然长成的树。

"这棵树还是砍掉比较好。"

麻友妈妈说完便将目光投向京香。这让她倍感压力，不由得陷入了沉默。

其实这时自己可以很干脆地对她说："说的是啊。那我就跟我家先生说一声吧。让他联系一下县里或市里的有关部门，很快就能给您答复。"可京香一时间说不出口。

"你家先生有办法解决这事吗？"

麻友的妈妈反倒如此问道。

"试试吧，我会转达这件事的。"

京香心想，这段对话要是被澄江听到，估计她又会责备自己吧。

和麻友她们分开后，京香和女儿朝着家的方向走去。

"小萌萌，今天在学校都吃了些什么呀？都吃完了吗？"

萌萌香把学校菜单上的伙食都说了一遍，每说一个就会摆动着她牵着妈妈的手。听到女儿说，她把最不喜欢吃的西兰花也给吃完了后，京香便以更大的幅度晃动着手臂。萌萌香被妈妈的举动逗得放声大笑。

"我们走这条路回家吧。"

虽然穿过商店街回家的路程要更短，但京香还是选择了绕远路。因为每次见到店主夫妇都不得不向他们打招呼，这对京香而言是一件痛苦的事。

"总之，你像中华剑角蝗[1]一样把头低下就对了。"

澄江的话再次出现在她的脑海中。

京香的丈夫丈则是县议会议员。他的父亲引退后，他便继承父亲的衣钵参加了竞选，并在两年前成功当选。丈夫家连续三代都是政治家，自己嫁进这个家已有十四个年头。由于京香的父亲是丈则父亲昭太郎的狂热支持者，所以双方便谈成了这门亲事。京香的父亲经营着一家印刷公司，而且对政治相当感兴趣。一有选举，他就会抛家弃业、自掏腰包投入选举活动当中，张罗得就像逢年过节一样热闹。

昭太郎十分信任京香的父亲，并且希望京香能够成为丈则的妻子。不管京香乐不乐意，在父亲极力推进下，这桩婚事相当顺利地就谈下来了。父亲对京香说，她只需对比她大六岁的丈夫唯命是从就行了。京香有些犹豫，认为自己无法胜任政治家的妻子。但澄江却坚持

1　抓住中华剑角蝗的两只后腿，它就像点头一样做着往复运动。——译者注

要让二人在一起。富永家很有可能是想借助京香父亲的人脉，为自家铺一条有利的道路。但不谙世事的京香对此并不知情。

浩浩荡荡的婚礼结束后没多久，京香的父亲就因为蛛网膜下腔出血而撒手人寰。京香的父亲分明不是政治家，却为选举投入了大量的金钱，最后也没有留下多少积蓄。由于印刷公司是独裁经营，导致公司后续没有人才得以继任，往来的顾客开始逐渐减少。专务董事和母亲对此也是束手无策，只得宣告公司破产。

从那时起，富永家的人就变得冷淡起来了。

这跟京香很长时间都没有怀孕也有关。结婚的第五年，诞下萌萌香后，家里人对她明显更是失望。因为富永家的继承人，必须是个男孩。当京香注意到这件事时，萌萌香都已经八岁了。时至今日，她都没怀上第二胎，富永家的人必定不会给她好脸色看，她在富永家的地位已经一落千丈。

京香性格懦弱且不善与人交往，她认为自己不适合嫁入政治家庭。她的这种消极的想法已经持续许多年了。

萌萌香如此怯懦，或许也是继承了母亲的性格。

萌萌香的学习能力很强，但却不能很好地表达出自己的想法。她无法摆脱麻友这些所谓的朋友，即便遇上自己讨厌的事，也只能独自忍受。看到忍气吞声的女儿，就仿佛看到了自己的分身，这让京香很不是滋味。

想必自己也会忍气吞声地给这位县议会议员当一辈子的妻子吧。她老家还有一位身体虚弱的母亲。自从土生土长的替出镇变成体育公园后，母亲就搬到市内的其他城镇了。父亲在世时母亲还能住在像样的房子里，父亲死后就住在一个小房子里，与以前的生活相比要朴素不少。

"县议会议员的太太，这么好的身份，真叫人羡慕。"

婚后，京香的朋友们不知重复过多少遍这句话。和这些朋友的相处也令她感到痛苦，于是京香与他们也日益疏远。现如今，京香的身边已经没有可以称为真朋友的人了。

京香回想这些事的时候，萌萌香一直沉默不语。看着低头走路的萌萌香，京香的思绪再次飘回过去——那时我正值女儿现在这个年纪。

是啊，小学时的我很活泼，每天都很开心，笑容时常挂在脸上。因为那时我身边有一位独一无二的挚友。

——小京！！

京香听到了令人怀念的声音，她随即扭过头去。

但映入京香眼帘的，只有往来的车辆、零星的行人以及那一成不变、黯淡无光的街景。

"妈妈？"

停住脚步的萌萌香疑惑地抬头看着母亲。京香的样子像是快要哭了。为了控制住这份感情，她用力握住女儿的手。

"我们快点回去吧。奶奶还等着我们呢。"

"嗯！"

萌萌香难得地笑了。京香明白自己情绪不稳定的样子会让萌萌香感到为难，于是她调整呼吸，继续大幅度地摆动着女儿的手。

"我们回来了。"

京香悄悄地打开玄关的大门，发现似乎没人在家，她便松了一口气。她觉得自己很奇怪，哪有人会在回到自己家后，为家里没人而感到庆幸呢？

萌萌香"咚咚咚"地跑上二楼，去了自己的房间。

"小萌萌，先把手洗了。"

"好！"

萌萌香的声音听上去有些远，看样子她已经回到房间。丈则和京香的房间也在二楼，房间里设有洗脸台和卫生间。能独自使用的也只有这些而已，厨房和浴室则是跟公公婆婆共用的。京香在前往开放式厨房的时候，悄悄看了一眼另一栋房子的情况。与这边的房子用走廊相连的另一栋房子是丈则的事务所。今天事务所里正举办着后援会妇女部的见面会。京香本来需要跟澄江一起出席这次活动，但因为萌萌香学校里有活动，所以不得不缺席这次见面会。

此时，见面会似乎结束了，一个接一个的女性从事务所的大门走了出来，大部分都是跟澄江年纪相仿的人。即便在主屋也能听到她们的声音。虽说是见面会，但最近并没有选举活动，所以这只不过是个没有实际意义的茶话会罢了。当然，也不能忽视这类活动。就像澄江说的那样，一切都是为了选票。

参加活动时京香无法插嘴，只能毕恭毕敬地坐在人群之中。这将近一个小时的时间对她来说只是纯粹的折磨。虽说她很羡慕澄江能够圆滑地和后援会的人打交道，但又觉得自己无法做到那样，于是便果断放弃了。

而且自己被称作"温顺的儿媳妇"的时期早已过去。

京香在餐桌上放好给萌萌香吃的点心，并朝二楼喊了一声后，就穿过走廊而去了。因为她知道澄江很可能正在收拾活动过后的房间，她不得不去帮忙。

当京香打开大门，走进事务所的房间时，澄江正坐在折叠椅上和另一位女性聊天。活动结束后的房间里凌乱不堪，长形桌上，尽是用过的茶杯和吃剩的点心，折叠椅则朝着各个方向乱放。

京香走进房间的时候，那两名女性猛地抬起头看向她。京香对二人轻轻点头示意，便开始将茶杯放在托盘上。

"京香，我们刚刚还在说你的事呢。"

澄江冲坐在她对面的女性使了个眼色说道。这个人姓宇都宫，负责管理后援会妇女部。记得澄江说过，这人是她的高中同学。

"前段时间，你遇到津川女士好像没跟她打招呼吧？"

"什么！"京香停了下来。

津川，津川，她是谁来着？京香突然有些头大。

"就是巽布料店的老板娘啊，把满头白发挽起来，看上去很有品位的那位。"

宇都宫帮京香解围道。

"哦哦……"

京香的脑海中这才浮现出那位穿着和服的老妇人。

"'哦'什么呀？我说你啊。"

澄江毫不掩饰地冲京香歪着嘴。

"不好意思，是在哪里遇到的？我没注意到——"

"四叶银行的大厅，她和你擦身而过。"

"原来是这样啊。那可真是失礼了。"

"以后注意点，我可不想听到有人说丈则的夫人摆臭架子。"

"抱歉。"

京香的声音越来越小。原来是津川将这事告诉给宇都宫，宇都宫又马上向澄江告了状。只要还在这个城市就不能掉以轻心，说不定有人正在某个地方看着自己。虽然自己记得后援会每一个人的样子和名字，但想要记住所有承蒙关照的人实在是不可能。

"巽布料店的老板可是个很有声望的人哟。"

"好的，我知道了。"

看来京香以后不得不像只中华剑角蝗似的，对路上碰到的熟人鞠躬行礼了。趁着没人说话，她便端着托盘，到隔壁的茶水间去洗茶杯了。

"哎呀哎呀，我真是拿京香没辙了，她总是这么不可靠。"

"啊，是吗？澄姐教导她都不行吗？"

恰好门没有关严，二人说话的声音透过门缝传了过来。估计她们以为，哗哗的水流声能盖过说话的声音吧。不过这时把门悄悄地关上会显得有些不自然，于是京香便埋头清洗着茶杯。因为她清楚澄江会如何评价自己。

"所以，我不是说了吗，就应该让辻井家的千金嫁到你家。"

宇都宫压低声音说道。她口中的辻井是市内的实业家，是经营办公楼租赁的能手。听说是宇都宫提出让辻井家的女儿嫁给丈则。

"他家女儿相貌很一般吧？"澄江的声音有些含糊不清，可能在边吃点心边说话，"丈则对她压根儿提不起兴趣。"

"是吗？看照片也没那么不堪吧。"

"我家先生说水野先生不是正在担任后援会的副会长吗，他家的女儿怎么样？我也觉得挺满意的。如果有水野先生充当后盾，我想将来对丈则也是有利的。"

京香可以想象到澄江大失所望的表情。

"不过，在相貌上，确实是京香更胜一筹。但当初定下这门婚事，也不仅仅是出于这一点吧。"

澄江的语气像是在蔬果店挑选哈密瓜。

"是啊，当时水野先生也很高兴。我家先生也说，在庆祝成功当选议员的时候，身边有个漂亮的妻子帮忙应酬的话，显得更有面子。"

"还有这种事？其实澄姐你是最清楚的，并不是那回事吧。"

"如果议员的妻子只用做这种机械化的事情，那我也就省事了。水野先生的女儿，京香她呀，要是再可靠点就好了。"

"辻井家的生意好像又做大了，听说现在正在搞商务酒店的生意。"

"那时谁会想到这点呢。谁也没想到京香她们家会发生那种事。"

"真是人算不如天算啊。水野先生竟然那么早就去世了，而且他的生意也不是很顺利。他生前还那么努力地支持我家先生。"

"得知水野印刷厂倒闭的时候。我也吓了一跳。这对我家先生，以及他的接班人丈则来说都是一种损失。"

"谁说不是啊。小丈接班之后，后援会的运营也变得非常困难了。"

此后，二人又热火朝天地聊了一阵子与后援会会员有关的八卦。总的来说，是后援会里作为中流砥柱的一些老人们的话题。商店街的经营者虽然换成了年轻一代，但他们似乎不愿意参与政治活动。当京香洗完茶杯，关上水龙头时，二人的话题又回到了她身上。

"顺便问一下，现在怎样？就是小丈他们，在生下萌萌香后，有没有——"

"当然还没有。"

"是吗？辻井家的姑娘和医生结婚后，生了三个儿子哟。"

她的语气听上去像是在责怪富永家没有听取自己的意见。

京香将水流开到最大，强烈的水流声就这样淹没了澄江的声音。

主屋的餐厅里，萌萌香正独自吃着点心。看到妈妈回来，她微微一笑。

"今天还有游泳课，你吃完就赶快去写作业吧。"

"嗯。"

除游泳课外，还有钢琴课和英语会话课，这些都是丈则想让女儿去学的课程，但萌萌香并没有说她不愿意上这些课。她每周有三天要在放学回家后学习这些，以至于当天的日程表都排满了。在没有补习班的时候，她并不会和朋友们出去玩，而是要乖乖待在家里。只有在这种时候，萌萌香才看起来最让人安心。她不会见任何人，只是在看书。看着她的侧脸，京香有时不禁会心想，这个孩子在这种环境下生活，会觉得幸福吗？

在外面被人看作是"县议会议员的女儿"也让萌萌香很痛苦吧。京香为了避免与那些太太们发生矛盾，尽量不与她们有太深的往来，所以她很担心女儿在模仿自己，只与他人维持着表面关系。一想到这里，她就觉得年仅八岁的女儿实在是太可怜了。

八岁的女孩竟然需要处理如此复杂的人际关系。

京香还是小学生的时候，虽说很文静，但充满活力，而且自认为很幸福。对她来说，每天的生活并不只是纯粹的日期递进，还充满了被安排好的跌宕起伏。为了不错过任何一项新体验，她总是全力以赴地活着。

那时的自己拥有天真的好奇心以及梦想，天真无邪、无忧无虑，比任何时候都要自由。

之所以会这样，是因为有真实子陪在自己身边。

佐藤真实子才是真正的朋友。京香和她的生日仅差一天，两家离得又近，从记事起，彼此就以"小真实""小京"相互称呼，双方的家人相处得也毫不见外。皮肤雪白的京香和皮肤黝黑的真实子在一起的时候，真实子的爷爷经常会说："瞧瞧，你们俩就像排在一起的黑白棋子。"

在赤根川附近，有一片很宽敞的地方，就位于替出镇尽头的河堤下方。地下水从四面八方喷涌而出形成泉水，并在此地缓缓流淌。

这里被连绵不断的农田所包围，其中大部分人家都是兼业农户。京香家原本拥有很多土地，并一直从事农耕，但到了她父亲那一代，便将这些土地变卖，然后在其他地方开展了印刷事业，并大获成功。

由于家里离城镇很远，所以不论是去幼儿园还是去小学都很费时间。一旦回家，便不能轻易地到同学家去玩了，因此同年级的五人组总是一同行动，其中女孩子是真实子和京香，男生有本多丰、大泽哲平，以及外号为"四角"的田口正一。

真实子是最早掌握读书写字的人。比起跟朋友一起满世界疯玩，她似乎更愿意坐在房间的角落里抱着绘本看。她经常会给那些不识字的朋友们朗读绘本。她读得非常好，以至于幼儿园的老师都对她赞不绝口。她能模仿书中人物的语调进行朗读，连他们的性格也能体现得淋漓尽致。

"小真实，你真的很适合当演员呢！"

记得真实子在被老师如此表扬的时候，会露出稍显得意的表情。自从进入小学，她便沉浸在图书馆中。京香想和真实子一起回家，于是便会跟她一起去图书馆。真实子在低学年时，就在借阅面向高年级的书籍了，她有着无尽的求知欲，图书馆的藏书正好能够满足她。虽然真实子并没有刻苦钻研学问，但她应该已经掌握了大量的知识，并且拥有超越同龄人的知识储备。

正是阅读激发了她的想象力。

"小京，如果明天就是世界末日，你会怎么办？"

"如果有一只动物对你唯命是从的话，你会选择什么动物？你打算让它做什么？"

"如果神说可以把你最想要的东西赐予你，代价是你要献出你身体的某个部位，你会献出什么呢？"

"你是想被丢在世界最高峰的山顶上，还是想被丢在太平洋中心的无人岛上呢？"

"你觉得这个世界上最丑陋的东西是什么？最漂亮的东西又是什么？"

"有钱就是幸福的吗？对于那些不知道这个世界上有钱人的生活

的人而言，他们就是不幸的吗？不对，换个角度想应该是幸福的吧？因为他们从一开始就不知道什么叫作奢侈。"

真实子这一连串的质问以及疑问，都是京香不曾考虑过的内容。一想到这些，京香就会彻夜难眠，因为这简直就是通往缤纷世界的入口，她也因此成了真实子幻想世界的常住居民。

"对了，可以跟真实子说一下吗，叫她不要再给我家孩子灌输太难的东西了。毕竟京香只是个普通的孩子。她现在都开始神神道道的了。"

京香曾听到自己的母亲开玩笑似的对真实子的母亲如此说道。

真实子的父母以及祖父母，都是非常普通的人。就连她的家里人都纳闷儿，为什么她会喜欢思考奇怪问题呢？唯独祖父认为这位爱异想天开的孙女可爱又有趣。

"我非常肯定，咱家的真实子会成为大人物。可能是政治家，也有可能会是大公司的女老板，不，说不定会成为发明出什么惊世之物的发明家，然后获得诺贝尔奖。"

祖父这样说着，手中的烟虽说变得很短了，但他依旧在慢慢抽着。

然而，真实子在变成大人物之前便去世了。

京香的丈夫丈则并没有出现在当天晚饭的餐桌上。他和自己所在的保守政党的县议团见完面，就跟着参加酒局去了。公公昭太郎患有糖尿病，这也是他辞去议员一职，并让儿子顶替这个位置的原因。之后家里的伙食，包括昭太郎的病号饭，都是由京香制作。至于完全不擅长做家务事的澄江，则早早地就跟厨房划清界限了。

昭太郎是因为暴饮暴食才变成现在这个样子的。京香听从医院的指示，给他做了病号饭，昭太郎虽然不满意，但也只能无奈地接受。

"又是白身鱼啊。京香，偶尔多做点肉吧，就是一大盘的那种。"

"您又在说这种话！"就在京香说出这话之前，澄江便数落道："你从以前开始就太过放纵，现在遭报应了吧。亏我经常提醒你。你就听医生的话，过个健康的生活吧。"

平常，昭太郎在用餐前不发表一下自己的不满就不会罢休，可这次他哼了一声就入座了。介于要跟昭太郎一起用餐，家里人也没选择卡路里太高的菜。今天的伙食，和病号饭没有多大区别。

丈则在的时候，会为他单独做一两碟菜肴，不是新鲜的鱼肉刺身，就是烤牛肉，这是澄江为他酌情考虑的。对于这个重要的继承人，澄江很是溺爱。

就连酒精都要有所控制的昭太郎，将食物吧唧吧唧地送进嘴里。他看向坐在京香身边一言不发地拿着筷子吃饭的萌萌香，并对她说道："萌萌香你吃得太少了，应该多吃点肉才行。"

即便控制着饮食，昭太郎依旧胖墩墩的。另外，由于议员需要经常说话，所以他不说些什么就不自在。

"萌萌香，在学校过得如何？学习有进步吗？"

萌萌香微微点了点头。

"萌萌香很优秀嘛，应该是个能专心做事的料。不过千万不可掉以轻心啊，你今后要不断地学习更难的知识哦。"

"我说，除目前的学习外，是不是该送她去上补习班了？京香，你难不成不打算让萌萌香读私立的中高职贯通学校？"

身旁的澄江插嘴道。

"不，我还没想过这事……"

"哎呀，你这样可不行啊，快做打算吧。就算现在让她准备升学考试，都已经算晚的了。你看看人家露口家的孙子，就是祐辅他——"

澄江口中的那些滔滔不绝的八卦，就连昭太郎听后都露出厌烦的表情。

"够了，别的孩子如何我并不关心。"

昭太郎一句话就把澄江给镇住了，往日的威风依旧不减。

"京香，这个孩子很有可能成为丈则的继承者。难道你不想这样吗？"澄江不厌其烦地看着京香，京香不由自主地低下头，"所以你好好想想教育的事吧。后援会也有很多事需要你操心——"

萌萌香像是吓了一跳似的抬起头看向母亲，那副胆怯的神情令她心痛。

"爸，这种事我还没——"

她好不容易才把这句话说出口。

"我也明白，不应该让萌萌香有这么大的负担，但提前做好准备自然最好。我没有重男轻女的意思，最近女性议员不也增加了吗？女性形象对选举可以说是非常有利。"

"这些事，还是跟丈则也商量商量比较好，毕竟萌萌香还只是个孩子。"

或许是不喜欢澄江的这种说话方式，昭太郎歪着嘴，大口喝着添加了各种食材的味噌汤。

"丈则和萌萌香一样大时，已经能够听我们的谆谆教诲了。你这种门外汉是不会懂的，这才是政治家的家庭。"

昭太郎用筷子在汤碗中搅动着，像是在表示这个话题就到此为止了。

"算了，世事难料。更何况京香还有可能再生个儿子出来。"

澄江诏笑着补充道。

"要是这样就好了。"

公公不留情面地说道，意在表明这种可能性几乎为零。他会这样想也是无可奈何的事。萌萌香放下了筷子，似乎已经没有食欲了。不应该当着孩子的面说这种事情，京香虽然想如此抗议，却说不出口。

——这么想要男孩子，为什么不去拜托神明呢？如果神明说需要你献出身体的一部分的话，你会选择哪个部位呢？

京香的脑海里浮现出真实子不屑一顾地挖苦他们的样子。

如果真实子在的话，她肯定能轻松地驳倒像他们那样的大人吧。

昭太郎一脸不快地看着手持筷子发呆的京香。说不定这个男人愿意献出自己的便便大腹，或是像毛虫一样肥硕的手指，来换取他的接班人。

但是我最好的朋友真实子已经不在了，与她一同待过的地方、一起度过的时光都已经不复存在了。京香缓缓地摇了摇头，然后收拾着餐具。她的这些动作都被澄江看在眼里。

没过多久，草草吃完饭的昭太郎，便去洗澡了。京香的小小反抗，让公公婆婆无言以对。

萌萌香正往楼上跑去。

"萌萌香啊，给奶奶弹钢琴听吧。"

澄江叫住萌萌香。

"不行，不能弹。现在是晚上，钢琴声会打扰到邻居的。"

京香说完这句话后，被吓一跳的澄江扭头看向她。向来言听计从的儿媳妇竟然说出违抗自己的话。

"萌萌香，你回房间准备明天上学要用的东西吧。不要忘了体操服哦。"

京香振作起精神，并敦促着萌萌香。得到母亲的激励后，萌萌香打起了几分精神，并回答道："嗯！"面对回来收拾厨房的京香，澄江什么也没有说。

丈则回来的时候，已是十一点过后。

楼下传来声响，京香停下手中的针线活。熟悉的脚步声正朝着开放式厨房移动。他正打算从冰箱里拿水出来喝。虽然二楼就有一个小的饮水池和冰箱，但丈则还是会打开一楼餐厅的灯，并发出声响。待在卧室里的澄江有时会注意到他回家了，并出来和他说一会儿话。或许他就是想跟母亲聊一会儿才故意这么做的吧。

但是今晚，澄江并没有要出来的迹象。

是上楼的脚步声，声音听着很稳当，看来他今晚并没有醉得那么厉害。有时他参加聚会后，会喝个烂醉才回家。

"你回来了。"

"是啊。"

丈则哈了一口气，还是一股酒气。他松开领带，扑通一下坐在了京香对面的沙发上。

"他说议员是城市建设的责任人。"

"啊?"

"这是议长说的。他还是老样子,就知道夸夸其谈。"

丈则狼狈地瘫坐在沙发上,昏昏沉沉地注视着京香。丈则很是讨厌如今的县议会议长。因为他曾对丈则子承父业的事情说三道四。

"说到底,他都做过什么啊。他也只会在选举的时候装模作样而已。"

丈则很嫉妒总是以绝对优势当选的议长。这个男人是公会的元老,通过基层运动而当上了议员,并最终坐上了议长的宝座。他虽然表面上看起来很照顾靠父亲的余荫而轻松当选的丈则,但实际上对丈则极尽刁难之事。具体情况京香也不是很清楚,但丈则就是这样想的。就连昭太郎的权势也奈何不了那个男人。

可以肯定的是,议长对他的态度总是让他气愤得咬牙切齿。特别是每次在酒会上被其纠缠过后,他的心情就非常糟糕。

"我也想让儿子继承自己的地位。真让人不爽。"

京香有种不祥的预感,她悄悄地放下毛线针,并将毛线和编织物放进藤筐里。只见丈则突然站起来,京香则下意识地抱着头。他抓起藤筐,朝墙上扔去。她无可奈何地看着给萌萌香织了一半的背心散了架地飞出去。事已至此,做什么都是无用的,只能默默地等待暴风雨过去。

京香跪在地上收拾着毛线,丈则突然抓起她的衣领。京香的居家服不知从何处传来了尖锐的撕裂声,她被推倒在地毯上并发出呻吟。

"你知道我在对那个男人点头哈腰时是什么心情吗？！知道吗？！"

"不要这么大声地说话，会吵醒萌萌香的。"

"你说什么？！"

"安静点，楼下也能听到动静，会让妈担心的。"

"你少来。"

丈则一脚踩在京香的肩膀附近，他的暴力行为很是巧妙，绝不会攻击露在外面的部位。为了不让父母、后援会或邻居家的主妇看到淤青而产生怀疑，想必他是冷静地考虑过的。京香咬紧牙关，强忍着不叫出声。突然他像是消了气似的，停止对妻子施虐。

倒在地上的京香被丈则抓起手腕，拖到了墙边。丈则像拔掉杂草一样取下之前已经松开的领带，并将其扔在了一旁。他就这样猛地靠在了墙上。

"快住手！"

即便知道这么说也没有用，但京香还是苦苦央求道。

丈则的双眸就像发烧般的湿润。京香知道，这样的行为能使他兴奋，妻子越是发出痛苦的叫声，这个男人的内心就越是享受。

京香蜷缩在地板上，丈则一把抓住她的头发，猛地拽起她的头。他拉近京香的脸，并露出了轻浮的笑容，他没有放松手上的力量，而是紧紧攥住她的头发往后扯。

"呜呜呜……"

"怎么了？疼吗？难受吗？"

丈则发出阵阵令人毛骨悚然的嗤笑声。京香觉得自己的丈夫已经不像个人了。

"快住手——"

"你不应该说请住手吗？"

"请——住手。"

"拜托他人的时候不应该规规矩矩地跪着说吗？"

丈则突然放开手，京香瘫倒在地。她弯起腿，跪在地上，双手摆齐放在前方，额头紧贴在地板上。

"对不起，请您不要再这样了。"

京香曾多次迫不得已地这样做，但她还是忍不住流下了屈辱的泪水。欺凌弱小是最能让丈则满足的事情。丈则究竟是从何时起，开始享受着这种反常的夫妻关系呢？他似乎想通过虐待、伤害妻子的这种自私方式来确立自己的地位。

丈则以前就是这种脾气，心情不好时就会突然殴打妻子。京香也不知道这是为什么。不过，自从他当选了县议会议员后，就变本加厉了。想必他是积攒了相当大的压力，才会通过家暴行为来进行发泄。难道这也是议员妻子的任务吗？难道自己应该逆来顺受地把这也当作是工作的一部分吗？京香越想越觉得徒劳，在这些行为的影响下，自己很难保全做人的尊严。

妻子跪在地上时，丈则用脚踩着她的后脑勺。在被丈夫践踏在地的这段时间里，京香在想着完全不一样的事情。

萌萌香出生在早上，京香长时间地忍耐着阵痛，终于熬到了能把孩子抱在怀里感受其重量的时候。婴儿在怀里不安分地乱动，接着像是意识到了什么似的，涨红了褶皱的脸颊，放声大哭了起来。

　　那个时候她就在想，自己无须迷惘，什么人生的目标、人生的价值，这类远大的想法已经没有考虑的必要了，自己只要埋头养育这个孩子就足够了。就在那年春天的早上，她被赋予了名为母亲的使命。

　　丈则发出如动物般的低吟声。就在这个时候，装有编织物的篮子扑通一声掉下来，毛线球再次散落在地。丈则疯狂地用脚践踏着这些东西。这番举动让京香回到可悲的现实世界，但很快又回到过去，被悲惨的现实所拉回来的思绪再次飘向了过去。

　　萌萌香刚升小学的时期与丈则的选举期正好重叠在一起，他每天都忙于选举活动，即便女儿已经放学回家，他也不在家。而且丈则时常会忘记把钥匙放在说好的地方就走了，以至于让萌萌香在门口等了好几个小时。京香晚上回来后，全身冰冷的萌萌香会像离弦的箭一样冲过来。

　　"对不起，小萌萌，对不起。"

　　"是不是很害怕？是不是很冷？"当京香抱住萌萌香时，女儿含着泪说道："好害怕，所以我就一直玩自己松动的牙齿。牙齿一疼，可怕的感觉就不见了。"

　　京香用力抱住这个可怜的孩子，平静下来的萌萌香将脱落下来的牙齿放在京香的手中。那时萌萌香的小牙齿被自己放到了哪里？自己是不是将这些无可替代的宝物，逐渐当成了没有意义的东西？

　　维持着跪姿的京香被丈则踢了侧腹一脚，一时间她的呼吸都要停止了。与此同时，她回忆的片段也被踢了个粉碎。她一直强忍着的泪水流了下来，沾湿了她的脸颊。

　　"够了，你滚吧！老子不想看到你那张哭丧脸。"

丈夫低沉的话语打破了她美好的回忆。

老家的母亲，身体并不是很好，她的肺本来就不好，上年纪之后就更糟糕了。京香每两周就会回老家一次，帮母亲处理无法完成的家务，并带母亲前往医院。她真的很想经常回家，但由于富永家的人很介意，所以没能如愿。

自从父亲死后，富永家对京香的态度就一百八十度大转弯地变得十分冷淡。

里屋的母亲对正在厨房擦地板的京香说道：

"不用这么卖力，反正也不会有人来。"

她家还有个妹妹，婚后一直住在遥远的滋贺县守山市。妹妹是个护士，养育着三个孩子，由于忙到不可开交，就没有回来过。

"好的，还差一点儿。"

京香含糊地回答道，并用力握住毛巾。只要努力劳作，她就不会想其他的事。她每次趴在地上用力打扫时，被丈则踢过的腹部就会隐隐作痛。

"我今天把院子里的杂草给处理了吧。"

"不用了，不用了。巴掌大的院子，不用管它。"

"现在不处理的话，夏天就麻烦了。"

父亲去世后，母亲卖掉原先的房子，然后搬到这栋孤零零的小房子里。这栋又老又不方便的房子是父亲留给母亲的，一想到这里就感到可悲。对于豪放不羁、爱讲排场的父亲的所作所为，母亲总是一笑了之。她应该没有想过，自己会过上这样的老年生活吧。

京香把毛巾放入水桶中哗啦哗啦地洗完后，便来到廊台上，将污水泼到杂草丛生的院子里。杂草丛中开了几朵黄水仙，那是母亲身体还好的时候种下的。她穿着拖鞋，从廊台走了下去，把水仙周围的杂草给拔了。

"妈，黄水仙开花了。"

母亲好像没有听到这句话，而是回了句其他话。传到里屋的声音已经很模糊了，也难怪母亲听不清。于是京香便一心一意地除草。她似乎将深藏于内心的沮丧与愤怒都发泄在蔓延的杂草上了。

即便面对虚弱的母亲，她也没有将这份情感流露出来。直到现在，母亲还坚信京香在富永家过着幸福的生活。这些积攒下来的负面情绪，正一步步地摧残着京香。

母亲以为京香正在听她说话，便一直以单调的声音在说着些什么，可以听到其间还夹杂着"……丰他呀"之类的字眼，于是京香突然停下了手中的活儿。她经过廊台回到屋内，在洗手间洗了手。

"什么？您说什么？"

京香看向房间内，只见床上的母亲坐起了上半身。一本用俳句写的《岁时记》摊开放在了她的膝盖上。这是母亲唯一的兴趣爱好，不过最近，她实在没办法去参加俳句会了。

"都说了，是丰啊，本多丰。你还记得吧？就是本多智明先生的儿子。那孩子打电话过来了。"

明明都快四十岁了，但在母亲眼中，女儿的朋友们仍是"那孩子"。况且，他还是京香的发小。当年住在替出镇的时候，他们两家父母之间关系也很好。由于太久没有听过这个名字，京香还在脑海中不断回忆着。

"本多丰啊——"

"他说想知道你的联系方式，我就告诉他了。"

"什么？他竟然会——究竟是什么事啊？"

说实在的，京香有些厌烦。现在的她并不觉得发小有什么可怀念的。毕竟几十年都不曾见过了。

"丰也挺辛苦的呢。"母亲摘下老花镜叹着气说道，"丰把他爸送到了住在千叶的姐姐家。他爸以后可能就在那里生活了。"

"是吗？"

她回想起这位关系已经疏远的发小。但那又能怎样？自己并没有能力帮助丰，大家早就失去了凝聚力，真实子不在后，大家就——

"见一见吧，你们以前关系那么好。"

"这都是什么时候的事了？小时候的事就不要提了。"

"真是的。如果不是那个城镇被全部买下来的话，你也不会变成现在这个样子。"

京香则在想，这里面不还有自己嫁到富永家这件事吗？自己徒有县议会议员妻子的称呼，被虐待、被瞧不起，这种生活早已让自己喘不过气来。

"话说真实子，真没想到她会变得那么可怜。"

母亲像是看穿了京香的内心似的说道。

正在整理散乱的杂志和传单的京香，停下了手中的活儿，脑海中浮现出最后见到真实子的样子。那是她不愿回想起来的情景。

真实子住进综合医院的时候才十九岁。这位曾经的挚友离开替出镇后，虽然还住在县内，却离得很远。所以京香无从得知在其他高中上学的真实子患病的事情。母亲在得知此事后，便希望京香去医院看望真实子，但京香完全没想到真实子会患上那么严重的病。

当时京香一动不动地站在病房门口。真实子的外貌和体型发生了惊人的变化。她面无血色，皮肤就像漂白了似的显得异常光滑。她躺在床上的身体看上去没有丝毫分量，给人一种随时都会凹陷下去的错觉。输血用的点滴管蔓延在她青筋突起的双手上。她的眼睛由于发热而非常湿润。

真实子若无其事地说出了病名——"骨髓增生异常综合征"。

输血包中的暗红色血液让人不寒而栗。

"我不能正常地制造血细胞了。"

她说得像是事不关己似的。

京香无言以对。不明就里的母亲之前跟自己说，真实子只是因为重度贫血而住院。面对不远千里乘火车再转巴士而来的朋友，真实子露出了微笑，她的样子实在是叫人心痛。

京香已经不记得自己那时说了什么。但她清楚地记得，自己待在病房里的时候在想些什么。

——想赶快离开。

京香当时确实是这样想的，虽然很无情，但自己真的不想待在那里。

一方面，她不想看到每时每刻都在消耗生命的真实子。另一方面，躺在床上的真实子也正打算把脸别过去。曾经的她是那么朝气蓬勃，能辛辣地批评他人、能迅速地做出判断、能发挥领导才能。这个女孩灿烂的人生本应得到上天的祝福，这一定是神明的过失。在神明意识到问题并进行纠正之前，京香选择了闭上双眼。

与发热中的真实子道别后，京香便离开了病房，此时她在心里松了一口气。

我抛弃了自己的朋友，即便这是我最后一次见到真实子。

"所以说这就是报应。"

京香不禁脱口而出。

"你说什么？"

母亲问道。

"没什么。"

京香粗鲁地整理着地上的东西。

"话说回来，丰想知道真实子的联系方式。"

"什么？"

"看来他还不知道真实子已经去世了。"

"是吗——"

"真实子的墓在哪儿呢？要是大家都能去祭拜一下就好了。"

我不想看到坟墓里的真实子，她才不会一声不吭地躺在石头下面。京香虽然心里这么想，却说不出口。

为什么丰会在这个时候联系自己？他为什么想要知道真实子的情况？京香对这个男人感到厌烦，因为他唤醒了自己很早就尘封于内心的痛苦回忆。

"是不是给你添麻烦了？"

丰如此问道，京香则缓缓地摇了摇头。

京香本不打算去见他。直到昨天，从母亲那里得知丰的事情后，她就下定决心，如果他打电话过来自己就会挂掉。要是让澄江知道自己无缘无故在外面和男人见面的话，保不准她会说些什么。

"小京。"

手机那头的丰如此称呼着京香。之前，和萌萌香一起走在路上的时候，京香就好像听到了有人这样叫自己。在小时候，朋友们就是这样称呼自己的。孩子般的热情、莫名的兴奋与那声音一同迎面而来，并贯穿京香的全身，她总觉得突然想起了什么。究竟是什么呢？可就在自己弄清楚之前，那些东西就消失得无影无踪。

"丰？"

现在的自己迫切地想和他多说些话，或许丰能找回自己遗忘在某处的记忆，虽然她的这种想法没有任何根据。

于是京香选择了一家很冷清，且远离自家住宅和商店街的咖啡店。

一进门就见丰坐在自己面前的位置上，他穿着一件像是被水洗过无数次的T恤，外面又套了件样式很朴素的棉质衬衫。

"小京，你真是一点都没有变啊。"

"哪有这回事。"

自从居民们因替出镇改建为体育公园而搬离以来，已经过去了二十八年。那时正值京香她们上初中的前一年。虽说搬离了小镇，但大多数人仍在市内，所以之后彼此之间也还有联系，而且还能经常偶遇。升入高中后，同一个班里甚至还能碰到小学同学。

除了真实子——

丰开始说起京香的丈夫——丈则作为县议会议员的风光事迹。

"他在三月份的例会上回答他人质问的时候，可真是威风啊。"

丈则愿意在这种显眼的事情上奋力一争。相反，他讨厌发传单、手持话筒老老实实地在车站门口演讲之类的事。

"我真没想到，小京会成为县议会议员的妻子。"

想必丰也认为自己过着幸福的婚姻生活吧？京香已无力去纠正他的想法，只得暗自叹息。

即便搬出替出镇，也还是在同一个城市内居住，京香偶尔会在电车或者市图书馆等地方见到丰，但几乎没有说过话。这或许是他们已经进入青春期的缘故吧。

自从丰去县外念大学后，他们就再也没见过面。

见京香对这个话题不感兴趣，有些尴尬的丰便说起他跟大泽哲平见面的事。

"哲平要我代他向你问好。"

"哲平？他现在怎么样了？"

丰把哲平住在东京时的近况告诉了京香。包括他在一家广告代理公司努力工作的事，以及他和一名女性编辑一起生活的事。他有些开心地将当晚住在哲平家的事说完后，便从皱皱巴巴的皮质公事包中掏出了剪报。

"小京，你注意到这件事了吗？"

京香很快地扫了一眼上面的报道。

"啊——我好像看过这个……"

"看过？那你是不是被吓了一跳？"

"什么？"

"你不觉得这就是当年的骨骼标本吗？"

"当年的——"

看到京香的反应有些迟钝，于是丰便不耐烦地说道，"就是被咱们给埋起来的那个骨骼标本，真实子从理科教室里偷出来的那个。"

丰一个劲儿地问她，是不是忘记了？但京香很干脆地摇了摇头。她不可能忘记这件事，这可是她小学生活中格外闪光的一段回忆。不过，她也许是没能将当年的骨骼标本与替出镇的河堤下发现的骨头联系在一起，毕竟她只是草草地浏览了一遍那篇报道。

京香被沉浸于展示自己想法的丰所震撼。与此同时，她也注意到自己的感觉是如此的迟钝，不只是感觉，说不定自身的所有感情都变迟钝了。这么多年来，自己都是这样度过的，只要没有丝毫的感情，就不会受到伤害。京香一直都是以这种方法来保护自己的。

丰说如果那是真骨头的话，就说明有人死掉了。丰的话让京香的内心深处产生了动摇，她感觉心中那扇尘封许久的大门已被打开。

"我就是为了这件事去见哲平的。"

"就为了这件事？"

京香回想起这位发小的性格，她几乎都快忘了。丰这个人平常很温和，不会强行坚持自己的想法，可在关键事情上却能表现得刚毅果断。

在丰打开的那扇大门的背后，是自己纯粹且敏锐的感觉。

——究竟是谁死了呢？

曾经的我也有过这个疑问。毫无疑问我是在儿时产生了这个疑问，可这个疑问又是在哪里产生的呢？

京香的思绪飘向了曾经在河堤下生活的日子，她已经许久没有回忆过那段时光了。那时，自己能优哉游哉地去交朋友；能一直被人守护着；能无忧无虑、堂堂正正地做一个孩子。而且，父亲也能精神百倍地投身于工作或支持政治活动。

今天会发生什么事呢？每当京香怀着这样的期待看着朝阳时，她就会激动不已。背着双肩包，咯哒咯哒地跑出家门，她跟真实子约好的地方就在神社的石阶下。坐在最下方的石阶上等着她的真实子，像个哲学家一样面露难色地在思考着什么事情，虽说她们只是像往常一样一起去上学而已。

京香远远地看见真实子正紧皱眉头，时而眺望着河堤下并排生长的樟树，时而用脚尖戳着小石子，然后她便气喘吁吁地跑到了真实子的身边。那个瞬间，空气是多么的清新而又深邃，我竟完全忘记了。我甚至忘记了一日之计在于晨。我如今每天早上起床就像从沼泽里爬出来一样艰难，对于我现在的生活来说，那段时光实在是太遥远了。

"你知道真实子现在住在哪里吗？"

京香没有理解丰这句话的意思。丰重复了一遍问题，她这才回过神来。

"丰，你不知道吗？"

京香不敢继续说下去。

"小真实已经去世了。"

这句话就像是从他人口中说出来似的，其回声不绝于耳。

"啊！"

"小真实去世了。"

京香加重了几分语气回答道，她的话语甚至渗透进她自己的内心深处。听完，目瞪口呆的丰便游离不定地移动着视线。

"这件事——我压根儿就不知道。"

京香冷静地看着这个男人，他的声音还是跟小学时一样底气不足。

京香认为，就在刚刚，真实子才在真正的意义上去世了。当我们这些曾朝夕相处的伙伴们都如此认为的时候，真实子的死，这个令人难以接受的事情才成了事实。

即便如此，京香不知怎地松了口气。她感觉身上的担子消失了，也许是因为自己将这件可怕的事说了出来吧。他突然来访，也为了挖掘过去的真相。

京香决堤般地讲述着真实子去世的经过。丰则紧闭双唇，倾听着她的叙述。

真实子一家从替出镇搬到了四国南端的渔港城市。据说那里是她母亲的故乡，而他父亲好像在替出镇有人脉。

爱写信的真实子和京香，那时会通过书信来告知彼此的近况。真实子曾在来信中写道："海边的人们，一个个像是被海风吹过了头的鱼干似的。大家都是咸味的。不管是说的话还是态度都很咸。"

真实子的语言还是那么犀利，不过她说得好像也确实是那么一回事。

真实子在住不惯的土地上生活一定很辛苦吧。她一定很怀念故乡的田园风景。但是失去的事物已经一去不复返了。替出镇的黑土地曾经是那么丰饶，可如今却因弃耕而变得杂草丛生。眼前这番景象让京香惊愕不已。后来，这片土地又遭到了重型机械与众多施工人员的蹂躏，替出镇已经变得面目全非。

京香曾将印有新建成的体育公园的明信片寄给真实子，但善于挖苦人的她这次却什么也没说。她应该是因此而受到了打击吧。开始备战中考后，京香便再也没有收到真实子的来信。

升入高中后，京香加入了铜管乐部，负责吹奏单簧管。因为她所在的高中是参加过全国比赛的名校，所以训练很严格。听说真实子也在升入当地的高中后，加入了羽毛球部。

至于她患上重病的消息，还是京香在上短期大学的时候才知道的。真实子因为重病而放弃了升学。京香对丰讲述了她最后一次见真实子时的情形。虽然她当时因为讨厌医院里弥漫着的消毒水和死亡的味道，而想要逃离那个地方，但她并没有提这件事。

"小真实的父母千方百计地想要找好医生给她看病，于是带着她去了东京。她的父亲也决定换个工作，留在东京生活。"

京香觉得自己的说话方式可能太冷淡了，接着便开始讨厌这样的自己。这个时候，自己竟然还如此在意别人的看法。

在得知真实子家新的住址后，京香曾多次写信过去。回信很直接地写道："好像是得了白血病。"京香说不出话来。

探望过真实子后，京香试着调查了一下骨髓增生异常综合征。正如其名，该病患者骨髓中的细胞发生形态异常，从而导致血细胞减少。似乎是因为作为血细胞来源的造血干细胞本身出现了异常，以至于不能正常产生血细胞。

而且，随着血细胞的进一步减少，该病有较高概率转变为急性白血病。

不久后，京香寄出的信就被原路退回了。她搬家了吗？可能是为了求医而辗转于各地吧。自此，京香便再也不知道真实子的情况了。

"琴美姐也很担心——"

一直在默默倾听的丰突然抬起了眉毛。但他却什么也没说。

"那个时候，琴美姐已经结婚了，一直住在山口县。过了很久她才从以前住在替出镇的老乡那里听说了小真实的事，想必她得知此事后也非常震惊吧。为了打听消息，她去了小真实曾经生活过的南方渔港城市。"

那个城市里也没有人知道真实子一家搬到哪儿去了。去东京的医院也没打听到有价值的信息，只有类似于"她们家好像去别的地方求医了"这样的传闻。

后来听附近的人们说，佐藤家的墓应该还在这里，于是便前往寺庙打听情况。

"然后——"

住持说佐藤家的墓已经不在这里了，有人受托来把墓给移走了。那个代理人似乎只是请来帮忙的人，并不知道详细情况。

代理人当时只说了一句"独生女去世，想要迁坟"，然后那人迅速办完手续便走了。至于迁到了哪座寺庙，住持也不清楚。

"琴美姐给我打来电话，说她找不到可以祭拜的墓地，非常难过，只能把花投进大海了。她一想起小真实就会哭。"

丰继续保持着沉默，也许是不知道该说些什么吧？

一辆幼儿园的校车从咖啡店外经过。二人茫然地看着这辆车身画有可爱的动物和花朵的校车。同样是这条路，还有人牵着狗在散步。

"哲平肯定会很惊讶吧。"狗走远后，丰便嘟囔道，"没想到事情会变成这样——"

接着，他们说起了四角的事。四角所在的宫城县遭遇地震，他因此失去了家人。听说此事后，京香便陷入了沉默。

"你跟琴美姐还有联系对吧？"

丰似乎是想避开沉重的话题，于是便如此问道。

"没有，我们只是每年会互寄贺年卡而已。"

这些话显得有些沉重，京香再次意识到自己是在有意疏远亲近自己的人。自己这样做确实是有理由的，但现在却想不起来，或许她只是跟自己过不去罢了。伪装幸福的行为其实令她很痛苦。

京香在心中自言自语道——我就像个笨蛋一样。

丰说他想知道琴美姐的联系方式。京香说之后通过邮件发给他，于是二人交换了邮箱地址。

"琴美姐跟真实子关系很好吧？"

"嗯，是啊。虽说她们有年龄差，但琴美姐很喜欢小真实。"

"哲平也说过，他经常能在德田先生家看到她们俩在一起。"

"是吗？"

京香也顺着丰的话题聊了起来。

丰说："哲平的大哥被琴美迷住了。哲平肯定也很喜欢她。"

"是啊。毕竟琴美姐那么漂亮。而且她还很温柔，不管是对德田先生还是对我们，都是如此。"

"琴美姐跟什么样的人结婚了？"

"瞧瞧，你不是也很在意她吗？"

京香用更为明朗的声音对他开玩笑地说道。

"没有这种事——"淳朴的丰红着脸低下了头。

"那简直就是电影般的相遇。琴美姐在前往山口县的渡轮上，与那个人一见钟情。"

"是吗？"

这并不是琴美直接告诉自己的，仍然是京香的母亲从以前住在替出镇的老乡那里听说的。京香则将从母亲那里听来的事，原样转述给了丰：她的母亲也就是她唯一的亲人去世后，在职场友人的邀请下，琴美在这场旅行中与邂逅的男性开始交往，并最终结婚。那时的琴美刚年过三十，天生丽质的她对男女之事一直都犹豫不决，也不执着于结婚。这样的邂逅是琴美所没想到的。

"这样啊。那琴美姐一定很幸福吧？"

丰的说话方式很有意思，让京香呵呵呵地笑了起来。

"就是说嘛。所以你就不必担心了。"

丰像是看到了刺眼的阳光一样眯缝着眼。

那丰你呢？京香欲言又止。

什么是幸福呢？在旁人的眼中，我一定也看起来很幸福。离开人世的真实子就是不幸的吗？我也不是很清楚。

"你刚说到琴美的同事，琴美姐现在在哪里工作？"

"记得当时是在百货公司的进口商品柜台工作。自从在那里工作后，她就发生了蜕变，变得越来越漂亮了。虽然她本来就很漂亮，但我觉得她开始变得光彩夺目了，难怪别人会对她一见钟情。你还记得吗？琴美姐不是不喜欢花哨的事物吗，我还以为她不适合从事服务业呢。住在替出镇的时候，琴美姐不是在古城山下的自行车竞技场工作过吗？"

京香故意提及琴美，来让话题远离自己和真实子。

"自行车竞技场？"丰似乎很在意这个被意外提及的地方，而睁大了双眼。

"那里的工资好像挺可观的，所以很多人都想去那里工作，因此也很难通过。但通过镇里某个人的介绍——"

"是原口吗？"

丰不加尊敬地脱口而出的这个名字，再次让京香心头一震。没错，就是原口。记忆像喷涌而出的泉水汇成一条河流似的出现在脑海中。不，自己其实并没有忘记，只不过是因为回忆那段一去不复返的岁月实在是太痛苦了。京香将手放在胸前做着深呼吸。然而一旦心中的大门被打开，其中的记忆就会染上鲜明的色彩而苏醒过来。京香沉浸其中，将记忆的碎片拼好后，就立即将其转化成了语言。因为她认为如果不这么做的话，这些记忆就会化作泡影。

"没错没错。竞技场开业那天，不是有很庞大的现金流吗？正因如此，只有可靠的人才能进去工作。但是，我小时候好像听说，是原口先生担任她的入职担保人。"

"可那个原口——"

"是的。那个家伙在盗用竞技场的公款后，就下落不明了。这种人竟然能给别人做担保。"

京香苦笑道。虽说原口达夫并不是住在河堤下的居民，但他本人就住在替出镇内，所以偶尔能见到他。这是个了无生气的中年男子。看上去并不像是个能干出什么大事的人。当他犯的事儿被公之于众后，镇里的人都是如此议论他的。

大家将他视为一个老实巴交、谨小慎微的人。他没有结婚，一直跟父母一起生活，父母去世后，他就一个人过着朴素的生活。替出镇的人对这位人畜无害的男人没有很深的印象，周围的人都很好奇，他用那些钱做了什么。

一段时间后京香她们才知道，原口好像在股票期货交易中蒙受巨大损失。他似乎是被人用巧妙的手段给骗了。正因为他不善与人交际，不谙世事，所以才会中别人的圈套。最终生活一塌糊涂的他只能抛弃一切选择逃跑。

"不过，也多亏他帮了琴美姐一个大忙。"

京香并不是打算偏袒原口。她意识到她的话会让琴美的形象也受到损害，于是便急急忙忙地进行了补充说明。京香和真实子一样，跟琴美的关系很好，所以京香多多少少知道琴美家的事。

琴美的父亲在她小时候就去世了，从此琴美家的经济便陷入了泥潭，母亲也因为生病无法劳作，因此琴美在高中毕业后，就靠着打工维持家计。虽然她不知道卧病在床的母亲病情如何，但她不会在治疗费上有所犹豫。

"事到如今告诉你也无所谓了。她好像欠过债。"

丰抬起头看着京香，但他什么也没说。

"她还找亲戚们借了钱，才总算渡过难关。你还记得崎山先生吗？就是那个死在河里的人，琴美好像从他那里也借了些钱。她的那些亲戚算盘打得很精，连利息都要收回来。阿姨真是太惨了。"

京香口中的阿姨，指的是琴美的母亲。

琴美也很清楚这些事，但为了筹钱她还是吃尽了苦头。她换了好几份工作，然后在原口的帮助下，在竞技场找到一份工作。当时她看起来很是高兴，毕竟她之前的工作都不太稳定吧。总之琴美对当时的原口，可以说是非常感激。

"这样啊。我竟然一点也没注意到这些事。"

"你那时还小，就算注意到又能怎样？"

京香又在拿他开玩笑，他似乎有些生气地皱起了眉头。

"结果，那个家伙跑了，还把犯下的罪嫁祸给琴美姐。"

丰以强硬的语气谴责着原口。

"琴美姐是被原口给利用了，她是被迫协助那人挪用公款的。那个时候不是有好多员工因为这事而被辞退了吗？琴美姐就是其中的一员。"

"琴美姐应该是不愿意参与这种事的，都是原口那家伙让她做的。"

京香想问他为何如此肯定，但又心存顾忌。

"嗯，也有这种可能性。琴美姐人很好，因为原口先生帮自己找到了工作，所以才无法拒绝他。那个时候的琴美姐真是太可怜了。"

琴美好不容易进入竞技场工作，原本为此欣喜不已的她很快就没了精神，她总是一脸阴沉且无助的样子。身边的人很担心她，他们做梦都不会想到琴美会做出助纣为虐的事。不知事情经过的德田夫妇也注意到此事，可不管他们怎么问，琴美都是摇头以对。琴美没有勇气说出自己犯法的事，她一定非常痛苦。

德田夫妇得知琴美家的困境后，便在暗中伸出援手。但是他们家也不是那么富裕。即便如此，琴美虽然遭此不幸，但她仍坚强地活着，所以德田夫妇没法弃之不顾。

"丰，你父亲不是民生委员吗？那他应该知道这事。"

说完，丰的脸色变得阴沉起来，很明显是受到了打击。京香这才注意到自己说错话了。丰的父亲曾是一位认真的教师，自从担任了地区的民生委员后，还要去解决别人家的委托。京香想起自己的父亲曾说过：那份工作很辛苦，就算身体再好也吃不消。京香发现，丰也继承了他父亲的那种性格。估计连他自己都没有发现吧。

"原口先生看起来很老实，就像公务员一样，没想到他竟会做出这种事，而且消失得无影无踪。当时闹得还挺大的，可我却把这些琐事给忘了。"

丰嘟囔道。

替出镇消失、真实子去世，那段幸福的时光已然结束，但又并非如此。当时那些激动人心、刻骨铭心的回忆，绝没有消失。长大成人后，回忆起那段时光的时候，它们就会转化为活下去的动力。

"那是咱们上小学五年级时发生的事。因为那天原口先生没去竞技场上班，所以同事就去他家找他。四处向他的邻居们打听了一番后，得知他好像不在家，但不知道去哪了。说起来，那天还是咱们郊游的日子。还记得吗，五年级学生坐的那辆巴士与对面开来的车擦肩而过时，冲出了车道，而且事故造成的冲击还让四角的头上撞出了一个包。"

京香急不可耐地将涌现出来的回忆全都说了出来。丰也在回想以前的事。

"没错。他撞了一个好大的包。哪怕是下车后，一见着他我就笑个不停。回家后他头上还有那个包。"

"要是让小真实看到四角头上的包，她肯定会拿他开玩笑吧？不过那天，小真实并没有参加春游。"

"有这事？"

"是的。春游的那天早上，小真实的母亲拜托我帮她向学校请假。她说小真实的身体状况实在很糟糕，当天只能在家休息了。"

"结果，这件事就以原口的下落不明而不了了之。除了警察和受害的竞技场以外，没有人花工夫去找他。谁又愿意去找那种人呢？他现在肯定躲在某个地方浑浑噩噩地活着吧。"

看样子丰是真的很讨厌原口。

春游前一天的下午，原口就提前下班回家了。春游那天，同事去他家找他时，他家早就搬得一干二净。警方调查后发现，他的钱包和驾照不见了，看来是逃跑了。由于他是一个人生活，所以没人知道他会去哪里。

四月，竞技场的事务所长就由其他人接任了。他在处理交接事务时发现，有一笔销售额被大幅标低了，而且这笔不知去向的款项数目巨大。新所长的手下正准备展开详细的调查，原口也察觉到自己的罪行早晚会暴露。他没能填补挪用的款项就畏罪潜逃一事终于被报纸和新闻报道出来了。

警方也曾收到不太准确的信息，说是在某处发现了原口，可经过逐一排查后，依旧没有查清原口的下落。

"那家伙本就不显眼，想必正偷偷摸摸地躲在大城市的某个角落吧。"

"他那么胆小，也许已经上吊自杀了。"

起初人们还在私下里津津乐道，但之后就渐渐忘掉了这件事。

"啊……"

"怎么了？"

见京香正捂着嘴发出呻吟，丰便探出了身子。

"丰，你之前不是怀疑某个人死了之后，小真实处理了那个人的遗骨吗？虽说我不知道是谁死了，但我大概知道凶手是谁了，就是原口先生。我想起他说过的话了，是我偷听到的。嗯……我不是有意的，一不小心……"

"什么？"

丰像是在催促她继续往下说似的问道。事到如今京香已经没法再敷衍他了。自己一向谨言慎行，可现在她觉得自己就像当年那个想到什么就说什么的小孩。京香也不知道自己究竟在害怕什么。不知怎的就变得头晕目眩了起来。

那段封印着的记忆的大门突然被打开了。

"是什么时候来着，我记得是在那人失踪之前。他喝了酒后，不知跟谁吵起来了……"

那是替出镇唯一的一家酒馆，那里不光卖酒，还有小吃以及点心之类的东西，甚至还卖一些日用品。所以偶尔也会有小孩光顾那家店。在酒水区的最深处，摆放着样式不一的椅子，那是供客人小饮一杯的地方。原口似乎独爱饮酒，他心血来潮了就会去那里喝酒。

那天，京香去那买东西的时候，看见一个已经喝得酩酊大醉的男人正反复纠缠着原口。原口似乎很能喝酒，无论喝多少都面不改色。当时店主正好不在店里，可能是回到紧挨着店面的家里去处理什么事了，也可能是因为他讨厌那些喝醉的客人。总之，店里目前没人负责收银。收银台的旁边，一个用薄薄的胶合板分隔出来的地方，喝醉的男人正以嘶哑的声音嘲弄着原口。

"胆小的废物""身边的人都讨厌你""找不到老婆的窝囊废"，那人用类似的话羞辱着原口。由于喝醉了，那人说话含糊不清。原口没有理会他，仍不为所动地喝着酒。不久，那人就喝得烂醉并趴在桌上了。

这时，原口面不改色地对那个男人说道：

"我才不是什么胆小的人。"

那人鼾声如雷，可能也没听到这句话。原口弯下腰，在那人耳边低声说道：

"我可是杀过人的。想试试看的话，我可以轻松成全你。"

紧接着，原口歪着红色的嘴唇露出了诡异的笑容。他的眼神如同爬行动物般冰冷。那人"嗯"地哼了一声并扭过身去后，原口便站起身来，若无其事地喝掉了杯中的酒。之前表现出来的令人不快的感觉消失得无影无踪，他又变成了那个不起眼的男人。

京香瑟瑟发抖，什么都没买就跑出了酒馆。不知不觉外面就下起了倾盆大雨，她还记得当时自己在大雨中狂奔，浑身都湿透了。因为她只想尽快离开那个地方。

话说，自己又将从原口那里听来的事告诉谁了呢？也许是母亲还有祖母，这种事是没法一个人憋在心里不说的。然而事到如今自己早就忘了，当时母亲和祖母也一定没把这当作一回事。

"他肯定是因为恼羞成怒而在虚张声势吧？像他那样的人，肯定干不出那样的事。"

她们好像说过这话。特别是女中豪杰的祖母就更有可能了。

"即便如此，我还是很在意，所以我没有忘记这件事。"

所以，真实子和琴美都在场时，京香便将此事告诉了她们。京香觉得，成年的琴美肯定也会像母亲还有祖母一样说出同样的话吧？然而琴美听完便开始颤抖。这令人意想不到的反应让真实子和京香惊讶得面面相觑。脸色煞白的琴美摇摇晃晃地离开了，真实子不放心便追了出去。

"那个时候的琴美姐，还不知道自己正在原口先生的操控下，帮他做着犯法的事。琴美很怕他，记得她还一边发抖一边说，'原口不会真的杀人了吧。'看到她这个样子，我想以后绝不能再提起这件不祥之事了。我竟然会把这么大的事给忘了。"

丰一声不响地陷入沉思。他应该是在思考，原口究竟把谁给杀了。与挪用公款相比，原口应该更害怕杀人的罪行被发现，这才选择销声匿迹了吧？

然而京香却在思考着完全不一样的事。她陷入了一种极具人情味的情感——恐惧，这种情感与回忆共同浮出水面，它像一支锐箭精准地射穿了自己儿时的心灵。京香还能回忆起自己从酒馆里跑出去的时候，被雨水拍打的感觉，她觉得是那场倾盆大雨隔绝了逼近自己的灾难。

大雨冰冷、细雨温润、虫鸣唧唧、晚风凄凄，盛开的野花芳香四溢。至今为止的漫长人生中，自己竟然完全忽略了这些事物的存在，注意到这一点时，她不由得大吃了一惊。

错了！这种生活方式是错误的。

"怎么了？"

丰紧盯着京香问道。

"丰——我——"

我……究竟想说些什么呢？京香突然流下泪水，迅速组织接下来要说的话。

"我还想再去一次。"

"什么？"

"还想再次跟大家一起去山里埋骨头。"

丰不知该如何回答。

京香想埋掉的不是骨头，而是此时此地的自己。她想舍弃那个软弱、被动、没精神的自己，想把这样的自己给深深地埋起来。

"真实子啊——"丰似乎好不容易才从他那干咳的喉咙里挤出了这几个字，"那时她为什么要让大家一起去山里呢？"

"这种事——"京香不由自主地说道，"这种事也没什么吧。毕竟谁也猜不到小真实要干什么。"

说着的同时，京香发现自己像个孩子一样兴奋。她发自内心地想再一次参加真实子那破天荒的活动，然而这已经是不可能的了。

"所以我想知道那件事的真相。"

与京香一样，丰也突然激动地说道。

"知道真相后，你想做什么？"

"这个嘛，我也不清楚。不过，我认为这很重要。"

"是啊，对咱们来说很重要。"

对目前还活着的我们来说很重要。

"刚才也说过了，我认为那些骨头不是标本。所以我才四处向大家打听这件事。"

丰的这些话，让京香感到醍醐灌顶。

"说得也是，小真实不会特意跑大老远去埋一堆骨骼标本。她这样做肯定有她的理由。如果那是被原田所杀之人的骨头，小真实肯定会找个靠得住的理由来处理掉的。"

丰露出了惊愕的表情，他可没考虑到这一点。

京香越想越觉得奇怪，也因此而越来越兴奋。丰则咽着口水说道：

"咱们把骨头带到山里后，真实子还让我们挖了一个深坑，把咱们包里的骨头轻轻摆放在坑里。然后，她吟唱了一段类似咒文的东西。真实子事先就准备好了那个咒文。我觉得，她不会为了一堆骨骼标本而搞出这种仪式。"

"那是《祭骨之诗》。"

"什么？"

"小真实当时吟唱的是《祭骨之诗》！"

丰沉默不语，目不转睛地盯着京香的脸庞。

"那首诗，我还保存着呢。"

丰被京香的气势吓到了。

"那是我当时抄下来的。你不觉得那是首震撼人心，而且意义深远的诗吗？所以我在她后面边听就边记在笔记本上了。那个笔记本应该还在我老家。"

"能麻烦你去找一下那个笔记本吗？"

"当然可以了。我找到后就会告诉你。"

"好的，拜托你了。它说不定能给我们提供些线索。"

"知道了。"

京香轻轻点了点头，就像是达成了某种秘密的约定。

停车场里，丈则的秘书大仓正在洗车。身材短小的他，正踮着脚清洗着皇冠[1]。京香经过他身边时，大仓慌忙将水关掉。

"夫人，下次更新主页的时候，我想将您与县议员的合影传上去。"

京香的心情变得有些郁闷。

"现在拍吗？"

"不是，富永议员还在常任委员会，等他回来后我再通知您。"

"我知道了。"

那是负责汇报丈则的议会活动与政治活动的主页。那个主页偶尔还会上传他们夫妻二人的照片。宣传他们二人和谐的夫妻关系和幸福的家庭生活也是很重要环节之一。从丈则当选开始，主页上就发表过

1　皇冠是丰田旗下的一个大型豪华轿车系列。——译者注

很多他们二人靠在一起微笑的照片。

然而宣传的情况与实际情况完全相反。主页照片上的京香所展现出来的笑容并不自然，因此丈则经常责备她，甚至突然就把手中的热咖啡泼在她身上。对丈则而言，他随便找个理由就可以这样做，他的目的就是为了伤害逆来顺受的妻子。

丈则一旦遇上不顺心的事，就会诉诸暴力。在母亲面前，他就像个跺脚撒泼的任性小孩。京香是在结婚后才知道他有这个毛病的。丈则成为县议会议员候选人后，这种情况就常态化了。丈则需要继承父亲的事业，还要在激烈的选举斗争中存活下来。京香也理解，丈则难以承受这种压力。当选的那天晚上，京香本以为终于可以摆脱这种异常的关系，但丈则却将她推倒在地，一边笑一边殴打她。

从那之后，只要丈则与议会、政府机关以及支援者之间发生了不愉快的事，就会通过对京香施暴，让自己平静下来。反之，如果不这样做的话，他就会焦躁难耐。

对丈则而言，妻子不过是自己用来发泄情绪的对象，他并没有在妻子身上倾注爱情。所以这两年里，两人之间完全没有夫妻生活可言，丈则甚至都没有拥抱京香的兴趣。京香周围以澄江为首的那些人，还盼着京香生个男孩，只能说他们拜错了庙。

"对了，这个月末当地的免费报刊好像要过来采访，夫人也需要一同接受采访，我想他们应该会以议员的日常生活为中心进行提问。"

京香悄悄地耷拉着肩膀，但大仓并没有注意到。她本身就不擅长应付媒体，而且这明摆着就是让她去演戏。他们分别要饰演以家庭为重的议员丈夫，以及全力支持丈夫的妻子。

为什么丈则不离婚呢？与其偷偷摸摸地折磨我，不如娶一个让自己满意的女人。至今为止，京香无数次想过这个问题，可每次想到那个恐怖的原因时，她都会不寒而栗。丈则身边需要一个用来让他折磨的人。他可以通过虐待、伤害这个弱小的人来认识到自己的强大。而京香是最适合这个角色的人。

"夫人——"

大仓一边打开水龙头开始放水，一边喊道。

"怎么了？"

京香回过头，与大仓四目相对。

"这次请您说话再机灵点，回答得果断点。您的笑脸，最好不要再看上去跟哭一样了。"

京香无言以对。大仓并没有等她的回复，转身继续洗着车。

这个人难道知道我们夫妇之间的关系吗？难道知道我目前的处境吗？难道知道丈则是怎样不把我当人对待的吗？难道知道他是何等的不爱我，何等的看不起我吗？

大仓曾当过昭太郎的秘书，听说是富永家的远亲。正因如此，不论是昭太郎还是丈则都视其为心腹。有时候，他们两人还会一同去喝酒。

京香的脑海中，浮现出丈则酒后对秘书说自己坏话的场景，一想到这里她就感到恶心。两个露出下流笑容的男人，兴致盎然地说着：

"那个女人，我压根儿就不想抱她。"

"是吗？那夫人岂不是很可怜？"

"我一看到她的那张脸就火大。她那种人看上去很老实，但你不知道她在想些什么。"

"所以说，很过分嘛。您不仅不疼爱她，反倒欺负她。"

"没事的，她很适合用来欺负。"

"说不定夫人也很愿意被您这样对待呢，不然她怎么能忍气吞声到今天呢？"

京香想象着他们之间龌龊的对话，同时在背后凝视着这个一边吹着口哨一边洗着车的男人。

大仓负责很多工作，包括帮丈则收集政治活动所需的资料、制作文件、管理数据、在丈则与后援会或地方之间牵线搭桥，另外他还负责开车以及管理丈则的日程安排。

县议会议员秘书的劳务费并不是由国家承担的。自治体发给县议会的政务活动费只够一半的秘书劳务费。因此，剩下的劳务费是县议会自掏腰包。富永家多少也算是个资产家族，在市内拥有几处房产，并不缺政治活动资金。即便如此，他们也没有给大仓支付太多的工资。这也就是大仓都三十多岁了，还没有成家的原因。而且万一县议会议员落选，秘书必定会失去工作。

大仓似乎并没有成为政治家的野心与气魄，他之所以一直从事秘书的工作，也许是因为这份工作能让他安稳度日吧，就像在泡温水澡。慢悠悠地完成日常工作后，就钻进远亲富永家，他是喜欢这种逍遥自在的生活，还是听丈则抱怨自己的妻子，也是这位秘书的工作呢？

京香劝自己不要想太多，她觉得自己太卑微了。

不过，大仓确实看不起京香，他对待富永家其他人的态度明显跟对待自己时不同。换言之，这也证明了自己在这个家里的地位。京香再次叹了口气，然后朝家里走去。

五月连休快结束的时候发生了一件事，让京香对此有了更深刻的认识。

她发现丈则有了外遇。自从自己与丈夫之间不再有夫妻生活后，京香就经常担心这种事会发生。她害怕这种事成为摆在她眼前的事实，所以不论丈则做了多么过分的事，她也没有质疑过丈夫的品行。

实际上，当京香遇到这种情况时，相比于愤怒，她先感到的是害怕。今后会怎样？不管怎样我至少要保护好萌萌香。对未来的不安与守护孩子的决心交织在一起。

据说出轨的对象，是在市中心的娱乐街经营着一家俱乐部的老板娘。京香也是头一次知道，丈则经常光顾那家俱乐部。一来是因为京香不关心丈夫在外面做了什么，二来是丈则也不会把这些事一一跟家里说。

有一封寄给县议会的匿名邮件，揭露了丈则不仅沉溺俱乐部，而且还跟老板娘有不一般的关系。丈则最讨厌的那个议长，像是捡到宝似的，把丈则叫过去问话了。丈则当然是佯装不知。然而，这件事很快也传到昭太郎的耳朵里了。

客厅里的窗帘关得严严实实，昭太郎、澄江、丈则以及京香，面对面地坐在一起。昭太郎露出极其不痛快的表情，澄江抱着头，罪魁祸首丈则看上去怒不可遏。他对自己做过的事避而不谈，似乎已经等不及要对发送邮件的人破口大骂。

"那种邮件究竟是谁发的，我心里大概有数了。"

丈则面红耳赤地说道。

"谁发的都无所谓。"

昭太郎低沉的声音让儿子不敢作声。虽说他已经退休了，但在家中依旧保持着威严。

"为什么偏偏是和夜总会的女人……"

昭太郎一个眼神让絮絮叨叨的澄江不敢作声。

"趁现在还能掩盖这个消息，你马上跟那个女人撇清关系。"

看来昭太郎目前在县议会和县厅说话还管用。京香像是事不关己似的听着他们的对话。

"今晚就去跟她交涉，如果能用钱解决问题就最好不过了。"

"你想让丈则去说吗？去见那个女人真的不要紧吗？要是让别人看到他们之间起了什么争执，那不就糟了吗？"

她也太溺爱自己的儿子了。

"你怎么玩完女人连后事都处理不好。"

澄江用手指揉着太阳穴，目光在空中徘徊，最后喊了一声"京香"。她就像刚注意到儿媳妇在这里一样。

"你也别因为这事而产生动摇。丈则是不会抛弃这个家庭的。男人偶尔也会做出这种事，女人要学会默默忍受一切。我曾经就——"

"够了！"

昭太郎严词打断了澄江。

"不过是才当选的菜鸟，只能说你太大意了。怎么能在这种事上被人算计呢？"

父亲苦口相劝，而丈则却一脸不悦地别过头去。

"喂，你有没有在听我说话？！"

昭太郎雷霆大怒。丈则缓缓看向父亲。刚才他还像个孩子似的在闹别扭，可现在却面无表情，看起来十分冷淡。一看到他的脸，京香就恐惧不已。他此刻的表情跟虐待她的时候一样，无比残忍，而且还洋溢着邪恶的笑容。然而，其笑容深处是幼稚的自尊，是周围的溺爱助长了他那没有根据的自尊心。

丈夫自以为是的内心被他的疯狂所笼罩，他自己都无法驾驭自己的内心，只能被它奴役。旁人无法认识到这个家庭的异常。寻常的家人想必会考虑到妻子被背叛后的感受，并至少对她说句道歉的话。可是，不管是公公婆婆还是丈夫，完全没有道歉的意思，并不是丈则强迫的，而是他们头脑中根本就没有这个概念。

"不过，现在有一个问题。"

丈则像是在克制自己阴冷的笑容似的如此说道。他的话回响在昏暗的客厅中。

京香实在不想再听下去了。

"那个女人怀孕了。"

所有人都不说话了，整个房间陷入了一片死寂。京香听不懂丈夫在说什么，只是神情恍惚地坐在原地。

"那就让她去堕胎。"昭太郎在发出低吟声的同时如此说道，澄江突然抬起头。

"可是——"

"现在对这小子来说是至关重要的时刻，不能让类似的丑闻再发生了。"

"这样做真的好吗？"

丈则突然眯起眼睛，如同撒娇的孩子，想方设法让父母犯难。

"那是当然了。"昭太郎不悦地说道，"你多给对方一些封口费，绝对不能让这件事公之于众。"

"老公，等一下。"澄江从沙发上站起来激动地快速说道，"能不能把生下来的孩子带回咱家里？"

昭太郎瞪大眼睛。

"你不要再说蠢话了。"

"说不定会是个男孩，而且那毕竟是丈则的亲生骨肉啊。"

为什么如此重要的事，不和我商量一下呢？关于孩子的事，不应该先尊重一下我们夫妇的意见吗？京香哭笑不得。自己在家里就这么不受待见吗？

这件事并没有让京香多愤怒，忍受丈夫的暴力让她获得了唯一一个好处，就是学会如何让感情变得迟钝。

"如果，将来，需要收养一个男孩来当丈则的继承人，与其选亲戚家的孩子，或是完全没有血缘关系的孩子，不如收养那个孩子。"

京香看到丈则偷偷抽动着脸颊。她很清楚，事情按照他的剧本往下发展时，他就会露出这种令人生厌的窃笑。

昭太郎沉默不语。这个老奸巨猾的前议员，想必正在飞快地运转着大脑，思考怎样才能让自己那愚蠢的孩子渡过难关。

"那个女人是怎么说的？"

想了足足三分钟后，昭太郎才慢慢地开口问道。

"她说想生下孩子，还说会把店关掉，绝对不给我添麻烦。"

"那只能让她在别的地方把孩子生出来了。"

"没错。绝对不能让别人知道那是丈则的孩子。"

澄江插嘴肯定道。

"生活费还有抚养费不要忘记给人家，明白吗，丈则？"昭太郎紧握住真皮沙发的扶手，并将身子往后靠去，"你要和那个女人一刀两断。如果私生子的事被后援会，不，要是被哪个县民知道了，你就完蛋了。"

"你只需记住这些就够了。"父亲刚说完这话，丈则便老老实实地回答道："我知道了。"

此时澄江终于看向了京香。

"京香，你能明白吧？这是为了以防万一。让萌萌香当继承人也没问题。如果你能生个男孩，那就全都指望他了。"

"京香已经不能生孩子了。"

丈则如此说道，像是要掩盖澄江的发言。

"什么？"

"我觉得京香已经不会再有孩子了，不管是男孩还是女孩。"

京香止不住地颤抖。

"我跟京香已经没有那种关系了。"

澄江含着泪露出了尴尬的笑容，而昭太郎则瞪着天花板。

京香将放在柜橱最深处的纸箱拉出来。变色的箱子侧面用马克笔写有"京香 小、中"的字样，颜色淡得几乎快要彻底褪去。京香目不转睛地看着自己小时候写下的这些字。

京香老家有一个完全用来当储藏室的房间。搬到富永家的时候，很多家当都被处理掉了，而那些没舍得丢掉的东西就放在这里。性格坦率的妹妹很爽快地就把她自己的东西给丢了，但对京香而言，她有很多想珍藏下来的东西。

在京香的身后，放着几个被打开的纸箱，最后拉出来的那个箱子还未开封。她剥开已经变得黏糊糊的胶带，移动自身的位置以便看清箱内的东西。里面装有封面磨损的书、辞典、笔记本，以及揉成球的奖状等各种杂物。

京香本想将这些东西逐一打开翻看，可她并没有如此充裕的时间。她迅速取出箱子内的东西，然后堆放在地板上。她的目标是上小学高年级时使用过的笔记本。和学习用的笔记本不同，那是她可以随意使用的东西。京香会将自己在意的少女漫画上的封面以及偶像的照片剪下来贴在上面，会将自己想起来的事情以及其他什么事用日记风格的文字写在上面，还会将读过的某一段话或者流行音乐的歌词誊抄在上面。

小时候自己对这个笔记本爱不释手，正因如此，她现在还记得封面的图案。那幅画由两部分组成，在夕阳下远航的白色客船和画在眼前海滩上的爱心。京香曾经是那么热衷于在上面书写些什么东西，可自从放进纸箱之后，她就再也没有翻看过。

不过偶尔回忆一下过去也是很重要的，通过这种方式可以体会到已然逝去之物的弥足珍贵，一旦失去这样的机会，回忆就会被无情的时间洪流慢慢地冲走。

当京香在箱子的底部找到那个笔记本时，她深有此感。记忆中海上的夕阳要更柔和一些，而京香手中的却格外的红。她沙沙地翻动着笔记本，记得自己当时写在了最后几页上。

自己孩子气的文字在纸上欢快地跳动着。

终于找到了。京香怀着平静的心情将其读完。那是一首很短的诗歌，她还能清楚地想起，记录这首诗时所发生的事情。她挺直腰板坐在书桌前书写。身旁的真实子，什么也没看，非常流畅地朗诵着这首诗。

看得出这首诗是真实子经过反复推敲后才创作出来的。就在那个瞬间，窗外的梧桐叶沙沙作响，午后和煦的阳光照进屋里。

祭骨之诗

今日，我们将你埋葬于此。

你与你的灵魂，绝不可再度苏醒。

你必须遗留在此，直至永劫。

你，既无肉体，也无精神。

认清自己的罪恶吧。

接受相应的惩罚吧。

缄口闭目，以土填耳。

你已无宣扬自主之权利。

也无伤害他人之气力。

寒土之下，唯有寂静作友。

最后，让我们为你哀悼。

为你悲惨而又贫乏的人生哀悼。

我们会将你的末路铭刻于心。

你不得对任何人心怀怨恨。

我等，秉持崇高精神之人。

心怀从未遭受玷污的骄傲，

高举从未遭受贬损的尊严。

今日，凭借这份力量将你埋葬。

此时，京香的脸上划过一道泪痕。

三　正一之章

　　强风吹得人睁不开眼睛，肆意生长的头发迎风飘扬，站在高处的正一凝视着下方的风景。平整的大地上，煞风景的太阳能板在远处排开。除此之外，只有一片荒地。低洼的地面因地震而发生沉降，长期浸泡在海水之中，就算海水好不容易才退去，那里也只有赤裸裸的荒地，完全没有一点生活的气息。视线转到近处，重建的建筑物零星地分布在四周，反倒让人感到格外寂寥。尽管如此，从不老山到海岸边的绿植正一点点地增加，仿佛在向正一诉说着时间的流逝。

　　震后残存的旧野蒜站，孤零零地矗立在那片平地的中心。站台和站楼还原样保留着，而二楼已经变成了资料馆。虽然这个重要的设施是为了将海啸的恐怖传达给后世，但正一一次也没进去过。不久前，车站的前方建了一座复兴祈愿公园。从这里可以看见高耸的纪念碑的背面。纪念碑与袭击野蒜的海啸高度相同，正面刻有"镇魂·复兴·感谢"的字样。正一不愿长时间直视纪念碑，便将目光移开了。

　　绿植的尽头是一片明朗而又平稳的汪洋大海。正一家经营的民宿以前就在这附近，由于没有参照物，身在高地的他无法找到自己家的位置。

　　"地上变得光秃秃的了。"

　　正一顺着声音回头看去，原来是重松荣子正拄着拐杖在小声说话。她眼看就快八十岁高龄了，为了锻炼腰腿，每天都会散步。地震之前，她就住在正一他们家经营的民宿"万一庄"的旁边，忙的时候还会拜托她来帮忙。

"你也该从临时住宅里搬出来，找个像样的地方了。"

"我也不想住在那里。"

每次都是相同的回答，所以荣子并没有因此感到不高兴。

"阿正，你今后怎么办？总不能一直迈不过这道坎吧。"

荣子一家全都搬到了新建成的野蒜丘灾害公营住宅。通过砍伐山林而得到的土地有九十一点五公顷，是东日本大地震受灾地中规模最大的住宅区。遭受水淹灾害的东松岛市野蒜地区住户们的高地转移工作也几乎完成了。全国新闻也报道过这项庞大的转移作业，当地不仅使用大型的传送带搬运了大量的泥沙，还投入了巨大的重型机械。

这也是东日本大地震受灾区域中规模最大的高地转移工作。这里除了有住宅之外，小学、幼儿园、派出所、消防局也一应俱全。JR仙石线的野蒜站以及东名站，都一并转移到该区域。另外这里还建有诸如野蒜市民中心和东松岛市奥松岛观光物产交流中心之类的设施。

为了实现居民们"将家园迁往高地"的愿望，相关工作刻不容缓地推进着。正一身后的住宅地被划分得整整齐齐，新建的房屋鳞次栉比。

"那里离海太远了。"

正一喃喃自语道。听到他这么说，荣子便紧绷着脸摇头说道：

"可是海边很危险啊。"

荣子刚说完，正一的耳朵深处便响起了海啸袭来时的轰鸣声，他不由自主地紧闭双眼。与此同时，荣子似乎也听到了大海的咆哮声，将脖子缩了起来。不论过去多少年，亲身经历过此事的人，大多会在不经意间受到如此惊吓。当这份痛苦的回忆于大脑中闪现时，二人只能静静地等待它的离去。

"老爷子现在在干什么？"

正一从干巴巴的嗓子里挤出这句话。他已经学会了控制情绪的方法。

"喜一郎开始养牡蛎了，还让我去帮忙。他就是消停不下来。"

"是吗？"

"一开始其实并不顺利，但现在产量变得和地震前一样多了。怎么样？如果你愿意帮忙的话——"

"我就算了吧。"

听到正一如此果断的拒绝，荣子皱起了眉头。

"我家那个老头子都那个岁数了还在工作。"

"行，我先走了。"

正一匆忙转过身去。

"你要走了吗？"

正一没有理会身后的荣子，慢悠悠地朝坡道方向走去。旧野蒜站的附近有汽车站，那里可以乘坐当地的免费循环巴士。换作平时，正一会走些远路去海边转转，但今天他并没有这个兴致。由于没有可以直接从位于高地的新站楼下来的阶梯，所以如果打算步行前往旧野蒜站的话，下了坡道后还得走一千米左右的路。正一深深地体会到这里的不便。即便如此，正如刚才荣子所说，居民们还是选择了远离海边。

来到车站的正一，终于感受到了夹杂着大海气息的和煦春风。他抬头望去，松树林不在了，鳞次栉比的建筑物也不在了。但是，由于此处建有高达七米的防潮堤，所以在地势低洼的地方是看不到大海的。人们真的与大海隔绝了，妻子曾经是多么喜爱春日波澜起伏的石卷湾啊！

口袋中的手机响了，拿出一看，原来是丰打来的。大约两周前开始，他就频繁给正一打来电话。正一仅在最开始接过他的电话，对方说想见见他。

"不，我不想见你。"

正一断然拒绝道。此后，他便再也没接过丰的电话。

他如今还会有什么事找我？其实在地震发生后不久，丰就出于担心曾多次联系过正一。正一的父母现在还住在四国，丰说他是从正一父母那里问到了他的手机号码。那时丰还问他需不需要帮忙，但正一却冷漠地回了一句不需要。或许是知道再纠缠不休地打下去也无济于事，丰便再也没有打过正一的电话了。

巴士来了，当正一穿过打开的车门时，他隔着前一位乘客的肩膀再次看向大海。

我为什么要待在这里？正一莫名其妙地思考着这个问题，然后笑了一下。丰突如其来的联系让正一想起了遥远的故乡。地震后，正一回老家待了三个月，那时他见到了丰。

正一不愿再提及往事，丰也没有过问。不过他应该有所耳闻吧？双方一脸痛苦地面对面，低头沉默不语。那种感觉如坐针毡。不只是丰，高中时代的朋友和熟人也来拜访过正一，每个人都表示节哀顺变并鼓励着他。那三个月里正一下定了决心，这里并非自己的容身之所，他不允许自己待在和平的四国。

"我打算回宫城。"

虽说自己还没决定好，但还是不由地说了出来。

丰只说了句："这样啊。"

巴士正沿着东名运河行驶，春风在光秃秃的大地上扬起尘埃。

有想过回这里做什么吗？那时，只是单纯地想要回宫城。即便知道回来后什么也没有，只不过像个傻瓜一样执着于此罢了。虽然四国的家人挽留过自己，但他还是固执地回来了。

正准备打开临时住宅的拉门时，正一注意到入口处邮箱里的《自治会报》。他取出报纸，然后单手打开了拉门。在狭小的玄关里，他一边随意地将鞋子脱在了一旁，一边将《自治会报》扔进了垃圾箱里。

野蒜这边的临时住宅在三年前就关闭了，之后大部分的家庭都搬进了灾害公营住宅，而正一却住进了东松岛市内的其他临时住宅。他怎么也找不到搬进漂亮的新家开始新生活的动力。

冬天的时候，住在临时住宅里的一位独居老人去世了。没有人注意到此事，老人去世好几天才被发现。据说是因为拒绝支援受灾者救助中心的巡视，所以才发现得这么晚。正一听说此事后，很羡慕这位老人。自己什么时候也能像这样，不声不响地从这个世界上消失——

由于正一在东松岛市内的便利店以及建筑工地打工，再加上他还年轻，所以也没有提出巡视的申请。为了吃饭而打着零工的自己，以及时常期盼死亡的自己同住一个屋檐下，这是多么不可思议的感觉啊。其实选择死亡也不是什么难事，可自己每天还在重复着起床、洗脸、吃饭和排泄。不做任何思考，仅凭惰性重复着日常生活的自己真是滑稽可笑。

临时住宅的房间并不是很宽敞，有浴室、厕所以及附带水槽的厨房，还有一个六叠[1]的房间和两个四叠半的房间。家具只有最低限度的必需品。

最里面的那间四叠半的房间里放置着一个小佛龛。这便是家里最贵重的家具。正一本无意购买佛龛，长期用白绢覆盖着的祭台上也只摆放着四位家人的照片和灵位，可市里派来的心理咨询师一番推荐让他动了心。

"虽说我理解您怀念家人的心情，但这样下去父亲您的思绪就会一直停留于此。我想您去世的家人们也不希望如此吧。"

已经没有家人的正一，却被心理咨询师喊了句"父亲"，这种感觉很是奇怪。

虽说正一不赞同她的意见，但是如果自己在家中供奉一个佛龛的话，想必家人们的灵魂也能得到慰藉。可想而知，之前的自己是有多么颓废，竟然连这点都没想到。这里就像是他们的坟墓，自己早晚会在此地与他们会合，一想到这他就好受多了。

缩小的照片被置于小小的相框中，与灵位摆在一起。正一坐在佛龛的前面，一动不动地看着他们。妻子美纪、长子悠马、次子彰吾，以及岳父万一，不论经过多少年，他们的笑容都不会变。正一在心中

1　一叠相当于1.62平方米。——译者注

119

默念：等我在这边变老后，再去那边的世界，估计就没人能认出我了吧。

正一将买回来的日式馒头从袋子里取出，那是东松岛市知名糕点店的点心，是美纪还有万一的最爱。因为海啸袭来，受到海啸的影响而关门的店铺，在地震半年后重新开业。正一起身去拿碟子，准备给他们上供。他从厨房碗柜中少得可怜的餐具里拿出大小适中的碟子。在洗碗池的窗前，能看到对面的临时住宅，那里可能已经无人居住了。地震过去七年，人们重新开始生活，并搬去各自的新家。还留在这里的人，是一年比一年少。

正一停下手中的活儿，出神地望着对面的家和道路。他回想起来，自己刚搬到那边时，还庆幸看不到大海。而野蒜的临时住宅，就位于大海附近。于是不忙的时候，正一就会去野蒜的山丘上眺望大海。

"快回来！海啸要来了！"

正一仿佛听到万一的声音。他静静地望向佛龛，只见褪色的万一正露出洁白的牙齿朝着自己微笑。

那天——

感受到剧烈摇晃的时候，正一正在为"万一庄"的客人们准备晚饭，碗柜倒塌，无数的碗碟碎了一地。在海边工作的万一赶了回来，很快就去附近的托儿所把悠马和彰吾接回来了。

"老爷子，您先带他们俩去小学避难，我去接美纪。"

美纪正在市政府附近的一家妇产科医院做检查，她说可能是怀上第三胎了，所以利用工作之余前去检查。指定为紧急避难所的野蒜小学，即便是步行过去也要不了多久。万一紧紧握着两个孩子的手，并对正一点了点头。

四人来到民宿的前院，可周围并没有紧迫感。路上的居民还悠闲地说着"该怎么办呢"之类的话。地面虽说还在剧烈摇晃，但是并没见到有房屋倒塌。就在正一打开小汽车的车门准备进去时，万一跑到院子外，大声喊道：

"快回来！海啸要来了！"

万一年轻的时候经历过智利地震所引发的海啸，所以他知道地震常常伴随着海啸。

有几个人在听到这句话后，便匆匆返回家中。

正一坐进车里，不顾一切地踩住油门。他刚把车停在妇产科医院的门前，美纪正好从里面跑出来，正一急忙打开车门让妻子进来。脸色煞白的妻子最先询问的是孩子们是否安全，得知万一已经带着孩子们去小学避难后，这才松了一口气。来的时候路本是空荡荡的，但回去的时候却堵得水泄不通，所有人都开始避难了。

正一焦急地开着车，好不容易才从鸣濑川的桥上通过，现在已经没有看海的闲工夫了。

"怎么样？已经很近了，我们走过去吧？"

就在美纪回过头查看堵车状况的时候，她发出了惨叫声。正一惊慌地看向车后，通过汽车的后窗，他看到难以想象的景象。漆黑的海啸自鸣濑川向东名运河袭来，波浪恐怕有十米高。船只被海浪冲了过来，甚至还有船只翻了过来，露出蓝色的船底。

成群的车辆浮在水面上，被海水冲得打转。黑色的海水很快便逼近了正一的车。眼看着那些汽车被惊人的大浪给冲走，正一心想这样下去可不行。

"快出去！"

一打开车窗，就能听见海岸的松树林被海啸冲倒发出咯吱咯吱的声音。正一先从车窗钻了出去，水已经没过他的腰部，他准备把美纪拉出来，但是脸色惨白的美纪却吓得动弹不得。

"笨蛋！孩子们还等着我们呢！"

说罢正一便用力拉她，总算把她拉了出来。很快水流便涨到难以行走的高度。甚至连路旁的住宅都被大水冲走了。

"这边！"

正一握着美纪的手将她拉到身边，在满是瓦砾的浊流中，即便水没过头顶，他也从未放开美纪的手。正一想方设法将头伸出水面，与此同时，他听到储气罐破裂的声音以及汽车的喇叭声。

"孩子他爸！"

美纪像是呛了一大口水似的喊道。她束手无策，只能被漩涡卷走。正一的另一只手在拨动水流时碰到了什么东西，好像是谁家房梁的圆木，其后部还连着房顶的一部分。他用手抱住房梁，突出的钉子扎进他的手掌。他一边呻吟一边重新抓住美纪的手不放。

就在此时，海水朝反方向猛烈地退去，冲散了二人。

"孩子他爸！"

美纪再次叫道。

"美纪！"

正一放开圆木朝妻子游去，却被漩涡所阻挡，简直就像深陷瀑布之中。他只能眼睁睁地看着妻子被黑色的海水卷走。妻子的身影以惊人的速度远去，她伸出水面的头也扑通一声沉了下去。然而，正一什么也做不了。最终，他连声音也发不出来了。

正一倚着煤油罐在水面上漂流，他只能祈祷，自己不会在轰隆隆的倒塌声中，被漂浮的残垣断壁压死。

"喂——喂——"

听到呼喊声的正一抬起头，看见几名男性从钢筋混凝土建筑的三楼里探出身子。他完全不知道自己会被冲到哪里。这时一个人跳到楼下阳台的屋顶准备施救，还有人扔来了撕好的窗帘，正一好不容易才抓住窗帘的一头。

"坚持住！现在就拉你上来！"

就算这样说，正一也高兴不起来。他完全是被动地被人拉进大楼里的。这里似乎是某家公司的事务所。里面散乱地摆放着钢铁制的办公桌和储物柜。他们从储物柜中取出工作服交给正一，让他换掉湿漉漉的衣服，即便如此，他的身体还是抖个不停。街道上满是漆黑的海水，此时鹅毛大雪开始渐渐落在水面上。

有四名男人被困此处，后来又救上来三名卷入水中的男女。

由于没有人前来救援，众人就在此地度过了一晚。这里没有热乎气，又暗又冷。正一心想，说不定美纪也跟自己一样得救了吧。正一还担心着前往野蒜小学避难的岳父和孩子们。虽说野蒜小学是指定的避难场所，但那里并不是高地。即便小学距离海边有一千米，可如此巨大的海啸很容易就能抵达。不过，万一毕竟是渔夫，他应该能保护好两个孩子吧。正一这样安慰着自己。

第二天早上，海水退去后，正一他们便来到地面上。眼前的景象简直就是一片地狱。还没好好道谢，正一就跟事务所里的人分别了。想必他们也很担心家里人，没说什么就离去了。

昔日的道路上到处都是瓦砾，所以花了些时间才来到野蒜小学。来到校门口的正一被学校的惨状吓得瞠目结舌，校园里泥泞不堪，近百辆汽车如玩具般堆积在一起，车身上也尽是泥土。

一脸茫然地看完这番景象后，正一前往了校舍。校舍里有很多人，说不定岳父也在此处避难。可是，他在校舍里走过来走过去，也没看到万一和儿子们。就在正一一筹莫展地以为他们已去其他地方避难的时候，荣子跑了过来。看到她哭泣的样子，大概也能推测出发生了什么事。

地震发生后不久，前来避难的人都聚集在体育馆。可海啸逼近了体育馆，陷入恐慌的人们跑到了舞台上，但还是被追上来的海水给冲走了，只有通过楼梯来到二楼观众席的人们才幸免于难。围在二楼观众席的人只能眼睁睁地看着下面求救的人逐渐溺死。

正一在这里发现了万一和儿子们的遗体。由于人手不足，他们就这样躺在体育馆里。荣子说她也在此处遭到海啸的袭击，进入体育馆之前，她被冲到泳池附近，抓住校园里的树才捡回一条命。此刻仍湿淋淋的她向正一说明了情况。体育馆内的黑色漩涡夺走了不少人的生命。

海水退去后，荣子在体育馆找到了万一。他死时仍抱着两个孙子。悠马和彰吾的脸上没有一点伤，就像睡着了似的。

"因为有老爷子在，所以两个孩子才不会害怕。"

正一默默地听着熟人们的安慰。他并没有流泪。

体育馆就这样变成了遗体安置处。

陪在三位家人身边的正一正思考着该如何将此事告诉美纪，但是已经没有这个必要了。之前被退去的海水卷走的美纪被人发现漂在海上时，已经是地震后的第六天了。在海浪的冲击下，她撞到瓦砾上，受了重伤而身亡。

在野蒜地区，大约有五百名住户殒命。正一四处奔走，为火化他们四人的遗体费尽心血。在处理完这些事之前，他都没有流露出悲伤的情感，不，说不定是被他强忍住了。

菩提寺也遭到海啸的袭击。由于墓地被破坏得不成样子，导致四人的骨灰暂时无处安置。住进临时住宅后，正一才总算将四人的牌位与骨灰安置好。

虽说没有举办葬礼，但还是有人前来作揖，其中一人便是那天给美纪做检查的妇产科护士。她跟美纪也算是熟人了，据说地震后，妇产科医院的医生去海边拜访完他家后，在回来的路上也遇难了。

"美纪小姐有喜了。"

正一花了很久才理解她的意思。

"听到医生这样说，美纪小姐当时可高兴了——"

护士擦去泪水。正一这才知道美纪怀孕的事。正一相当震惊，自从找到美纪后，他从未想过这件事。

地震发生后，将美纪从医院接出的正一光想着避难，全然忘记询问检查结果。美纪也因为太过担心孩子和父亲，所以也没有提这件事，她可能觉得之后有的是机会说吧。那时谁能想到，美纪会因海啸而丧命。然而她还是没能逃脱无情的命运，她腹中的新生命也是如此。

美纪腹中的胎儿，是男孩还是女孩呢？一想到尚未出世的孩子就此消失，正一哭了。他终于哭了，不论是在体育馆里见到儿子们和岳父的遗体，还是听闻美纪遇难时，他都没有哭过。

一旦落泪，各种想法就会喷涌而出，这让正一痛苦不已。

为什么会毫无疑问地让人们去野蒜小学避难呢？为什么人们不去教学楼而是去了体育馆呢？为什么自己最后要骂美纪是笨蛋呢？为什么自己会松开她的手呢？每当正一于深夜醒来之时，他都能清晰地感觉到那时妻子的手所传来的冰冷触感。

当时的幸存者们就是用这些"为什么"来责问自己的吧？如果不这么做，如果不这样责备自己，就无法度过残存的岁月。残存的岁月——没错，对正一而言，如今的苟活，不过是在消耗空虚的岁月罢了。

正一去四国避难回来后，终于将家人的骨灰安放在了公共墓地。即便已经买了佛龛，可自己的余命却久久不能耗尽。他吃着寡淡无味的食物，只为了最低限度的生活费而工作，他还不时会从野蒜丘眺望大海。那天疯狂肆虐的大海，如今却装作若无其事的样子维持着一片风平浪静。

——我家前面就是大海，一望无际非常壮观，你也来看看吧。

美纪的这句话就是正一来到此地的契机。他高中一毕业，就去大阪的厨师学校学习，学了两年后，他回到故乡，在一家外卖店工作。几年后，在埼玉县的日料店实习归来的前辈说他马上要开分店，于是正一接受了他的邀请。那家分店就在宫城县的仙台市，然后正一便遇见了在那家店工作的美纪。

美纪说她也在学习烹饪，她老家经营着一家民宿，所以她打算继承家业。在美纪的带领下，正一来到东松岛市。美纪的父亲是一名渔夫，她老家的"万一庄"就是她父亲经营起来的一家民宿，因为能为客人提供新鲜的鱼类，所以民宿的生意很是兴隆。野蒜海岸有着迷人的风光，阳光明媚的白色沙滩蜿蜒有致。到了夏天，前来享受海水浴的客人络绎不绝，所以还建了好几栋别墅。

那时，岳母英惠还健在，"万一庄"的事务也处理得井井有条。

正一非常受万一的器重，与美纪结婚后便继承了"万一庄"。那时，他觉得人生就是像这样充满了未知，没想到自己会在远离故乡的东北成家立业——

然而正一的人生故事并未就此结束。

与美纪结婚的时候，正一是入赘到她家的，四国那边的老家则由他的弟弟来继承，因此，正一的姓氏便改成了下村。正一还想起了很久以前的事。自己原本姓田口，因为整个名字都是直线组成的，所以自己有个"四角"的外号。

地震之后，正一暂时回到四国避难的时候，他的父母以及弟弟弟妹都极力劝他回老家生活。

"那地方都变成那样了，你还回去干什么？"

年迈的母亲对正一如此说道。

正一他们家在离替出镇不远的镇上新建了一栋两代居住宅，并提议全家人一起住在那里。弟弟弟妹说如果觉得拥挤，到时再搬到别处去住也行，父母也"是啊，是啊"地表示赞同。

"正一啊，你就答应了吧。"

母亲双手抱在一起对正一这样说的时候，他的内心确实有所动摇。从小母亲便跟父亲一样努力地工作，只要一看到母亲那双粗糙的手，他就忍不住想要答应她。

但正一最终还是选择了回到这里。因为家人就长眠于这片土地，他无法舍弃他们。正一默默地看着这片残破不堪的土地逐渐走向复兴。"加油东北""希望""爱""梦""互相帮助"——他看到这些词汇时就会觉得十分耀眼。他曾亲眼看见过那些和自己一样，甚至更加悲惨的人们振作起来，重新开始新生活的样子。没错，一切都在朝着积极的方向发展，也许再过数十年，这里就会焕然一新吧。

不过——有些事物不再改变不也挺好的吗？

正一并不觉得一成不变的自己有什么丢人的。与美纪相遇，选择搬到此地，都是出于自身的意愿。在他看来，失去了自己曾经选择的事物便逃离这里是可耻的。对于那些振作起来的人来说，他们只有这片土地。然而拥有退路的正一并没有选择逃避，而是选择了留在此地直至终老。

正一心里也清楚，也许因为自己是外地人，所以缺乏那种破釜沉舟加油干的气魄。其实这些他都明白，他之所以守在亡者身边，不过是想坚持生活在这里。

菩提寺重建后，寺中的坟墓全都转移到了位于高地的公共墓地。九年前因为心脏疾病去世的英惠，要是知道这么多的家人都被埋了进来，不知会作何感想，就连年幼的外孙都在里面，她一定会很心痛吧？

自公共墓地也能望到远处的大海。正一在下村家的墓前双手合十，他没有什么话可对他们说了，因为他已经把想说的话在这里都对他们说完了。美纪和万一肯定很生气吧？"万一庄"被海啸给冲毁，其遗址现在还在海岸边遭受风吹雨打。虽说居民们已经集体转移至野蒜丘，原来的野蒜地区也无法再居住，但一栋栋的事务所和商铺开始在此地出现。

如今野蒜已经没有可供外来人员留宿的地方了，于是当地的年轻人便提出了筹集资金建造住宿设施的计划。曾经营过民宿的正一也收到了邀请，但他拒绝了。商工会[1]的人也劝过他好几次，希望他哪怕只是在烹饪部门帮忙也好，可他还是坚决不同意。

"万一先生会难过的。"

临行前一位老人对他如此说道，可他却毫不动摇。于是这个计划就被搁置了。

正一用手抚摸着墓碑，冰冷的触感随即刺痛着皮肤，可是他却因此而感到安心。他觉得正是这冰冷的触感将他和逝去的家人联系在了一起。

"四角。"

应该是自己幻听了吧？也许只是风声而已。

"四角。"

正一慢慢回过头，只见丰背着光站在自己的面前。

我听住在临时住宅的人说，你可能在这里。

1　日本的商工会是一种由一定区域内的工商业从业者所组成的民间团体，目的是促进当地工商业的发展。——译者注

“为什么……”

丰以含糊的微笑回应着正一的提问。

“这里真是个好地方。”

丰将视线转向大海说道。如果换作几年前，正一早就生气了。不过如今的他已然没了那种脾气。

“你来干什么？”

正一的话里带着刺。

“嗯，我就是心血来潮想来这里转一转。”

“心血来潮……”

正一心想，谁会心血来潮想来这里转一转呢？然而，他并不想知道对方的意图，怎样都无所谓了。

“能让我也祭拜一下吗？”

正一没有回答，只是把坟前的位置让给了他。于是丰便双手合十地在坟前默哀了很长一段时间。

“对不住了。”

“什么？”

“这么晚我才过来。你回到这里后，我就想着过来一趟了。

“这种事——无所谓。”

在丰的影响下，正一说出了家乡话。随后二人便并排坐在公墓旁放置的仿木长椅上。

“这里才刚开春，四国那边都已经开始热了。宫城可真是远啊。”

是啊，自己曾打算定居在遥远的东北。可事到如今他已经不知道自己为什么会待在这里了。

正一还没开口问他，丰便说起了自己的近况。他说母亲死后自己原本是跟父亲二人一起生活的，但不久前，父亲就搬到千叶县的姐夫家了。于是一个人生活的丰便考虑暂时停下工作。

"说到工作，你是个木匠吧？"

"嗯。不过我想稍微休息休息。"

"是发生什么事了吗？"

"算是吧。"

真是叫人着急的对话，不过正一也没有不耐烦，继续默默地听着这位发小讲下去。接着，丰便将他拜访过哲平和京香的事告诉了他。

"什么？为什么？"

"心血来潮而已。"

正一终于笑了。

"你这家伙，原来是那种想一出是一出的人啊！"

丰看起来很高兴地注视着露出笑容的正一。正一好久没有这样笑过了，不，应该说自从地震发生后，他就再也没有过丝毫的笑容了。感到不可思议的正一看向了丰。

"抱歉，我没接你电话。"正一坦率地把话说了出来，"你其实是找我有什么事吧？"

"嗯。"

丰默默地从放在脚下的手提包中取出了剪报。正一接过丰递过来的剪报开始浏览起来。

"这是什么？"

"咱们不是把骨头给埋了吗？"

"是那个吗？真实子偷出来的那个？"

上小学的时候，真实子擅自将骨骼标本从理科教室里带了出来，之后还让四位发小帮忙处理了这个标本。丰对正一说，当年的骨骼标本，如今又出现了，还说当时埋的会不会是真的人骨。

"你竟然为了这种事——"

正一没有继续说下去。他想起了自己将彰吾那小小的第一片骨灰放进小小的骨灰罐时，发出的碰撞声是多么轻微。正一将双手插在夹克的口袋里，以不愉快的语气说道：

"你既然这么在意，为什么不去问真实子呢？"

"真实子已经死了。"

"什么？！"

"真实子已经死了。"

死亡会平等地造访所有人，正一静静地在心中如此想道。

正一把丰请进了临时住宅。路过的自治会长看到这一幕时十分惊讶。估计这人心想，竟然有人会拜访正一，而且还被他请进了家里，真是难得。丰规规矩矩地在正一家里的佛龛前双手合十，注视着正一家人的照片。

看着到现在都没有结婚就这样孑然一身的丰的侧脸，正一无法看出任何感情。到头来，没能拥有家人的丰和失去家人的自己是一类人吗？虽说失去家人令人痛苦，不过我曾经也拥有过幸福的时光，相较之下还是我的人生更加幸运吧。不，与其现在如此痛苦，还不如一开始就不曾拥有。

正一觉得自己这样想很奇怪，就像在给自己的人生做总结似的，可自己才四十岁。一想到这，正一开始明白为什么丰会执着于骨头的事了。丰可能是想找回什么事物吧？想必是他今后的人生中所必需的事物。也许他认为只要重返当年，就能获得这个对他的人生来说非常重要的事物。

正一回想起真实子将关节已经分开的骨骼标本带过来，咯噔咯噔地在大家面前展示出来的情景。

"为什么要把标本偷出来？"

哲平抱怨道。

"你不觉得木下目瞪口呆地在木箱里找来找去的样子很有意思吗？"

京香迅速反驳道。

"好了，别废话了——"真实子将头盖骨收进自己的登山包里。

"啊，话说，我也想背那个。"

说这话的人多半是正一。真实子没有搭理他，将鼓成球的登山包背了起来。

其他人也信手将大腿骨、骨盆等部位一个个地塞进了包里。真实子事先就将当天活动的宗旨传达给了众人，并让大家把登山包带来。

另外，真实子此前还找正一商量过埋骨的地点，因为正一很熟悉列车以及公交车的路线，除了喜欢坐车外，他还喜欢看路线图和时刻表，而且经常会聊起这类话题。真实子总是能巧妙地利用他人的长处。

"都带了坐巴士的钱吗？"

明明是要别人给自己善后，可真实子的说话方式却如此地盛气凌人。大家不由自主地回答着"嗯",这是他们自记事起就有的可悲习惯。众人来到了位于替出镇和邻镇之间的公交站,只有京香兴高采烈地在跟真实子聊天,三位男生则跟在后面,漫不经心地听着她们的对话。

听真实子讲,她将骨骼标本偷出来后,为了不被人发现,就将其埋在了院子的角落里。但是,由于这里日后会改建成体育公园,她便觉得不妥。

"等骨头被挖出来的时候,咱们早就不在这里了,所以没问题的。"

哲平自言自语地说完,京香便转头看向他,责备道:

"要是这东西日后在小真实家的旧址被挖出来的话,那小真实把它从理科教室里带出来的事不就暴露了吗?"

那么多年过去后能有什么问题?男生们虽然心里这么想,却没有说出口。不管怎样,京香总是第一个赞同真实子想做的事。一直以来,都是这两位女生领导着这个团队。

另外,至少还有正一,他也非常期待这场小小的巴士之旅。他平常就爱盯着时刻表上的数字并确认地图,梦想着能够乘车旅行,如今他很高兴这个愿望能够实现,想必另外两位男生也非常兴奋吧。即便是假骨头,他们也享受着将其背到深山里埋掉的这个过程。哲平还从家里带来了两把折叠式铁锹。他说这两把铁锹不知是哪位哥哥的,总之他偷偷地就拿了出来。

首先坐到位于市中心的公交总站,然后在那里换乘前往深山方向的车。真实子事先来找正一商量的时候,他就很慎重地选择了埋骨的目的地,他很享受这个过程。当时网络还未普及,他看着市内地图和各市镇村发行的宣传册，积极地开动着脑筋。真实子也把这方面的事完全交给了正一。

"啊，咱们要在下一站下车。"

在正一的提醒下，众人背上背包，清点完车费并攥在手里。五名小学生就这样一个接一个地在山脚处下了车。他们沿着主干道走了不一会儿便进入了狭窄的山道。

哲平和丰突然就变得兴奋了起来，因为他们已经闯进了能激发男孩子冒险心理的领域。山道爬起来很是吃力，京香也减少了说话的次数，并且有些落后。真实子像是为了照顾她似的，也放慢了脚步。从计划这场登山之旅开始，真实子的态度就显得有些谦虚，但可以感觉到她的内心十分坚定。做事不计后果，事后还让朋友们帮她收拾残局，如此任性的她为什么会这么老实呢？

虽然正一有这种感觉，但他却没对任何人说过。因为他找不到合适的表达方式。不过，只要按真实子说的去做，事情就会顺利发展下去吧。正一像往常一样在心里这样想着。

在初秋的晴空下，正一他们踏进了森林。

一开始还是没铺好的林道，可走到后面就是野路了。这也是真实子要求的，说是汽车开不进来。众人坐在路边休息，真实子拿出五个饭团分发给大家。虽然还没到中午，但大家已经饿了，与此同时，大家还喝着在汽车总站买的罐装果汁。

"好安静啊。"

记得当时京香说这话时好像有些不舒服。

这里不是人工林，而是天然的阔叶林。

此处散发着浓厚的绿植气息。湿润的空气向下方流动，抚摸着孩子们通红的脸颊。他们的脚下，从未见过的巨大山蚁在地面上爬来爬去，丰则用脚尖将它们碾碎。林冠上繁茂的枝叶彼此重叠，并随风摇曳，树叶摩擦的声音自空中轻盈地落下。

这个时期山上还没有漫山遍野的红叶，虽然路旁盛开着秋麒麟草，但秋天里红似火的七灶花楸叶此时还是绿色。

忽然，不见身影的鸟儿发出了尖锐的叫声，真实子像是吓了一跳似的抬起了头。

正一站起身，一言不发地自路旁的斜坡往下走。众人什么也没说，只是默默地注视着正一的动作。正一小心翼翼地踩着带着湿气的松软土地，如果要挖洞的话，还是选择能够站稳脚跟的地方为好。另外，在树木丛生的地方，其地下盘根错节也不利于挖掘深坑。

坡度变缓，正一来到斜坡底部。这里到处都是半截埋在土里的岩石，不过他用脚尖刨了一下，发现地面比较柔软。与斜坡不同，这里的大树是间隔生长。也许是因为这些高耸的树木能充分吸收阳光，所以在与其他树木的竞争中存活了下来吧。大树的树冠遮住了天空，以至于阳光照不到地表。树下连灌木也没有生长，可以说是空空荡荡的。

"喂——"

斜坡下传来正一的呼唤声，于是众人便下坡去找他。每个人都想赶快完成任务。然而从陡峭的斜坡跑了下去的正一，却被成堆的枯叶给绊倒，并狠狠地摔了下来。

"就这里吧。"

正一说完，真实子赞成地点了点头。

哲平和丰负责挖洞，其他三人则在后面默默地看着他们。正一呆呆地看着离他最近的那棵高大的日本七叶树。这棵树的年纪应该相当大了，树干上长有好些个坑坑洼洼、别具风格的树瘤，其中一个看起来就像是人脸。突然，正一有种极强的负罪感，他觉得他们目前的所作所为已经超出了小孩子做游戏的范畴，而且正在被森林之主注视着。

没过多久，一个深坑就挖好了。没有任何人发话，众人不约而同地就从背包里取出了骨头。独自留在坑里的丰从真实子手中接过了头盖骨，在将头盖骨放在坑里之前，丰仔细地观察着它，不过真实子却什么也没说。

与纯白的头盖骨四目相对的丰，在昏暗的森林里看起来格外显眼。他在想什么呢？仅仅数十秒，周围的声音仿佛戛然而止。随后，丰便毕恭毕敬地将头盖骨放在了深坑底部。

丰从里面出来后，众人便将剩下的骨头扔进了坑里。扔下去的骨头哐啷地发出干涩的声音。也许是不愿意接触骨头，京香打算将装在塑料袋里的骨头直接扔下去，但被真实子阻止了。

"要让这些骨头顺利地回归尘土才行。"

真实子小声说道。本就是由塑料等化学材料制成的骨骼标本是没法回归尘土的。这些骨头曾在土里埋过，上面沾满了土而且还很有分量，因此没有人知道这是什么做的，也没有人对此提出异议。

五人俯视着堆积在深坑底部的骨骼标本。真实子用炯炯有神的目光看向七零八落的骨头。丰举起铁锹，准备铲土的时候被她制止了。

"先别埋。现在要开始祭奠这些骨头了。"

"你说什么？"

"不能就这样把它们埋在这里，要好好祭奠一番才行。"

"真实子又要小题大做地搞什么仪式了。"

哲平以幽默的语气说道，可没有人觉得好笑。真实子从小就喜欢导演各种各样的情景，不是走个过场而已，她会确定好题材，精心地进行准备，还会即兴创作歌曲，并把大家也牵扯进去。很小的时候还觉得这事挺有趣的。在寺庙里顺着踏脚石行走的时候，幻想着下方是波涛汹涌的大海；或是想象自己出生在一个没有语言的国家，一言不发地度过几个小时；又或者将向日葵想象成吃人的植物，在它下方经过时要迅速。

真实子有办法让无聊的事物变得引人注目。所以即便已经上了小学，京香还是认为向日葵好可怕。正一有段时间也养成了在寺庙里会老老实实一个接一个地踩着踏脚石走路的习惯。

所以，当真实子煞有介事地从口袋里掏出纸片的时候，所有人都二话不说地看着她。

"当时，真实子夸张地吟诵完咒文后，就让我们将骨头埋起来了。她可真是讲究啊，那家伙一直都是这样。"

"没想到这位什么都想得出来，而且天生就拥有凝聚人心之力的少女，竟然这么早就去世了。"正一不禁这样想。

"《祭骨之诗》。"

"什么？"

"小京说，当时真实子吟诵的那个是叫什么《祭骨之诗》。"

——要让这些骨头顺利地回归尘土才行。

真实子确实说过这样的话。至少正一还记得这件事。她是把那些骨骼标本当作真正的人骨来举行的葬礼吧。当时正一就是这样想的，于是便默默地听着她朗诵纸片上的诗文。

可是——如果不是这样的呢？如果那是真正的人骨呢？

这个疑问出现在正一的心中，并深深地扎下了根。丰似乎察觉到了这一点，便将他去见哲平和京香时所说的内容讲给正一听了。正一一边听着丰结结巴巴地讲话，一边心想，自己为什么要听他说这些？那东西是不是真正的人骨又如何？死亡在这里都算不上什么稀罕事。

丰把他从京香那里听来的真实子去世的详情告诉正一后，正一的内心动摇了。地震之后正一就一直在考虑的问题再次浮现在他的脑海里。人生短暂如白驹过隙，与他人同甘共苦的这段时光究竟有没有意义呢？死亡是绝对的，即便知道阴阳两隔的那一天终将到来，可这场"邂逅"又能给逝者和生者带来什么呢？

这世上有永恒不变的事物吗？真希望有个人能肯定地告诉自己这种事物不存在。不论是被过去的亡灵所束缚、想要解开人骨之谜的丰，还是我，都希望这样的人能出现。

啊……如果真实子还活着，想必只有她才能做到。只有她才能狠狠地斥责这两位可怜的中年男人。

"如果像小京所说，原口把某个人给杀了的话——"

丰正试图在脑海中将某些事物联系在一起，他一直都在埋头挖掘二十九年前的真相。究竟是什么样的真相，为什么会让他如此执着？

真实子死后，真相也被笼罩在黑暗之中。

"就算是原口杀了人，可真实子为什么要隐瞒这件事呢？甚至还要做如此麻烦的善后工作。"

正一不由自主地插嘴说道。丰惊讶地抬起头，然后便一言不发。倾斜的阳光穿过临时住宅的窗户，在丰的脸上留下深深的阴影。

"最不可能做出那种事的人就是真实子。"

丰轻轻点了点头。按照真实子的性格，且不说她会揭露那家伙的恶行，她是绝对不会助纣为虐的。丰坚信这一点，想必任何一个了解她性格的人都会这么想吧。

"也许，她这么做是有什么理由的吧？"

"理由？"

如果什么事都有理由的话，那天海啸袭击城镇，美纪和孩子们都遇难身亡，难道这件事也有什么理由吗？难道说这种无妄之灾的发生，也是遵循了什么道理或背景的吗？当你踏上了一条不归路，并且在后来才发现你的人生由此出现了巨大的分歧时，再去查证当时发生的事情又有什么意义呢？不过，至少丰觉得有意义。

如今，骨骼标本被曝光，并且成为众所瞩目的焦点。这或许就是来自真实子，来自各位逝者的某种信号。对于我来说，地震发生的那天就是我人生的转折点。也许并非如此，也许在很早很早之前，在儿时的玩伴即将各奔东西之时，我的人生之路就注定会通向如今的结局。因为忽视了什么重要的事物，以至于我和丰都迷失在各自的人生路上。也许哲平和京香也同样如此。

真实子——那个目光敏锐、不屈不挠的女孩，在另一个世界里，仍以那个身材消瘦且皮肤黝黑的十一岁少女的模样，在为活着的童年玩伴们照亮并指示着他们应走的道路吗？

交错的茜色阳光有气无力地照在丰的背上。

"如果有理由的话——"

正一看向这位远道而来的发小，同时他眼梢处出现了深深的皱纹。

"好好想想那个理由吧。"

尽管真实子已经不在人世，但不知为何正一总觉得自己被她留下的难题给牵扯进来了。虽然他知道不论如何解读过去，也无法改变现在，不过——

我想回到那个转折点。至少是为了让我能够接受当下。

"真实子这样做是有理由的，因为她只会做有意义的事。"

正一将散落在地上的广告单整理好放在矮桌上，然后将传单反过来使白面朝上。他开始用圆珠笔将弃骨时发生的事情按照时间顺序在纸上列出来，包括真实子以及以她为中心的人们所采取的行动。

首先是德田恒夫患上癌症的事，以及在原口介绍下进入自行车竞技场打工的琴美变得消沉的事。京香是在原口消失前不久，听到他坦白杀人的事，可京香却记得不是很清楚。杀人一事与琴美的消沉是否存在关联？琴美卷进原口所犯下的罪行后，有没有向真实子寻求帮助？

接下来是德田夫妇家发生的恶臭事件。那对夫妇素来有着良好的生活习惯，即便德田恒夫当时患有不治之症，他们也不像是会做出这种事的人。那时，真实子有什么样的反应呢？按她的性格，应该会及时劝告与自己关系甚好的德田夫妇，然而她并没有这样做。她依旧过着平静的生活，但看起来似乎有些阴沉，就好像，已经知道会发生什么事，而且已经做好了迎接的准备。

风的方向、海浪涌动的方式、天空的颜色、海鸟的旋回，以及万一出海捕鱼时的言行……地震之后，正一曾多次试着回想这些情景，思考自己是否错过了什么征兆。

"还有那年春天，原口那家伙携款逃跑的事。"

丰从正一手中拿过圆珠笔添笔写道。这件事就发生在恶臭事件前不久。

"那个……把外号都市鼠叔的那位大叔掉到河里的事也写上去比较好吧？那不也是同一年发生的事吗？不过当时天气还比较冷，记得我老爹还参加了他的葬礼。应该没什么关系吧？"

丰一边自言自语，一边奋笔疾书。把这一连串的事件写出来后发现，它们都发生在一年左右的时间里。

"琴美姐管她的亲戚，就是那个都市鼠叔借过钱吧？当时，我们这些小孩还不知道有这回事。"

他们还是小孩的时候，觉得只有具有深意的事情才会发生在他们的眼前。在替出镇所度过的每一天，似乎都隐藏着巨大的谜团，而且彼此似乎都有联系。热衷于此事的丰很是耀眼。正一探头看向丰的手边。黄昏透过窗户沉淀在屋中，他的内心感受到近期从未有过的振奋，紧接着他对这样的自己感到困惑，我还有活下去的意义吗？

正一站起身，打开了灯。

"对了，原口失踪的那天，你还记得吗？就是你在郊游的时候撞了一个大包的那天。这件事，京香还记得。"

"对，是有这回事。"

正一回想起郊游时乘坐的公交车发生冲出车道的事故。事发后，汽车公司的人还提着点心盒登门道歉了。

"小京还记得真实子那天并没有参加郊游。"

"什么？真少见啊，真实子竟然会请假。"

虽说在学校上课的时候，真实子似乎看起来很无聊，但她几乎没有请过假。此时正一脑海中闪过某种想法。正要去抓住这个想法时，他将手按在了眉宇之间。

"我说，丰——"

"什么？"

面色凝重地凝视着广告单背面的丰心不在焉地回答道。

"也许，真实子没来郊游，并不是因为身体不舒服。"

丰缓缓将视线移向正一。

"那么，她为什么没来？"

"就在郊游前一天，我碰巧路过了真实子和德田先生家的门前。下午去宫田商店买郊游吃的零食时，我碰见了真实子。"

宫田商店就是原口被人骂后，说出"我杀过人"的那家酒店。那个时候由于对方醉得不省人事而睡得死死的，所以并没有听到这句危险的发言。这句话与这个像公务员一样的男人实在是太不相称了。只有京香为此感到震惊，并对自己最亲近的人说过此事，但并没有得到重视，由此也可以知道没人认为原口会做出这种事。如果原口没有失踪的话，或许京香也会忘记这些琐事。

"德田先生家玄关的格子门是敞开的，邦枝太太慌忙从屋里跑出来。"

正一抬头看着用新型建材制成的天花板，想着该说些什么。他仔细地回忆着至今为止的往事。那一天，厚重的黑色泥土粘在运动鞋的鞋底，田里的水反射着阳光，路边石头上一动不动的蜥蜴背上反射着深蓝色的光芒，麻叶绣线菊那白色的小花纷纷落下。

丰睁大眼睛，一言不发地凝视着正一。

爱花的邦枝太太在玄关前种了各种各样的花。那一天，邦枝太太像是着了魔似的从玄关跑了出来，把这些可怜的花朵踢了一地，在看到真实子时，她的脸扭曲得像是快要哭出来似的。

她的样子明显很奇怪。在正一感到奇怪之前，真实子就已经悄悄来到了邦枝阿姨的身旁，问她怎么了。

邦枝阿姨蹲在地上，像一个极不情愿的孩子一样摇着头。真实子看向敞开的玄关，然后走进屋中。正一僵硬地站在路边，就这样看着一连串的事情发生。邦枝太太则双手掩面，一声不吭地蹲在地上，她虽然看起来快要哭了，但还没有哭出来。

不一会儿，真实子从屋里出来了。

"阿姨……"

真实子抱着邦枝的肩膀说着什么。邦枝老老实实按照这个瘦弱的小学生的意思站了起来。

"咱们进去吧。没事的，我会想办法处理的，没事了。"

真实子如此说道，然后看向站在一旁的正一。那个时候，真实子好像说了些什么。对了，她冷冰冰地把装有零食的袋子递了过来。

"这个，给你了。"

正一下意识伸手接过袋子，他也不敢多问，因为真实子用眼神断然拒绝了他的发问。正一就这样默默看着邦枝太太和真实子走进屋里。

如此想来，真实子应该是在那个时候决定放弃第二天的郊游。正一并没有因为得到零食而感到开心，他只得提着两个白色袋子离开了。后来，真实子也没有跟他解释那天发生的事。

"一定是恒夫先生的身体出问题了——"

"不——"黏在口中的唾液让正一皱起眉头，"不是那样的，不是那样的。"

正一觉得应该是发生了更严重的事。

第二天在确认真实子没来郊游后，正一更加坚定了自己的想法。如果郊游的巴士没有冲出车道，正一之后或许会向她询问此事的，不过估计她什么也不会说吧。

正一的母亲在看到他额头上的包后大闹了一通，带他去医院又是照X光又是拍CT，结果没有异常。然而，医生说了一些经常对撞了头的患者说的套话。比如"请回去静养并观察情况。如果出现呕吐、意识模糊等状况，就请带他再过来一趟"。爱操心的母亲在听完这番话后，一回家就让正一裹着被子卧床休息，叫他绝对不要乱动，还向学校请了三四天的假。虽然正一知道自己并无大碍，但他还是很高兴能偷懒不上学。她的母亲仍咽不下这口气，便向学校表示抗议，还向汽车公司抱怨了一通。于是汽车公司的负责人便前来低头致歉。

因为这次纠纷，正一没能问真实子为什么没去郊游。与其说是没能问，不如说是完全忘了问。正一返校后，真实子还是一如既往一副超然脱俗的样子。

正一也知道了原口在自己请假在家的这段时间里失踪的事。

"这事，确实是在郊游前一天发生的吗？"

"不会错的。毕竟真实子那天把一整袋的零食都送给我了。"

丰再次拿起笔，又补充了其他什么事。

"德田先生家发生异常情况后，紧接着挪用自行车竞技场公款的原口就不知所踪了。"

丰像是在说给自己听似的喃喃道。

"还有，原口可能把什么人给杀了。"

正一补充道。

"这就是原口逃跑的原因吗？或许是有人掌握了他杀人的证据，于是，自行车竞技场的钱就被他用作逃跑资金了。"

"真实子是在暑假前把骨骼标本偷出来的，而上山弃骨是那年秋天的事。"

"原口将被害人的骨头与标本进行替换？"

"你觉得德田先生那里发生了什么事？"

这么一问让丰缩了一下脖子。

"或许这并不是什么重要的事吧。后来，随着恒夫先生癌症的恶化，他的言行举止也变得不正常起来。"

在他们夫妇二人互相帮衬共同对抗癌症的过程中，邦枝阿姨的精神也受到了影响。她购买了大量野猪肉，可最终却离奇地将那些肉扔在了后院的草地上。

"恒夫先生的异常举动说不定早就开始了，也许他已经把家里弄得乱七八糟了。"

丰无法做出任何回答，只是认真地听着正一说话。

"恒夫先生因为知道自己活不长了，所以才会那样不甘心吧。"

不对，恒夫先生不正常的行为应该是从更早的时候开始的。进入少年棒球队的正一经常在河堤上练习挥棒。河堤的对面生长着几棵巨大的樟树，周围的芒草和幸福花长得很茂盛，到了冬季就没有人再来这种地方了。记得那时的天气还很冷，河川上会吹来刺骨的寒风，那是正一即将升入五年级的冬天。

在离正一稍远的一棵樟树下，传来"咔呲咔呲"的声响。此时正一正在练习挥棒，可他被这声音吸引，于是从河堤上下来，来到了河滩。恒夫先生就在铺满了枝干的樟树下方，用专用的小刀划着树干。

在恒夫先生身体健康还能工作的时候，会用木材加工厂的碎木给周边的男孩们做小船或手枪等手工品，因此，经常可以看到他带着他喜欢用的那把小刀。然而那时恒夫先生的样子看上去不太正常。他正专心划着树干，却施加了过多的力量，他的眼里布满血丝，嘴里还念念有词，那些话随风飘到了正一的耳中。

"畜生！畜生！畜生！"

他应该是这样说的。这是在诅咒自己的命运吗？就算是小孩子，也能从他急剧消瘦的身体得知他患上了重病。不一会儿，他手中的小刀啪嗒一声掉在了地上，然后他便抱着樟树哭了起来。这还是正一第一次看到大人流泪。

那个时候，他肯定已经被宣告死亡了吧。

事先知道自己命不久矣以及突然遭到死亡的袭击，哪一种方式更好呢？

听过正一的话，丰辛酸地眨了眨眼。

"他是在向樟树发泄自己郁结于心的感情吧。那他是不是也已经开始在家里干这种事了？"

"也许是吧。就因为这种事，真实子才没有去郊游？"

就因为这种事？这家伙难道不知道人在面对死亡时是什么感受吗？

当时，恒夫先生离去后，樟树树干上留下了不计其数的划痕，其中有些还是发黑的旧伤。想必恒夫先生曾多次来这里，对樟树发泄自己的愤怒与不甘心。当年抚摸那些伤口的触感此刻又浮现在了正一手上。

在这种感触的影响下，正一感觉那些伤口就像在自己身上似的裂开了。过去的记忆苏醒，并影响着现在的感情。是的，此刻正一正思考着真实子为什么要把骨头带过来。正一将情绪转移了过去，并努力尝试以平淡的语气说道：

"原口杀完人，很有可能把罪责推给了死期将至的恒夫先生。恒夫先生或许被原口抓住了什么把柄……"

"你是说，杀人犯原口在迅速逃跑后，德田先生替他将藏在某处的尸体给处理了？"

可这一切都只是推测。很多事情虽已明了，但没有一个决定性的证据。首先，原口是否杀人尚且存疑，他本身就是个不起眼且无趣的人，这种男人会对谁恨之入骨以至于将其杀害呢？或许是那个胆小鬼在被人辱骂后为了泄愤，才虚张声势地嘀咕了那些话。其次，恒夫先生和原口也没什么交集，很难想象病魔缠身的恒夫先生会帮助原口实施犯罪。

二人沉默不语，他们的推理完全陷入了僵局。真实子去世后，不论他们怎样努力，也无法触及真相。

正一从丰那里夺过广告单并浏览着上面的内容。上面写有从哲平那里听来的内容，有从京香那里听来的内容，以及正一回想起来的内容，这些片段看似已经被串在了一起，实则不然。正一将目光从广告单移到丰身上。

"我说，你还知道别的什么事吗？就什么也想不起来了吗？"

丰的视野被泪水所模糊。

"是的，没有了。我只能想到这么多了，所以，我才会像这样到处拜访大家。"

正一觉得他在撒谎。这个家伙除了查明骨头的由来外，一定还有其他想要知道的事。不善隐瞒，这是丰与生俱来的特点，也是他的弱点。

正一将广告单还给了丰，接着丰便将它放进了包里。

"那么我就告辞了。通过和你沟通，整理出这么多的事，真是谢谢你了。"

"你等一下。那你之后怎么办？"

"车站现在还有车，能坐到哪里算哪里，接着再去找住处。"

丰说完便起身拿包准备走，正一阻止了他。

"等等。"

自己究竟想要干什么？明明之前在公共墓地碰到他的时候，还觉得他很烦。

"你是有什么急事吗？"

"没有——"

丰欲言又止。

"这样的话——"正一抢在丰的前面穿好鞋子，"这样的话你今晚就住我这里吧。我去借被褥回来，自治会那里有能借用的被褥。"

还没等丰回复，正一就出门了。自治会长的临时住宅就在附近。刚一敲门自治会长就立刻出来了。跟他说明情况后，会长就把集会所的钥匙拿了过来，还帮正一从里面搬了一套被褥。

丰无聊地站在临时住宅的门口。

"哎呀，你是下村先生的朋友吗？也不知道怎么回事，这个人就是不爱说话。听我家的老太婆说这个人不太好接触。不过我们并不会因此而疏远他。"

自治会长自报姓名后，就抱着被褥一步步地走进家里。他将被褥摞在房间的角落里，然后便扑通一声坐在前面。他对丰问道，你们是怎么认识的？你是从哪里来的？一听说丰是从四国来的，会长就睁大眼睛地说道，是吗！之后他们开始聊起巡拜四国八十八所[1]的话题。听到他们的详谈，正一心想自己是否也曾拜访过名刹，于是便想起来姐夫曾在几十年前去过。看样子会长还没有走的意思，无奈之下正一只好把茶端出来。

1　四国八十八所是四国地区内与弘法大师有关的八十八所寺院的统称，是日本佛教信徒的朝圣地。——译者注

"哎呀，还准备了茶水——"

深尾边说边将茶杯送向嘴边。"说起来，自己还不知道自治会长的名字。"正一在心里如此想道。

"话说回来，你能交到朋友真是太好了。"

正一注视着像是替自己放下心来的深尾。正一从未想过要在临时住宅里跟人搞好关系。想必对方对从其他临时住宅搬来的单身男性也没有兴趣吧。

后来深尾又询问家里有没有食物和酒，随后便起身离开了。

自治会长离去后，丰不禁笑了出来。

"这个人也是个'滑瓢'啊。"

见正一一脸疑惑，丰便说道："就是替出镇的吉野先生。"正一想起来，确实有位老人被真实子起了这么个外号。那位大爷会不客气地进入别人家里。他虽然有些惹人厌，但也是个和蔼可亲、受人欢迎的老人。

"我真是佩服真实子的想象力。我曾问过她，她是怎么想出这些奇思妙想的——"

"啊，想起来了。"正一拍着大腿说道，"记得她当时若无其事地说：'是你们太缺乏想象力了，你们被固有观念束缚住了。不是每个白鹤都会报恩，也不是每个金龟子都有钱[1]。'"

"是十一岁那会儿的事吧。我连固有观念这个词是什么意思都不懂。"

1　白鹤报恩和有钱的金龟子都是日本著名的民间故事。——译者注

"确实，那家伙说话就是这么目中无人。"

二人捧腹大笑。这种笑得停不下来的感觉真是不可思议。不知何时自己已经遗忘了这种自然的情感。

正一笑着站起身，然后打开冰箱门。看了里面一眼并咋舌道：

"晚饭只能简单对付一下了。早知道你要过来的话，我就多买点食材了。"

话虽如此，正一之前毕竟是个厨师，很快便做出了几道菜，有碎干烤鱼拌饭、芝士火腿玉米沙拉，以及用青花鱼罐头、番茄罐头和现成蔬菜做成的炖菜。就在正一做饭的时候，玄关传来了咚咚的敲门声。丰前去查看，原来是深尾的夫人将关东煮连锅端了过来。

"味道可能不是很好。"

说着将锅硬塞给丰，然后便离去了。

"这里的人可真好啊。"

正一瞪着悠闲地说出这话的丰。他并不想与人深交，也不想因此而让自己的个人领域被他人一点点地深入。

"就算这么做，我也不会回礼的。"

正一一边从丰的手中接过锅，一边如此说道。

"你这人怎么就这么死板呢？"丰坐在矮桌前摇着头说道，"你觉得他们是为了得到你的回礼才这样做的吗？"

这种事正一也清楚。但这对他来说是一种负担，而且还非常沉重。他人的善意也好，人情也罢，他想让这些东西远离自己的生活。如果不曾建立联系，就不会体会到分别时的痛苦。所以正一之前才会拒绝丰的来访。

可是——

二人面对面吃着晚饭。自从亲人亡故后就不曾饮酒的正一，与本来就不会喝酒的丰，都没怎么开口说话，只是一个劲儿地把食物送进嘴里。丰还添了两次拌饭。

"我最近在各个地方受到人家的招待。"

丰向正一讲述了他在哲平家里的时候，那位跟哲平同居的女性给自己做了一顿美味早餐的事。吃完饭，丰端正了坐姿，然后一边放下筷子一边说着多谢款待。

"四角，够了。"正一不明所以地张大了嘴，丰继续说道，"你该回来了。"

正一没说话，他本已平静的内心再次泛起涟漪。

"你已经没有理由再留在这里了吧。其实你自己心里也清楚这点。就这样在临时住宅里虚度光阴，这种生活方式只会伤害你自己。"

愤怒之情一下子涌上了正一的心头。

"你懂什么？"

"是，我是不懂。不过，这不是正常的吗？人与人本就有所不同。肯定不能做到完全互相理解，即便如此——"丰深吸一口气继续说道，"即便如此也得活下去才行，有时还得借助他人的力量。人就是这样，在互相添麻烦的同时活下去。你在这里是做不到这一点的吧？所以你这根本就谈不上是生活。既然这样你就不要再赖在这片土地不走了，回去吧——"

正一咬牙切齿的声音听起来十分瘆人。

"回去？我该回的是这里，这才是我该待的地方。"

丰看不下去了。

"你待在这里又做了什么呢？四角，你这是在不断消磨自己。"

这一刻，正一终于明白自己为什么要待在这片无亲无故的虚无之地了。

"这就是理由。"正一激动地从嘴里挤出了这句话，"死在这里，就是我留在这里的理由。"

"这样啊。"

丰似乎终于死了心似的摇了摇头。或许他已经明白留在这里虚度光阴对于他的这位朋友来说是多么重要。丰一定无法接受这一点，可他却什么也没说了。

那天晚上，两人把被褥拼在一起相邻而睡。

离开避难所入住临时住宅后，正一还是第一次在夜晚感觉到身边有人的气息。已经入睡的丰正小声地呼吸着，而身边的正一却还睁着眼睛。

丰说的话言犹在耳，对此感到反感的正一也很清楚自己内心的状态，因为他经常听到别人这样劝自己。这里的人经常说要向前看，没必要被过去所束缚而空耗了自己的人生，逝者也一定不希望你这样，该向前踏出一步了，等等。

实际上那些有过悲惨经历的人们也是通过这样做来激励自我、调整情绪并重新开始新生活的。人们默默地翻耕着盐碱化的土地、制造着新的船只重返大海、贷款重建被摧毁的事务所，还有人在别处重新经营着曾经被冲毁的店铺。

　　也有人像正一那样失去了所有家人，但后来再度结婚生子。他目睹过很多这样的事例，以至于让他感到厌烦，可他自己就是做不到。今天，在与丰的交谈中他明白，自己根本不是扎根在这里的人。与美纪相遇、入赘到她家、组建了家庭并有了孩子，如果这样的生活能继续下去的话，毫无疑问他死后一定能葬入下村家的墓地。

　　然而地震发生了，把自己与这片土地联系在一起的那些人都去世了，只有自己这个外地人还苟活于世。他一直思考着这是否有什么意义，但就是得不到答案。不过有一点他很清楚，那就是自己还有其他的"归宿"，所以正一无法下定决心只生活在这里。

　　地震后，很多人都对他说"回来吧"，野蒜的人也友善地劝他"还是回老家去吧"。正因如此，正一越发固执己见，他不能离开家人长眠的地方。可是现在，他注意到自己考虑的并非只有逝去的家人，离开这里就等于否定了自己的人生，等于承认自己来到东北所构建的生活全都化为了乌有。

　　丰的那句"回来吧"，如今听上去则有着不同的滋味。

　　留在受灾地虚度光阴没有任何意义，在哪里不能碌碌无为地活下去呢？

　　正一转过头看向睡在旁边的丰的侧脸。这家伙像是被什么事刺激了一样，想方设法想要解开过去的谜团，他所背负的究竟是什么？

　　他想起来了，他曾认为那件事应该就是他们人生的转折点。

　　"《祭骨之诗》。"

　　他小声说了出来。京香找到那首诗了吗？真实子是否在那首诗里留下了解开人生谜团的提示？我们正在面对那道尚未解决的谜题吗？

第二天清晨，正一出门来到当地的早市。站前广场上排满了搭了个帐篷就出摊的店铺，鱼贝类、蔬菜、干货、咸菜、花、面包和零食等商品应有尽有，鱼都是从附近渔港打捞上来的鲜货。正一知道这里开设了早市，但从未来过。

他把买好的东西绑在自行车的货架上后，便迅速回家了。丰正站在临时住宅的门前与深尾夫妇聊天，借来的被褥也已经还回去了。

正一站在临时住宅小水槽前，开始处理买回来的食材。菜刀因为没有经常使用而变钝了，于是正一便在心里想，早知道就买磨刀石回来了。早饭做好后，正一一边摆盘一边叫丰进屋。

"我们两个吃不完。"

正一将盛有刺身的一次性发泡餐碟和用昨天借来的锅装着的满满一锅的团子汤递给了深尾。自治会长喜笑颜开，而他的妻子则目瞪口呆。

"你还是回礼了。"

丰坐在餐桌前如此说道，但并不是责备他的意思。

"真是一顿豪华的早餐啊！"

"也没花多少时间。"

"四角的手法就是快。"

丰迅速拿起筷子开始边呲嘴边吃饭，同时还露出了微笑。

"你为什么想要当厨师？"

"我妈不是也在工作吗，她有时回得晚，我就会准备饭菜。"

"说起来，你当年在上烹饪实践课的时候就很活跃。"

"我不过是在重复一直在做的事情。"

"你不仅切卷心菜速度快，调制的汤汁也很美味。"

丰一边啜着团子汤一边说道。

"当年真实子不是说了吗，你将来要是能开一家美食店就好了。"

正一停下筷子。

"她有这样说过吗？"

"是的。我记得真实子很少夸人。"

"这么一说，她也夸过你。"

"她怎么说的？"

"她说'丰的手很巧，适合做某个行业的手艺人'。"

"她真这样说吗？"

这回换丰觉得纳闷儿了。

"是的。还记得吗，学校的鸟巢被台风吹坏的时候，你和学校的工作人员花了两天左右把它修好。听说你成为银行职员的时候，我就在想真实子的预测落空了。"

这时，大口扒着饭的丰被呛到了。之后，二人便一言不发地专心吃饭。

"我们最终还是踏上了她预测的那条路。"

收拾着餐具的丰笑了出来。他一个人生活久了也习惯了收拾东西，于是便由他来负责洗碗。坐在身后看着他的背影的正一在心里想道：

可如今我们两个人都没在从事相应的工作了。丰关了家具工作室，我也多年没碰菜刀。

丰做事向来认真，水槽内壁和不锈钢烹饪台都被他擦得锃亮。

正一把丰送到了临时住宅门口。

"欢迎你随时回来。"

"嗯。"

这回正一很坦率地回答了丰。虽然他心里仍有些犹豫，但他已不再执着于东北了。

望着友人远去的背影，他能体会到丰远道而来只为挖掘遥远过去的心情。想必一个生活如意的人是不会拘泥这种事情的吧。虽然总是"四角四角"地叫他，但他除了死板外还有一种难以言表的正义感，正因为如此，他的人生才会如此得不偿失。

正一的父亲是一名警察。十几年前，也就是正一二十多岁的时候，丰的父亲曾拜访过正一家。丰的父亲既是教师也是当地的民生委员，当时他父亲一脸困惑地说丰想结婚，但女方离过婚，而且还带着前夫的孩子。

"最近这种关系也不是什么稀罕事吧。"

正一的父亲如此回答道。站在丰的父亲的角度来考虑的话，丰的父亲对女方不满意也是理所当然的，正一的父亲也能够理解这一点，但丰的父亲却肯定地说道：

"这都无所谓。"

可女方实在是太可疑了。丰的父亲说他觉得对方并不只是离过婚这么简单。这次换成正一的父亲感到困惑了。总之，丰的父亲想拜托正一的父亲调查一下女方的背景。如果是警察的话，应该是可以做到这点的，并不是请求正一的父亲像正式的搜查那样严查到底，最后似乎也只是委婉地向女方所在辖区的警官打听了她的情况而已。

其实不通过警察也能很容易地掌握相关的情况。丰迫切想要与之结婚的那位女性，在当地的风评相当恶劣。她品行不端，和男性有频繁的往来。她唯一的一个儿子也寄放在她母亲那，别说抚养了，她甚至都没打算去见一面。虽然她好像结过一次婚，可她自己都不知道那孩子的父亲是谁。在酒馆工作的女性多半都会为钱而发愁，所以她在与作为客人的丰相识后，似乎从他身上套走了不少钱。

听到这些消息，丰的父亲便不允许二人结婚。这也是理所当然的。

这位厌倦生活的女性名叫初惠，她渴望取得家庭主妇这一安稳的地位。即便她如愿以偿，想必其品行不端的毛病也难以改正。得知事情没有按计划发展的初惠，这次又说她怀了丰的孩子。然而她并没有去妇产医院检查的迹象，怎么看都是为了和丰结婚而编造的谎言。

正一则从父母对话的片段中得知了这一连串的事。丰的父亲会时不时过来找自己的父亲商量，对此事感兴趣的正一便会偷听他们之间的谈话。除了和丰交往之外，初惠似乎还和其他男人保持着关系。最终正一的父亲在义愤的驱使下决定出手相助，他直接去了初惠那里跟她谈判。他这样做还有另一个原因，他知道初惠的背后还有一个与黑社会有关的男人。

由于警察的介入，初惠终于离开了丰，并且还冷淡地告诉他孩子流产了。丰的父亲前来答谢时，好像还对正一的父亲说："详细情况还请你对丰保密。"原因是"让他认为自己只是被那个女人甩了就够了。毕竟要是让他知道是自己的父亲暗中促成了这事的话，他会不舒服的。更重要的是，如果让他因此怨恨初惠的话，按他那固执的性格，指不定会做出什么事来"。

"所以，这件事你也要藏在心里。"

之所以对正一如此说，是因为正一的父亲知道他偷听的事。

或许正是因为这样，丰才失去了结婚的意愿，并且跟他父亲也闹僵了。丰的母亲去世后，只剩丰和他父亲二人在一起生活。最终，心存芥蒂的二人还是分开住了。

心里如此想着的正一，事到如今并不想再提及此事了。

父母与孩子之间的关系真是剪不断理还乱，明明彼此都在为对方着想，可却走不到一起，有时甚至还会互相憎恨，不禁让人感叹血缘关系是多么的沉重与残酷。

这是正一的母亲在这一连串的事情发生后所说的话。

"要是智明先生没把事情做到那个份上就好了，说不定丰还能跟那个女人和睦相处下去。他做事总是我行我素，还喜欢把自己的想法强加在别人身上。"说完又补充道，"这爷俩简直一模一样。只有他们自己没注意到这一点。"

丰的性格遗传自他的父亲。他那不可思议的正义感、一棵树上吊死的固执、绝不妥协的态度都是如此，另外还包括他经常用自己的想法来束缚自己和他人的生活方式。

正一目送着这位一事无成的友人逐渐远去的背影，直到其消失不见。

自己是否也会顺着友人离去的轨迹而返回土生土长的故乡呢？是

什么样的想法推动丰做到这个地步？真实子死后留下的谜团又是怎么回事？正一觉得这一切都是命运的安排。

"好吧，或许该回去一趟了。"

正一不经意地说道。

无需着急。正一也不知道自己是在前进还是在后退。

四

琴美之章

藤架下方落满紫色的花瓣。

"紫藤花的花期也结束了。"

琴美跟正在专心将花瓣扫拢的职员打了声招呼。转过身来的这位中年护工名叫鹤田。

"辛苦了。"

她认出琴美后，便对她露出了微笑。

"哎呀，已经去过德田先生那里了吗？邦枝阿姨一定会很高兴的。她最近腿脚不好，都不怎么想出屋。"

琴美微微点头回应，然后朝养老院的大门走去。自动门的透明玻璃上印有"向日葵和久田"的字样，这是养老院的名字。刚穿过自动门，保安便从保安室的小窗里探出头来。窗前的服务台上放着笔记本，琴美在上面写下了自己以及被访者的名字。这样的流程已经重复过很多次了，她对面熟的保安轻轻点头问好后便走进了院内。

有人推着轮椅在走廊上经过，还有人在理疗师的陪同下做着康复治疗。大厅那边传来了音乐声与喝彩声，像是正在进行娱乐活动。电梯间的花瓶里插着红色和粉色的康乃馨，虽然母亲节已经结束，可相关活动的痕迹还在。

琴美想起了刚刚拜访过的正长眠于墓中的母亲，以及自己山口县那边正在照顾着的婆婆。

电梯下来了。这里也有可以称作是母亲的人。虽说亲生母亲已经去世，但自己还可以照顾婆婆、看望邦枝，她觉得这样的自己很幸福。

来到四楼，穿过长长的走廊，琴美轻轻敲响邦枝的房门。

"请进。"

声音听起来很小。打开门，只见邦枝正坐在窗边的椅子上。

"小琴美！"

邦枝突然喜笑颜开，每次来看她都是同样的状态。琴美这边也是笑容满面。邦枝就像在说着"快来、快来"似的张开了双手。琴美下意识地就跑过去了。

"阿姨，身体还好吗？"琴美把身体完全靠在了邦枝身上。

"嗯，嗯，好得很呢。"

然而实际上正相反，邦枝并没有站起来。看来鹤田说她腿脚不好应该是真的。虽然琴美清楚年老体衰是自然规律，但她的内心还是会动摇。难道自己还要再经历一次丧母之痛吗？一想到这里，琴美便劝诫自己不要再想这种不吉利的事。

"你坐那里吧。"

无从得知琴美心情的邦枝指着另一个椅子说道。琴美则听从她的话坐了下来。

"这是风月堂的。"

"哎呀，谢谢，总是让你破费。你能来阿姨就很开心了。"

邦枝伸出皱巴巴的手接过她喜欢吃的蒸点。

"去给你母亲扫墓了吗？"

"嗯。"

"那真是太好了，菅女士也会很高兴的。"

母亲去世已经二十五年，三年前也完成了二十三回忌[1]。由于父亲过世得早，母亲总是拼命地工作。本想早点让母亲享福，可琴美出去工作的时候，母亲的身体已经垮掉了，总是反复地住院。从琴美小的时候开始，住在附近的德田夫妇就明里暗里为她提供过帮助。他们还在母亲的医疗费上援助过她。琴美拒绝帮助的时候，夫妻俩还对她训斥道："有困难就要互相帮助！"同时给予了她无微不至的关照。除了金钱上的帮助外，还有精神上的帮助。多亏了有德田夫妇，她才能度过那段困难时期。

邦枝的丈夫恒夫很久之前就去世了，邦枝阿姨也因为上了年纪而无法独立生活，不久就搬进了养老院。对此，琴美感到十分懊悔，要是自己在她身边的话就能照顾她了。一想到当年的恩情，琴美觉得自己照顾她也是理所应当的。

"你说那件事啊，很多年前就已经决定这样做了，因为我们没有孩子，所以这种事得早做打算。"

邦枝如此说道，并露出了平静的笑容。

房间有一座邦枝带来的小号佛龛，里面摆放着早夭的女儿和恒夫的牌位。干练的邦枝将自己死后的永代供养服务[2]都给办好了。

"一看到小琴美，我的身体就好多了。"

虽说自己已经年过半百，但唯独邦枝还会称自己为"小琴美"。

1　二十三回忌是人去世二十二年后对逝者举办的重要法事。——译者注

2　如果购买了永代供养服务，寺院就会永久定期派人来祭奠逝者。——译者注

"对不起，我要是能经常来就好了。"

听到这句话，邦枝连忙在面前摆手。

"别这么说。你能想着我，还一直来看我，我就已经很高兴了。"

"这都是我应该做的。"

"话说回来，你从山口县过来挺不容易吧，你婆婆的身体也不太好吧？"

"最近有请护工来帮忙，就轻松多了。"

去年婆婆江美子因为摔倒导致大腿骨骨折，又因为婆婆不喜欢住院进行康复治疗，导致肌肉逐渐萎缩。即便在家里，由于害怕再次摔倒，同时也是为了省事，婆婆几乎一直都待在床上。护士和职业护理人员时不时会来看她，但无论他们如何强调运动的重要性，她都顽固地摇头拒绝。于是，在家照顾婆婆的重任就落在了琴美肩上。

两个女儿已经出嫁，而且她们忙着照顾正在长身体的孩子也没空回来。丈夫隆一从住宅设备公司退休后，几年前又在一家建筑公司找到工作。隆一虽然想尽可能地帮琴美的忙，可他实在抽不出时间。即便如此，在这里说这些也没什么用，只会让邦枝白白担心。

只要是琴美的事，邦枝就会站在亲人的角度来为她分忧，因此琴美只好隐瞒婆婆的麻烦事。

不过，琴美从小就习惯依赖邦枝，母亲去世后就更是如此了。很久以前她就奇怪为什么两口子会对自己这么好？不过恒夫还在世的时候，她就认定这一定是两口子的天性使然，能与他们相遇真的很幸运，夫妇二人原本与替出镇并无缘分，可后来却搬到了这里，而且还住在河堤下，自己应该感谢这偶然的机会。

正因如此，琴美一有空就会去四国。只可惜事与愿违，自己每年最多只能来两次。

邦枝说想了解一下琴美的近况，于是琴美一边向她展示保存在手机里的照片，一边讲述着自己以及家人的事。邦枝则一边倾听着她的讲述，一边微笑着点头。有琴美和隆一步行锻炼身体的事；有丈夫觉得步行太无聊，于是自作主张买了一只柯基犬的事；有起初觉得这条狗会给他们添麻烦，但如今却成为不可或缺的伙伴的事；还有之前在商场打工时的朋友来家里玩的事。

琴美的小女儿今年春天生了个男孩，邦枝眯起眼看着孩子的照片。

"这是通天鼻吧？真有男子气概啊。"

"是吗？我还没注意到呢。"

邦枝催促着琴美再给她多看一些孙子们的照片。自从住进养老院后，她就觉得世界变小了，并一直渴望与他人聊天，恐怕是因为无人探望自己而觉得寂寞吧。

"沙也加也到了上幼儿园的年纪呢。"

琴美给邦枝看了长女女儿的照片。

"什么，都长这么大了吗？哎呀哎呀！简直和小琴美小时候一模一样。"

邦枝把脸凑近手机屏幕。

看着满脸笑容的邦枝，琴美便觉得这位无依无靠的老人很可怜。听说这对夫妇来自四国山地的深处，他们离开没有任何产业的山间村落，为了生活而来到了平原地区。邦枝曾说过，他们那个村子就是所谓的边缘村落[1]，是个满是破旧房屋的荒凉之地。

虽然生活贫困，但他们工作努力，而且还有一个女儿，可最终却因交通事故而去世了。考虑到邦枝并不愿意谈起此事，琴美也没有向她打听详细情况。但是，琴美知道对于他们夫妇来说，这一定是一段非常痛苦、非常悲伤的经历。

德田夫妇在被称为堤坝下的地方购置了一套房子并搬了进去，当时琴美还在读小学三年级或四年级。当邦枝说沙也加长得很像琴美时，她试着去回想那个时候的自己，却记不太清了。丈夫隆一也说，相比于自己的女儿，还是那个孩子更像琴美。

"你是小琴美吗？叔叔和阿姨非常喜欢小孩子，欢迎你过来玩。"

这是德田夫妇第一次见到琴美时对她说的话。他们二人很善良，很快便和琴美的父母熟络起来，就连琴美也非常亲近德田夫妇。琴美的父亲自称是个体户，经常待在家里，母亲出去工作了，所以就一直都是父亲在照顾琴美，学校的活动也是由父亲出席。琴美是个黏父亲的孩子，虽然家境贫寒，但他们并不在意这种事。

是啊，琴美记得从那时开始她家就负债累累。父亲是个好人，但他和祖父连续两代都是好酒之徒，脑子一热便参与到不靠谱的买卖中，并且失败了，靠一点点地变卖两代人的土地才能够勉强糊口，但这样做也是有限度的。父亲的肝脏不好，因此不能过度工作。家里的资产何止是减少了，而是已经转变为负值了。父亲去世后，母亲就更辛苦了，但无论她多么努力工作都无法还清债务。不久母亲的身体也

---

1 边缘村落指高龄人口占比大，空房率高，濒临荒废的村落。——译者注

垮掉了。

去世的父亲有一位名叫崎山、身材矮小的表弟，他时不时地会关照琴美家，母亲非常感谢他，甚至到了十分卑微的地步。父亲曾经也向这个人借过钱。崎山还将借据拿给母亲看过。那是一笔相当高的金额。由于母亲还有其他债务，所以没法把这笔钱还给他，可他却花言巧语地说只要把利息还了就行，而且还频繁出入琴美家。

琴美很是讨厌崎山。他虚情假意地帮助她家，实则是在蔑视落魄的表哥家，以玩弄逝者家属为乐。母亲悄悄地说过，原本作为本家的父亲家很有势力，根本不把区区崎山家放在眼里，两家的地位差距悬殊。父亲家衰落后，两家的地位发生了逆转，让崎山小人得志也是无可奈何的事情，毕竟他就是一个奸邪卑鄙之人。即便如此，真到了穷困潦倒的时候，崎山又会借给母亲一笔小钱，母亲也只好依赖他。

"唉，那人好歹是咱家的亲戚。"

在母亲看来，事情应该不会变得太坏，琴美却不赞同这种想法。不过她也只是个孩子而已，并没有插嘴的机会。

父亲去世后，只要德田夫妇在身边就会让琴美感到放心。母亲出门工作期间以及崎山赖在家里不走的时候，琴美都会腻在德田先生家里。德田先生大概知道琴美家发生了什么事。虽然琴美并没有说过家里的情况，但不管是她家生活贫困的事，还是因为欠债而不得不依靠崎山的事，估计堤坝下的居民也同样已经察觉到了。当时，只有七八户人家零零散散地住在替出镇的边缘。这种事在乡下传得很快，迟早会尽人皆知。即便如此，装作什么都不知道也是一种为人处世的方式。

“这个年龄段的孩子会对很多事物充满兴趣，他们眼中的世界非常大。”

邦枝把手机还给琴美时说道：

“河堤下的孩子们也是一样，过得都很快乐。”

邦枝正眺望着远方，琴美似乎知道她在看什么。

她想起了曾经于大河旁，在清澈的河水和肥沃土地的滋养下，与四季更迭生息与共的日子。想必恒夫和邦枝都没想到，他们好不容易买下了那块地并搬了过来，可最终替出镇却变成了体育公园。

只要生活在那里，就至少不会挨饿。因为总会有人送来采摘好的蔬菜以及大米，其中当属德田夫妇最关心她们家。两口子用工作攒下来的钱购买土地和房屋后，也没什么积蓄了。即便如此，因为可怜琴美，他们不仅会给她零花钱，而且还偷偷帮她的母亲垫付过医疗费。邦枝还会用缝纫机给她缝制洋装。

他们清楚记得琴美的生日，会给她准备漂亮的礼物，虽说并不是什么贵重的物品，都是诸如书、文具、布制手提包之类的东西。不可思议的是，他们居然不会忘记这个日子，而且还会坚持送琴美礼物。琴美知道自己出生的年月日和德田夫妇死去的女儿一模一样，不过她也不记得，究竟是恒夫说漏嘴，还是自己在德田家看到过什么文件之类的东西。

于是琴美明白，他们将自己当成死去的孩子在疼爱。

邦枝依旧目视远方，并继续说道：

“小京有个优秀的丈夫，是个县议会议员。”

“是啊。”

替出镇被市政府收购后，当地住户只得全部搬走。就像被巨大的铁锤砸中一般，世界发生了变化，人们各奔东西。

"小琴美，你这次也没去体育公园吗？"

"是的，没有去。"

琴美并不想看到那个带有自行车竞技场的体育公园。那里并不是什么值得怀念的地方。

"这样啊。"

两人悄悄地放下了有关替出镇的话题。每次都是如此，一定要远离那个不祥之地。

琴美很早以前就把真实子病逝的事情告诉邦枝了。她忘不了邦枝当时的表情——她突然变得脸色苍白，嘴唇不停地颤抖。然后邦枝在胸前紧握双手，好像如果不这样做，她就会被溢出的情感所淹没似的。

"小真实她……"

仅仅说到这里，她便压抑住自己的情感，但她还是在下一个瞬间做出了妥协。

"真可怜。"

虽然她这么说，却无法体会到这句话蕴含的情感。之后，邦枝便不想再谈及真实子。琴美和邦枝阿姨都已将相关的事情掩埋于内心深处。

琴美以透彻的目光注视着这一切。每个人的心海深处都有用沉重的小箱子封印起来的东西。有时，那些东西会突然产生动摇，并在水面泛起涟漪。即便如此也不能打开箱子，尤其是他人的箱子。

二人坐在窗边小声闲聊，时而发笑，时而吃着琴美拿来的零食。

邦枝祝贺琴美的小女儿顺利生下孩子，并拿出装有贺礼的礼袋。之前通话的时候二人曾聊过小女儿的事，似乎在那之后她就准备好了礼物。

"这怎么好意思啊。阿姨，您太费心了，还让您特意准备这个，真是不好意思，可我却不能随时过来。"

"没事，没事，这都是阿姨擅自准备的东西，都是些不值钱的东西，不需要回礼的。"

琴美当年生孩子的时候，还有大女儿和小女儿结婚的时候，邦枝都送过礼物。不论自己如何推辞，最终还是被邦枝强行推回来，也只能收下。虽说有些不好意思，但她也不能无情地拒绝邦枝的一片心意。

"谢谢你，阿姨。"

每次听到这句话，邦枝都会开心地笑起来。

琴美每次来四国都是当天返回。因为很晚才回去，渡轮几乎没什么人。当渡轮驶离码头时，她站在甲板上，紧紧握住冰冷的扶手，眺望着远去的灯火阑珊。

她脑海里浮现出与邦枝告别的场景。

"不用来看我了，你也很忙的吧。"

即便如此，琴美还是会说，我会再来的。这时，邦枝就会喜上眉梢。

"啊，我真的好幸福。"

她每次都会回复相同的话。对邦枝而言，幸福究竟是什么呢？能如此痛快迎接最后时光的人，临走之时究竟会想些什么呢？

她再次意识到，如今的自己真的很幸福。

琴美就是在这条渡轮上与丈夫隆一相遇的，那还是离开故土后和母亲一起生活时所发生的事。当时琴美就职于百货公司，在同事的邀请下前往山阴地区旅行。琴美所属的是百货公司的进口品牌专柜，其中就包括迪奥和圣罗兰的化妆品。

"你的样子太老土了，明明长得这么漂亮……"

同事如此说到，并从头开始教琴美化妆。此前不要说化妆，就连穿衣打扮她也不在乎。经营进口化妆品的公司所派遣来的职员，每天早上在工作之前，都会在员工专用的化妆间里给琴美好好地化妆。

一开始琴美还有些抵触，但她还是劝自己，对于百货公司这种华丽的职场来说，特别是对于销售进口品牌这种有所讲究的特殊柜台来说，化妆是必不可少的。实际上，她的男性上司也有过指示，为了能自信地向顾客推荐自家的商品，员工们多多少少要把自己的妆化好。

虽然琴美在这个地方只工作了两三年的时间，但时至今日她和以前的同事仍有往来。那个地方让琴美难以忘怀，她认为就是那里改变了自己。

同事由美子一边给自己化妆，一边说道："化妆就是伪装自己，并没有什么不好的意思。外表发生改变的话，内在也会跟着改变。你明白吗？不要害怕改变自己，这样想是会吃亏的，这可是只有女性才能享受的权利。"

这句话咣当一声砸在琴美心里。

我想改变，我想舍弃至今为止的自己。她离开替出镇、送走母亲的时候也是她的人生迎来转机的时候。离开替出镇的人们后来大多定居在市内的其他地方，她大可与这些熟人友好地交往下去，但琴美并没有这样做。除了跟邦枝等一些关系极为亲近的人还有往来以外，她没有想过再去见谁了。

她想切断自己与那片土地的联系，她想离开藏有自己那不为人知的秘密的那片土地，她想变成另一个自己。

由美子说得对，化妆并不是为了变漂亮，琴美认识到伪装是一种针对精神层面的行为，如果没有真正地改变内在，无论怎样修饰外在也是没有意义的。

"你变得开朗了。"

琴美偶尔与邦枝或京香见面时她们会对自己这样说。在公司同事的邀请下，琴美与她们一同吃饭、购物。母亲去世时，她放弃继承遗产，从而免除了家中债务。

进口品牌卖场的女性，在百货公司里算是引人注目的存在，以由美子为首的她们都是美女，因此有很多男性员工会邀请她们。实际上，有一部分人只不过是随便玩玩罢了。但是琴美对这方面的事情并不了解，她拒绝了很多男性的邀请，认为男人很可怕。

但隆一不一样，他能很好地引导畏惧与异性交往的琴美，不会急于求成。对琴美来说，能在人生中与他邂逅是再幸运不过的事了。

开车来到四国出差的隆一，在渡轮上弄丢了业务用车的钥匙。正是这番机缘巧合使得二人相遇。琴美捡到隆一的车钥匙，他夸张地表示感谢，在渡轮里围绕着由美子她们有说有笑。琴美只是默默听他们聊天。从聊天中得知，隆一接下来要出差的目的地和她们相同。于是隆一提议，如果不介意的话，他可以送大家过去。外人是不允许乘坐业务用车的，不过隆一则说"反正也没人知道"。

"从那时起汤川先生就看中你了。"

之后同事们对琴美如此说道。

耿直且腼腆的隆一，只是载了大家一程，便去见客户了。走之前他给了琴美一张名片，是一家总公司位于山口的住宅设备公司。后来的旅行中，没人再提过隆一。回去上班后，也没有人联系过他。本身同事们都有男朋友，加之隆一并不是她们中意的男人。

就在琴美快要忘记渡轮上发生的那件事的时候，隆一来到了百货公司的卖场，他说自己这次还是出差。突然来到这里的隆一说要和大家一起吃个饭，但大家晚上都有约所以没空出席，唯一有空的人就是琴美。

她自己也觉得很不可思议，为什么当时没有拒绝他呢？

后来隆一说过："一定是因为你认为我人畜无害吧。"其实不是这样的，那个时候的隆一一直战战兢兢的，可以看出来，得知自己出差地点是琴美她们工作的百货公司所在城镇后，应该是鼓起了相当大的勇气才去了柜台。他来到进口品牌专柜所在的那一楼层时，想必也犹豫了很长时间。

在面对面吃饭的时候，琴美越发确信自己的这种想法。

她认为隆一是个不错的人。她还是第一次对一名男性有这样的评价，真的非常少见。就职于百货公司的男性员工，一个个都过于自信且十分主动。琴美的脑海中不由自主地就会浮现出他们将女性推倒，不管三七二十一就侵犯她们肉体的画面。她厌恶自己这样的心态，因此和谁都无法亲密起来，她甚至觉得自己这辈子都不会结婚了。

她无法想象自己总是和某个男性在一起，并与其共同生活的样子。

隆一每个月会来四国出差一两次，这时琴美便会收到他的邀请。但是他们每次只是见个面吃个饭再说说话而已。这样的关系持续了一年以后，琴美发现其实自己在盼望隆一出差，而隆一也只是满足于这种程度的交往而已。

"真是服了你，初中生都不会这样谈恋爱。"

在同事们的劝说下，琴美与隆一逐渐培养出稳固的爱情。隆一没有多少和女性交往的经验，因此和他在一起感觉很舒服，就连最担心的肉体关系，也能自然而然地发生。那时琴美认为，此人便是自己的唯一。

同意了隆一的求婚后，琴美认为她终于成了理想中的自己。

她离开替出镇，渡过大海来到山口县。虽然邦枝觉得有些孤单，但还是支持琴美的决定。

琴美在山口县开始了新的生活。在这里，她不再需要将化妆当作武器。原先的她需要通过伪装来舍弃软弱消极的自己，但现在只要待在隆一身边，便不会再有这样的担忧。一想到自己能自然地生活下去，琴美就会非常开心。

果然跟隆一生活在一起是正确的选择。

而且丈夫还允许自己保留那个无论如何也不能说出口的秘密。

"我回来了。"

琴美小声地在玄关处打了声招呼，并轻轻地脱下鞋子。然后隆一便从客厅走了出来。

"你回来了。"

"咱妈呢？"

"睡着了。"

看了一眼挂在客厅的钟表，已经晚上十一点多了。房间角落里有一个狗笼，柯基狗索拉正团成球待在里面。索拉注意到琴美后，便将头从交叉的前腿上抬起来。她将手从笼子上方伸进去，轻轻拍了拍索拉的头，它随即发出"咕"的一声。

"晚饭吃了吗？"

"吃过了。金子女士也给母亲喂过饭了。"

"这样啊，那就好。不好意思我回来晚了。"

金子女士是婆婆的养老护理员。家里每周两次会请养老护理员来照顾"需要1级护理[1]"的江美子。

琴美把小手提包放在餐厅的椅子上后，便朝洗碗池走去。

"已经洗了，去换衣服吧，你也累了。"

隆一站在调低了音量的电视机前说道。正如他所说的那样，碗碟已全部洗好，并扣在沥水篮里了。

"辛苦你了，那我就去换衣服了。"

琴美快速回到卧室换上便服。然后她轻手轻脚地靠近江美子的房间，悄悄往里看了一眼。在小灯泡微光的照耀下，婆婆正微张着嘴熟

1　需要1级护理，生活不能自理的程度最轻，该级别的人只需稍加照顾其日常起居便可。——译者注

睡着，琴美在心里祈祷她能够睡到明天早上。患有阿尔兹海默病的江美子分不清昼夜，有时会在深夜大声呼喊家里人。

在琴美看来，人生这一过程被设计得很精巧。孩子们自立后，接着又要开始照顾父母。假如在养儿育女的同时还要赡养老人的话，那确实会让人吃不消的。好在自己有隆一的帮助，而且还请了护理员过来帮忙，因此，琴美每年才能有两次去四国的机会。隆一说，江美子去世后，夫妻俩就去巡游四国八十八所。琴美觉得，能像这样自然而又安逸地谈论这些事的日子真的弥足珍贵。

如果说过去发生的事情有某种意义的话，那么她愿意相信，是因为跨越了那段充满痛苦的悲惨时期，才有了今日的幸福。

"邦枝阿姨还给惠送了一份添丁礼。"

回到客厅，琴美将此事告诉了隆一。

"这样啊。总是麻烦人家，怪不好意思的。"隆一稍微思考了一会儿，然后便打了一个大哈欠。他最开始收到邦枝的厚礼时还会感到不胜惶恐，之后也就慢慢习惯了。差不多也该睡觉了，说完他便回二楼的卧室了。

简单收拾过后，琴美就去洗澡了。今天应该是金子一个人给江美子洗的澡。这个人很能干，她一定很快就洗完了，不过她应该也很辛苦吧？最近江美子变得不愿意洗澡了，所以得哄着她去洗才行。

专业护理人员曾跟江美子说过多次，如果去日间护理服务中心的话，他们那里有很大的浴池，洗起澡来会很舒适，但她就是不同意，所以这才请人过来帮忙在白天给她洗澡。江美子并非瘫在床上，厕所、盥洗室、浴室，她都能自己拄拐过去，虽说这一点让大家省了事，但长期这样生活下去，江美子的脚迟早会瘫痪的。

随着江美子年龄的增长，她变得越发孤僻。让她待在日间护理服务中心与那么多的人接触，这对于她来说只是一种痛苦。正是因为知道婆婆的难处，琴美也不好勉强她。不过琴美又担心，如果婆婆不跟他人接触的话，她的阿尔茨海默病也许会恶化。

琴美正在盥洗室梳头的时候，江美子的房间传来咣当一声巨响。她迅速赶到江美子的卧室。

江美子坐在床上，她应该是用立在床边的拐杖敲击床头柜了，座钟、小型传唤铃以及塑料瓶散落一地。眼前的情景让琴美目瞪口呆。啊，又开始了。琴美意志消沉地说道。最近江美子一到晚上就会陷入精神错乱的状态。

"妈，怎么了？"

琴美尽可能不发脾气，以温和的语气说道。与此同时，她正跪在地上收拾着散落一地的东西。

"不好了。今天是你公公去政府工作的日子，我必须得去洗衣店给他取西装才行。"

去世的公公生前在市政府工作，江美子的意识似乎跳到那个时候去了。

"好的，知道了。那我明天就去取。"

琴美曾学习过，这种时候最好顺着阿尔茨海默病患者的言行，不能强行纠正他们的错误，也不能批评他们。

"明天不行！现在就去！"

江美子嘴唇颤抖着命令道。客厅里的索拉也发出了不安的叫声。

"不过现在洗衣店已经关门了，明天一开门我就过去。"

为了让江美子冷静下来，琴美按住她的双臂，就在这时她推开琴美说道："别碰我！"

琴美没有想到她力气会这么大。

"孩子他爸会生气的！孩子他爸会生气的！他又会打我的！"

江美子像孩子一样扭动着身体喊叫道。于是琴美便抱住她的头。

"没事的，公公他不会这样做的，不会有事的。"

这次江美子又抓住了琴美的前襟。

"不！那个人非常可怕。你知道我有多难吗？没人的时候，我可遭了大罪啊！"

琴美嫁到这个家的时候，公公还能正常地工作。公公是个稳重的人，对琴美也很和善。难道他们夫妻间的关系并非如此？难道公公还有不为人知的一面，以至于婆婆至今都无法忘记此事吗？

我将来也会……琴美一边抚摸着恐惧不已的江美子的后背，一边颤抖起来。我老了的那一天，也会像这样，说出那些藏在心里的不可告人的秘密吗？

谁会问琴美这些事，是隆一还是孩子们呢？一想到这里，她就不寒而栗。

江美子伸手越过琴美的肩膀，拿起琴美放回床头柜上的金属传唤铃，然后剧烈地晃动传唤铃使其发出声响。

咣咣咣咣……

这个声音与在自行车竞技场听到的告知车程已达到最后一圈的钟声重叠在一起。琴美捂住耳朵蹲了下来。隆一迅速从二楼跑了下来，可他的脚步声却突然变得模糊起来了。

购物回来时，江美子正躺在床上看着电视，下午播放的是她感兴趣的电视剧的重播。琴美没有说话，而是径直提着购物袋来到厨房，并将买回来的东西放进了冰箱。这时她突然注意到，客厅座机的留言灯忽亮忽灭。除了江美子外，家里人都有手机，因此近来几乎用不上固定电话，接到的电话不是卖保险的，就是电话问卷。琴美想不出来谁会在座机上留言。

琴美有些在意，于是停下了手中的活，然后走进客厅并播放了录音。

"琴美姐——"

是一名男性在喊自己的名字，这让她大吃一惊，还是个她没有印象的声音。

"我是本多丰。以前住在替出镇的时候，我就住在你家附近——我是从富永京香那儿问到这个号码的。"

本多丰？琴美心头一震。即便不说出替出镇这个地名，她也不会忘记丰的名字。录音继续播放着：

"那个——我找你有些事，如果可以的话能见上一面吗？我有很重要的事情要跟你说，希望没有给你添麻烦。等你回电咱们再见面吧。"

接着就是丰说出自己电话号码的声音。琴美迅速回头看去，江美子并没有过来，她明知道家里除江美子外再没有其他人，但还是不自觉地这样做了。电话录音结束后，琴美仍站在原地一动不动。她看向窗外的绿篱，放学后的小学生们正路过那里，在一片欢声笑语与啪嗒啪嗒的脚步声中，琴美突然回过神来。

她想起了曾经住在替出镇时，与邻居家的小学生们友好相处的那段时光。那几个孩子是同学，包括本多丰在内有三个男孩，还有京香以及真实子。已经去世的真实子，这位年纪比自己小的朋友就像自己的妹妹一样。这段记忆已在自己的心中尘封了许久。即便去邦枝那里的时候，她都要特意避开自己曾经生活过的地方。因为那里充满了苦乐交织的回忆。

那里已经什么都没有了，没有任何东西可以威胁到自己了，只有一个次世代风格的棒球场耸立着，并睥睨着周围的一切。

琴美深吸一口气并闭上眼睛，然后又睁开，接着又播放了一次录音。她在便签上记下了丰的电话号码。她心想也许自己并不会拨打这个号码，不过时至今日，丰究竟有什么事要找自己呢？他所说的"很重要的事"是什么呢？琴美非常在意此事。总之，先将便签塞进口袋里吧，不能让任何人看到这个东西。记忆里那个名叫丰的男孩的脸上，蕴含着即将从孩子成长为少年时的那种不安定与敏感，但同时也蕴含着极具破坏性的某种情感。

在那之后他变成了什么样的大人呢？她本打算想象一下，但还是放弃了，因为她觉得过去的事会因此而浮现出来。那孩子没有任何错，错的是自己，但琴美还是不想见他。

玄关的拉门嘎啦嘎啦地被拉开。

"外婆！"

是外孙女沙也加充满活力的声音。对了，之前约好了今天要照顾外孙女的。长女泉今天要带沙也加的弟弟凛太郎去看皮肤科，于是琴美便答应照顾沙也加。因为凛太郎患有特应性皮炎，所以需要定期去医院检查。

"妈妈——"

沙也加一边回应着在玄关呼唤着自己的母亲，一边在走廊上奔跑。泉就住在离这大约二十分钟车程的地方，她经常拜托琴美帮她照顾孩子。此事也早已成为琴美日常生活的一部分。沙也加脱下鞋子，并将其摆放整齐，两条短短的辫子在她头后不停地摇晃着。

"那就麻烦您了，我这边快赶不上约好的时间了。"

坐在儿童座椅上的凛太郎正在放声大哭。

"那就快点去吧，开车要注意安全啊。"

琴美对着女儿的背影如此说道，不知道她有没有听到。泉也没有回答就飞快地离开了。

"索拉呢？"

沙也加正要从身边经过时，琴美抓住了她的肩膀。

"你应该先去跟外曾祖母问好吧？"

"啊——是啊。"

沙也加吐了吐舌头，然后便转向去了江美子所在的里屋。因为平常叮嘱过沙也加，所以她会轻轻地打开拉门而不弄出声响。

"外曾祖母……"

沙也加把头伸进房间里，小声地说道。然后就这样一直站着。于是琴美便从外孙女的身后看向房间里面。江美子正躺在床上睡觉，电视剧已经结束，现在正在播购物节目。

"哎呀，外曾祖母睡着了呢。"

琴美轻轻地走进房间关掉了电视机。如今的江美子不分昼夜，困了就会睡。

"那就之后再打招呼吧，咱们去那边。"

让沙也加在盥洗室洗过手后，琴美便将她带到了客厅。索拉正在笼子里开心地打转，沙也加将索拉从笼子里放了出来，茶色的柯基犬向她扑去，沙也加激动地叫着并握住了索拉的前腿。

琴美一边看着外孙女的样子，一边将购物袋里剩下的东西放进橱柜里。每次活动身体的时候，口袋里的便签就会发出干巴巴的声音。于是琴美取出便签，将其塞在了烹饪台下面抽屉里那些买来备用的保鲜膜和塑料袋的深处。

沙也加将索拉带到了院子里，此刻正在与它玩耍。趁这个工夫，琴美开始准备晚饭，她先将牛蒡斜着削成薄片，然后把白身鱼裹上面糊。此时的沙也加正坐在外廊上，索拉则一动不动地蹲在她身边，看样子是玩累了。沙也加一边轻轻拍着索拉的后背，一边唱着在幼儿园学到的歌曲，她顺着节奏左右摇摆身体的样子看起来非常可爱，就连索拉的尾巴好像也在跟着节奏轻轻地晃动。琴美不禁露出微笑。

琴美将处理好的鱼放进冰箱，又从地板下的收纳柜中拿出腌制米糠酱菜的罐子，从中取出腌黄瓜与腌茄子后，再充分搅拌罐子里的糠床。这个罐子是从江美子那里继承过来的，里面的糠床已经腌制过十几年美味的酱菜了。

"我现在就把这个交给你了。"江美子对琴美说这句话的时候，仿佛就在昨天。婆婆是个豁达开朗的人，她教会了琴美这个外地人很多东西，眼看着婆婆日渐衰老，琴美心里相当痛苦。

琴美把酱菜罐子放在地上就开始发呆，等回过神来后又将罐子放回收纳柜，接着把酱菜洗好切片后，再将湿乎乎的手擦干。

"外婆要去收一下衣服。"

琴美对着沙也加的背影说道。沙也加回过头微笑地回答着"嗯"。

来到二楼的阳台上，在炎热的太阳下晒了一天的衣服摸起来非常舒适，琴美仔细地将衣服收了进来。现在离傍晚时分还早，琴美稍微出了点汗，她正在将晾衣夹从衣服上取下来，这时她把目光从手边移向了远方。由于此地被群山环绕，地形类似于盆地，所以不管怎么看也只能看到连绵不断的群山。

琴美再次在心里想，自己一定要在这片土地上生活下去。她在这里邂逅了未来的伴侣，有了自己的孩子并已将他们养育成人。每当有了新的经历，她就觉得能成为新的自己。那可憎的过去已经远去，只需活在无忧无虑的当下即可。

她呼了一口气，然后拿起装有衣服的篮子，小心翼翼地走下楼梯。

"啊——救命啊！"

是江美子的声音。琴美扔也似的将篮子放在了楼梯拐角处，然后便跑了下去。

她用双手打开拉门。披头散发的江美子挣扎着要从床上下来。

"妈！您怎么了？"

琴美急忙跑去搀扶她，不料却把江美子吓了一跳。

"啊，姐姐……"

江美子直勾勾地看着琴美，并抓着她的双肩。至今为止，江美子曾数次将琴美误认为自己已去世的姐姐。为了让她安心，琴美试着露出了微笑。

"怎么了？"

琴美温柔地问道。

"那个人又来了。明明之前跟他说过不要再来了。"

"那个人是？"

"还用说吗，肯定是芳文先生啊，他不乐意我嫁给贞夫。"

江美子瞪大眼睛，摇晃着琴美的肩膀。琴美不知该说什么。

江美子曾和一个叫作片濑芳文的人结过一次婚。但没过多久征兵令就来了，于是丈夫便丢下妻子去了战场。在婆家等待丈夫归来的江美子，却收到了丈夫战死的消息。举行完丈夫的葬礼后，江美子便回到了老家。后来，她有缘结识了隆一的父亲贞夫并嫁给了他。

然而命运十分残酷，没想到芳文竟复员归来。听说是在被送往南方战线的时候，在一片混乱之中被判定为战死。芳文从家人那里听说事情的缘由后，曾多次拜访江美子，恳求她回到自己身边，却被她拒绝了。最终在周围人的劝导下，芳文选择了放弃。在那之后，他与另一名女性组建了家庭。

这件事是琴美从隆一那里听来的。战时会发生这种不幸的事也是有可能的。此事距今已有七十年，琴美并没有从江美子那里听说过此事的经过，只知道对方是个不拘小节、性格爽朗的人。琴美以为她早已忘记过往的一切，与公公幸福地生活在一起。然而，合着昨晚发生的事情来看，或许有些事情无法仅凭外在来认清。

因为战争，女性也吃尽了苦头。

"没事了，已经没事了。"

琴美轻轻拍打着她的后背，使其冷静下来。江美子这才将手有气无力地从琴美肩膀上拿开。

"贞夫先生早就把那件事给忘了。"

琴美本想化身为她的姐姐，但还是无意中说错了话。

"没有的事！那个人非常……"江美子斩钉截铁地说道，并抬起了头，"是关于佳苗的事。"

"什么？"

佳苗是隆一的姐姐，但听说她在婴儿时期就因病去世了，一直到生出第二个孩子隆一为止，中间相隔了很长时间。

"明明是贞夫的孩子，可不管是公公婆婆还是贞夫都怀疑佳苗出了问题。他们都是一样的，都是一样的。"

琴美不发一语。难不成是因为前夫芳文曾多次来见她，于是便怀疑她当时怀上的佳苗是她与芳文的私生女？那这也太不讲道理了吧？

"其实，姐姐——"

江美子这次又紧紧抓住琴美的双手。在她将琴美的手拿到自己的胸前时，她的脸突然就靠了过来。她的眼睛布满血丝，嘴唇颤抖不止。琴美已经实在不想再听下去了。

"佳苗，是我杀死的。"

"杀……杀死？"

想必自己此时正在颤抖吧。琴美后悔自己不该得意忘形地假装成江美子的姐姐。

"如果没有那个孩子的话，我就不会被人说三道四了，一想到这我就——"

"够了，够了——"

然而江美子没有停下来，而是像着了魔似的继续讲了下去。

"那个，姐姐。"

她想解脱，想在临死前把憋在自己心中的事情全都倾泻出来。

"所以佳苗发高烧的时候，我没有管她，我没有管她——"

当琴美发现呜呜呜呜的哭声，竟然是从自己口中发出来的时候，她感到十分震惊，并想起了惠生下来的那个孩子，那个白白胖胖、充满生命力的婴儿。

"我让那些被佳苗吐出来的东西堵在她的喉咙里，就这样——"

江美子像个孩子一样仰天大哭。

琴美无法轻易说出"这不是你的错"之类的话，即便说出口也无济于事，身为母亲的她犯下了最邪恶的罪过。江美子没能将这些秘密带进棺材。活着的时候，她无论如何也无法守住这些秘密，不论过去多久，已经发生的事情也绝不会消失。她无法原谅自己，她将永远活在制裁者和被制裁者都是自己的地狱之中。

他们夫妇带着这样的误会，继续保持着夫妻关系。妻子是不是做了对不起自己的事？是不是故意害死了自己的孩子？在这些疑问的驱使下，公公才会忍不住要打她。这对于她来说也是地狱。

琴美茫然地站在原地不动，此时她身后的走廊传来了奔跑的脚步声。

咚咚咚咚的脚步声听起来很轻盈，还没等琴美回头，沙也加就像一道白色的影子冲了进来。她笔直地朝床铺走去，灵活地插进琴美与江美子二人当中。

"外曾祖母——"

江美子缓缓地抬头看向曾孙女。

"外曾祖母，好可怜，好可怜啊。"她踮起脚，用手抚摸着江美子的头，"好了好了，不要哭了，好了好了。"

就像自己一直被对待的那样，沙也加的小手一次又一次地抚摸着江美子苍白的头发。她的眼神十分坚定。能够感觉到她即便不知道外曾祖母为何而哭泣，也一定要为悲痛欲绝的对方做些什么的决心。

被摸着头的江美子哭得满脸都是泪水与口水。琴美也在不知不觉中抚摸着江美子的手。

琴美不禁祈祷着这位老妇人能够得到宽恕与治愈。

琴美心想，或许只有纯真的幼童才能给予她这些。沙也加和那个曾经去世的孩子差不多大，在她的安慰下，江美子扭动着身体哭了起来。

主干道沿线开满了紫薇，每当有车辆经过，树枝就会摇晃，红白相间的花朵也随之舞动。琴美隔着栏杆看着这一切，所以即便丰走到了身边，她都没有注意到。

"琴美姐。"

听到有人搭话，琴美回过头示以微笑。工作日的午后，郊外大型购物中心的露台上只有零零散散几个人。

"丰，好久不见。"

"我也是。虽然好久不见，但我一眼就认出了琴美姐。"

"你已经成为真正的大人了呀。"

听到这话，丰不好意思地低下头。琴美也因为自己的表达方式太过奇怪而苦笑起来。

"稍微走走？"

蜿蜒的露台连接着好几栋建筑，就像是为了方便人们游览而建造成这样似的。两人走在露台的阴处，其间还有舒适的微风吹过。木制地板温和地吸收着他们的脚步声。

果然从这里也能看到低矮的山峦。

"突然联系你，应该吓了你一跳吧？但还是感谢你能回复我。"丰礼貌地低头说道。

"你没有再回过四国了吗？"

在被问到这个问题时，琴美回答说前不久刚回去过。她父母的坟墓在那边，而且她每次也很期待能去看望邦枝。听完，丰的脸上流露出歉意。

"这样啊。我就住在那边，但并不知道邦枝阿姨的事。亏我原来还时不时受到她的照顾，我真是对不起她。"

"这种事不用放在心上，大家都在忙着各自的生活，邦枝阿姨也很清楚这点。"

不胜惶恐的丰开始讲述哲平、京香、正一他们的现状。

琴美靠在扶手上听着他的叙述。当听到发生在正一身上的事时，她觉得胸口有些堵得慌。

"我才应该感到抱歉，这些事情我竟一点也不知道，我还以为大家都过得很安逸。"

"四角离家太远了。他在那边失去家人后，生活非常困窘，以至于无法下定决心回老家。"

"这样啊——"

"这或许就是他选择的生活方式吧。我也是在见过他之后才知道的。"

"丰，你真是个好人。正一肯定非常感谢你。"

听到这句话后，丰露出痛苦的表情。

"可我连真实子去世的消息都不知道。"

琴美没有回答他，而是将视线转移到其他地方。想必很少能有人一直生活在自己的故乡吧？当替出镇不再能住人的时候，凝聚在那里的人们的命运便会突然消散。

事后，琴美只能在萧条的渔港小镇独自怅惘，她甚至有些怨恨真实子，如果真实子能将生病的消息事先告诉琴美的话，二人就不必以这种方式诀别了。但过了一段时间，琴美也想明白了。真实子并不想以那种戏剧性的方式与她诀别，而是想要静悄悄地离开。这也确实是符合真实子风格的死法。或许真实子在小时候就已经想好了自己的死法。

就算在真实子的弥留之际陪在她身边，跟她聊天、安慰她，直到自己满意为止，又有什么意义呢？这些不过是生者的自我满足罢了。没有人能够理解临死之人的心情，也没人知道他人会如何结束自己的生命。

正如江美子现在所困惑的那样。

所以琴美决定不再为真实子的事而感到遗憾，也不再责备自己。

那孩子选择用属于自己的方式，自然而然地离开了这个世界。她本想将这一点告诉丰，却不知道该怎么说。

琴美带着丰来到了露台延伸至前庭的部分。露台下方的架空层经常被用作举行活动的广场，但今天似乎并没有任何活动。露台上摆放着一些休闲桌椅，人们可在此随意休息。如今正值盛夏，这里还拉了好几顶长长的帆布，用来充当遮阳棚。

丰之所以会来到山口县，一定是有什么在意的事吧？

丰坐下来后，像是下定了决心似的，从皮包里拿出了剪报。装在透明文件夹里的剪报皱巴巴的，可以看出已经经过很多人的手了。琴美看了看递过来的剪报，上面的日期是今年的三月二十日。这则报道是说，虽然当时正值春雨连绵的时期，可当地的雨势却异常凶猛，使得替出镇的堤坝发生了崩塌，事后还在现场发现了人骨，此事引发了轩然大波，但在调查后发现，那只是学校等场所使用的骨骼标本而已。

本以为错过什么重要信息的琴美，再次阅读了一遍这则报道。可她并不觉得这件事有什么意义。见琴美一脸疑惑的样子，丰便解释道：

"我想，那个，会不会是真实子从理科教室里偷出来的骨骼标本呢？"

丰讲述了真实子这一行为的详细经过。琴美心想，不管是处理那些东西的方式，还是号召朋友们参与其中的做法，都很符合真实子的风格。

"我们将那个标本背到山里，然后掩埋在谁也不会发现的地方，可如今堤坝里却冒出了一堆塑料骨骼标本。虽然哲平说这跟真实子偷出来的那个并不是同一个东西，但我不认为替出镇有这么多的骨骼标本。"

琴美多少能明白丰想要表达的意思，不过这种事——

"当时，我们之所以会抱着一部分玩耍的心态去山里埋骨头，是因为我们相信真实子说的话。"

丰像是在尝试从琴美的表情中窥探出什么似的，突然停止了发言，琴美则一言不发地看向他。

"但是，现在想来也许事情不是她说的那样。"

"因为看了这则报道？"

也许是担心自己会被嘲笑或者遭到否定，丰急忙继续说道：

"这只是一个契机，不过我在后来拜访大家的过程中，逐渐了解到了各种各样的事。"

他欲言又止，看上去像是在犹豫接下来该不该展示自己那幼稚的推理。

"什么事？"

在琴美的催促下，丰拿出另外一张纸片。他看着传单的背面，开始结结巴巴地解释起来。在真实子进行奇怪行动的前后，替出镇发生过一些微小的异变，可这些不可思议的片段怎么也联系不起来。

正一与真实子一同目击到陷入混乱状态的邦枝，而第二天真实子并没有参加郊游，同一天里原口失踪的事也被传开。虽然起初是因为德田夫妇对野猪肉的弃之不顾而引发了恶臭事件，但之后他们又像重新振作起精神一般地打扫起家里。至于那些散发着腐臭味的野猪肉，则是丰的父亲帮忙处理的。

京香曾偷听到原口说他杀过人。丰认为，侵吞了自行车竞技场的公款后便畏罪潜逃的原口，是个令人唾弃的家伙。分明是谴责他人的话，可丰的语气却并不强硬，还多次语塞，每次语塞他都会抬眼看向琴美。

最后，他阐述了他从那些片段中推导出来的观点。

"原口是不是杀过什么人？他虽然看上去老实巴交的，但正所谓人不可貌相。不过我并不知道他杀了谁。我想真实子她应该知道事情的真相，所以才会去处理死者的遗骨吧。"

听完丰越来越没有底气的话后，琴美死死咬住了嘴唇。

——原口是不是杀过什么人？

丰的话就像锥子一样扎进了琴美的胸口。

——正所谓人不可貌相。

"我不清楚真实子为什么会做那种事，或许此事与德田先生有关。毕竟那时德田先生由于生病的缘故而变得很奇怪。总之，我觉得我们当时埋的骨头是真的，是货真价实的人骨。"

琴美本可以对他说，这只不过是你可笑的妄想罢了，但她没能这样做。这个人抱有的疑问和真实子做出的那些令人无法理解的行为摆在了她的面前。过去的事情终究还是藏不住的，琴美所不知道的事实正在推动着什么。琴美能感觉到她心中那个生锈的巨大齿轮正在发出沉重的摩擦声。

琴美还记得德田夫妇态度转变的事情，给琴美自身带来重大变化的事情正好也发生在那个时期。所以她才会对此没有什么印象，因为当时她在有意识地回避德田夫妇。虽说恒夫和邦枝都很担心自己，但她实在无法对他们坦白自己的内心。

不过——

邦枝夫人曾来过一次。她抓住一脸阴沉地面对着她的琴美，试图使其清醒过来，并对其说道："小琴美，你——"可她说到此处便语塞了。然后她像是振作了起来似的哭着说道："你要照顾好自己啊，没事的，没事的。"想起来，那时的恒夫先生因为身患癌症已经时日无多了吧。她也许是乱了心智，在向关系亲密的琴美传达她内心的感受吧。而当时琴美也被自己的烦恼缠身，无暇顾及邦枝的事情。或许邦枝夫人是因为没能注意到恒夫先生的病情而感到自责，进而也关心起琴美的身体吧。然而，被摇晃着的琴美仅以空洞的声音随便应付了几句便将她送走了。

没过多久德田家就发生了恶臭事件，她也从真实子那里听到关于恒夫先生患上癌症的消息。琴美这才反应过来，他们其实也相当不容易，即便如此邦枝夫人还是特意前来问候反常的自己。后悔不已的琴美便去拜访他们家，却被对方以坚决的态度拒之门外。不久后，恒夫先生便做好了面对死亡的准备，周围的人也很支持他，事情就这样朝着平稳的方向发展下去了。而这已经是很久以前的事情了。这段记忆早已沉入琴美的心海深处。

琴美断断续续地把这些事讲给了丰。而丰则看着桌子附近，认真听着她的讲述。

琴美隔着丰的肩膀看着远处的山峦，她的心情逐渐平静下来，这里是她通过自己的双手所获得的安身之处，是她能够脚踏实地地生活下去的地方。没事的，这里毫无疑问是我的新故乡。

"丰——"不经意之间，有一只燕子掠过了远处的露台，"你知道这些后打算怎么办？"

丰皱起眉头，这是一种与进入了不惑之年的男人并不相符的表情。丰果然还无法控制内心的不安与愤怒。

"四角对我说过，既然真实子已经去世了，那就没有必要再知道这些了，还让我不要白费力气。"

"但你并没有就此打住。"琴美深吸一口气，"你想让我来填补这些片段之间的空白？并从我这里打听到新的事实？"

此时又有一只燕子划破长空，并留下了一道锋锐的轨迹。

"我最初是在自行车竞技场工作，只需要在比赛日去上班就可以了。这是一份可靠的市内工作，报酬也很可观，因此，很多人都希望做这份工作，所以竞争相当激烈。而且因为待遇优厚，所以很少有人在入职后会辞职。我母亲从当时在竞技场里工作的原口先生那里得知，那里有空缺的岗位，正准备招聘若干人。"

原口当时好像是这样说的："我觉得这对琴美来说是一个好机会，请让她过来吧。"大喜过望的母亲便将这个消息告诉了女儿。

丰竖起耳朵聚精会神地听着。他决定将琴美说出的话，一字不差地记住并带回去。

"当年有很多人参加自行车比赛，毕竟那时不像现在有那么多的娱乐活动。我估计竞技场的员工也有上千人，包括卖入场券和车券[1]

---

1 一种用来猜测自行车竞赛中的哪位选手能赢的奖票。——译者注

的、兑现奖券的、兑换的、统计的、发工资的员工。竞技场员工的工资也是每天通过现金来支付的，总之那里的所有员工都需要跟现金打交道。有时竞技场一天的营业额甚至能达到一亿日元呢。"

接下来的内容就比较难以启齿了。不过琴美已经下定决心，不会再犹豫了。

"一开始的时候我为了记住工作内容而非常拼命，但后来我在各个岗位工作的过程中，逐渐了解了资金的流动和管理的机制。就在那个时候，我因为无法偿还债务的利息，不得已动用了竞技场的钱。"

丰极其痛苦地看着琴美，仿佛是他自己陷入了进退两难的境地。看到他这样的表情，琴美反倒变得平静下来，小声且平静地接着说了下去。

"就在我在投票处的窗口负责统计营业额的时候，我通过改写发票私吞了一些公款。不过，车券的号码其实是用电脑来管理的，只要与电脑一核对就能查出问题。这项工作是由其他人负责的，我害怕哪一天上司会突然向我问责，可之后却什么也没有发生，真是不可思议。我做统计工作的时候，就多次用这种方法侵吞过公款。"

《自行车竞技法》严令禁止该行业的员工购买自行车赛券，可有些人还是会顶风作案，不过并没有人去揭发。琴美还想当然地认为，没有人会不嫌麻烦地去揭发这种不起眼的违法行为。在这个充斥着庞大现金流的地方，人们的内心也许正在不断地腐化。员工们心中那慢慢扩大的认知偏差，让他们忘记了社会的常识。只要不犯大错就好、只要发票对得上就好，慢慢地，琴美也沾染了这种恶习。

琴美缓缓地摇了摇头。

"没过多久我就被录用为竞技场的临时职员。薪资虽说不错，但竞技场的员工每个月最多只能工作六天，不过身份总算稳定了。我的担保人正是原口先生。虽说我只是临时职员，但只要更新合约，想干多少年都可以，顺利的话还能有机会转正，这让我安下心来。"

临时职员的工作是辅助正式员工。金库里的现金由担任现金管理总务室主任的原口一个人管理。虽然银行会在比赛日当天取走那天的营业额，但金库中还是时常存放着巨额的现金。

包括赛车手的日薪和奖金、中奖者分红的准备金、竞技场员工的工资，如果客人没有来领取中奖者分红，那笔钱就会由竞技场代为保管六十天，另外还包括四国地区自行车竞赛举办方协会的补助金。原口的工作就是管理这些钱。竞技场事务所的所长是个糊涂的人，经常把工作交给部下全权处理。事务所内似乎有种只要把事情交给正直认真的原口就没有问题的氛围。

金库中的钱被称为比赛准备金，是留着举办下一次比赛用的。

然而，自从琴美成为原口的助手后，她发现用于管理金库中的现金的财务文件被人篡改过。可能是原口在其他领导的吩咐下，将超过六十天的中奖者红利作为时效金，交给市里的自行车竞技事业会计的过程中发生的事。

"一开始我以为是原口先生不小心记错账了，因为我根本没想到这个人会干坏事。

"我还一本正经地问了原口先生。可他竟然面不改色地说，我之前做的那些事他会替我保密的，而且还说是他帮我篡改了计算机上那些跟发票和现金对不上账的数据。"

丰紧紧握住放在桌子上的拳头。趁自己还未完全心灰意冷，琴美继续讲道：

"原口先生是个不合群的怪人，同事都瞧不起他。他也不在乎周围的评价，完成自己的工作后就默默地回家，看样子他已经放弃了出人头地。大家都半带轻蔑地认为这种人应该做不出什么大事，说他只不过是个机械地完成工作、浑浑噩噩地度过每一天的人。"

相反，也有人利用了他的这一点。琴美也是后来才知道，历代所长会把无人审计的四国地区自行车竞赛举办方协会的补助金，存到以其他名义开设的账户里。这个账户里的钱美其名曰是为了赛车手和职员的联谊会而准备的，其实不过是所长的私人金库罢了，而且这些钱也是由原口来管理的。

"作为替我保守秘密的代价，那个人要我协助他。"

这时，她不知为何笑了起来。

"原口先生在那之前，私吞了不少保险柜里的钱。他将私吞的方法教给了我，并让我去执行。在有计划地拉我入伙后，情形就变得无拘无束了，拿的钱多到吓人。万一哪天被人发现保险柜中的现金与票据文件不符，那一定会变成我的错误。只要进行调查，就会知道我家债台高筑，经常因为钱的事发愁。实际上，我也跟着私吞了一小笔钱。"

琴美目不转睛地盯着坐在眼前的丰。如果不这样做的话，她就会讲不下去。他会后悔来到这里吗？即便如此，丰还是接住了琴美投来的视线，至少他似乎做好了听到最后的准备。

"我想他说不定一开始就是为了让我做这些事，才把我雇了过来吧。可是我被他抓住了把柄，只能对他言听计从。"

没有人注意过原口在干些什么，也没有人怀疑过他。无能的所长疏于核实工作，而那些买车券的同事们也跟没有买过车券的原口保持着距离。

"好一个中饱私囊对吧？不过实际上是由我来写好发票并存取金库中的现金的，偷拿的现金我都原封不动地交给原口先生了，他还给了我一些钱作为封口费。跟他塞进腰包的钱相比，他给我的钱只不过是九牛一毛而已。我将这些钱都用在了还债以及给母亲治病上，那段时间我一直活得提心吊胆的。"

琴美没有跟任何人商量过此事，除了反复住院的母亲外，还包括关系亲密的德田夫妇和真实子，跟职场的上司和同事反映就更不可能了，毕竟掩盖挪用公款这一事实的人就是琴美。如果没有做好被逮捕的准备，她是不会做出这么危险的举动的。况且一想到母亲，她就明白自己无论如何也不能那么做。

原口还是一如既往地在认真工作。他一边不为所动地看着靠买车券赚些小钱的同事和上司，一边无所顾忌地将大额的公款装进自己的腰包。琴美很好奇他为什么需要那么多的钱，他的生活质量看起来并没有发生改变，他还是那么不起眼、勤奋且软弱，也不跟其他员工交好。知道原口罪行的人只有协助他的琴美。

琴美变得不再开朗，甚至不再流露自身的情感。身边的人很快便知道她也许是有什么烦恼。在德田夫妇和真实子的关心下，琴美的内心产生了动摇。

"我觉得怎样都无所谓了。我只想从这惶惶不可终日的地狱中解脱出来。"

原口似乎察觉到了琴美内心的波动。那时他侵吞的金额已经超出了他所能偿还的范围。他的工作态度并没有什么变化，不过他的脸色变得十分难看。这个不沉溺于享乐，且一直都很老实本分的男人遭受了挫折，如今已经是一副走投无路的样子了。即便意识到破灭在即，但他还在为了能延迟这一天的到来而操碎了心。事已至此，无论怎么做都于事无补了，可他还是生怕琴美会背叛自己。

然而，仍然没有一个人注意到这个看起来没出息的中年男人。

那时琴美的母亲正好在医院接受长期住院治疗。

"至于在那之后发生了什么——"琴美极其冷静地说道。她原本是那么害怕将那些事说出来，可现在她的内心却异常平静。

"你也知道吧？丰。"

丰咬紧牙关，并发出了"唔"的一声微弱的回应。

一阵风吹过，差点儿把丰放在桌子上的那纸张吹走。琴美伸手将其按住。传单随风摆动，发出呼啦哗啦的响声，琴美凝视着自己按住传单的手。

"原口他——"琴美终于开始直呼其名，"原口他想到了让我闭嘴的最好办法。"

她冷冰冰地说出了这句话。

琴美本想逃出地狱，可前面还有更可怕的地狱在等着她。原口趁着琴美母亲不在，来到了她家里。这位上司来到客厅，将头磕在了榻榻米上。

"求求你，请你无论如何都要替我保密。再等一阵子，我就能把偷来的钱还上，到时候我会给你一笔钱作为谢礼的。怎样？好吗，好吗，就是这样。"

琴美不知该说什么好。经他这么一说，她反而下定了决心。她甚至想嘲笑自己，为什么会帮助这种男人。正如大家说的那样，这个男人是个窝囊废。

"不，我再也不会——"

还没等琴美把话说完，跪在榻榻米上的原口慢慢地抬起头，不带有丝毫感情的眼睛散发出令人生厌的目光。琴美突然绷紧了身体，这时，这个男人像蜘蛛一样扑到了她的身上。

"别这么说，好吗，不要抛弃我。"

还没等琴美反应过来，她就被原口摁倒在榻榻米上。

"好吗？别这样，小琴美，不要背叛我，不要抛弃我。我都特意过来了。"

他应该是哭了，这个令人生厌的男人，一边哭着，一边竟开始抚弄琴美的身体。

即便事情发展到这个地步，琴美仍没明白原口想干什么。晚熟的琴美此前从未与男性发生过关系，直到原口压在自己僵硬的身体上，并几乎扒光了自己身上的衣服时，她才试图大声反抗。于是原口便用巨大的手掌捂住了琴美的嘴。

"闭嘴！闭嘴！安静点！"

琴美疯狂挥舞着手脚试图挣开原口的压制。原口用颤抖的声音在她耳边低语道：

"不这样做，你就不明白我的意思吗？既然这样，那我也就没办法了。"

琴美无论如何都无法相信，这种事竟然会发生在自己身上。这个总是蜷缩在职场角落的男人，竟会对自己如此之粗鲁。随着后脑勺重重地撞在了榻榻米上，她的意识开始变得模糊。

不知过了多久，耀眼的荧光灯照在琴美的胴体上，身体每个角落都被蹂躏过，她感觉这具躯体不再属于自己，浑身都已失去了感觉。

"小琴美，听好了。那件事你不要跟别人讲，你的事我也不会说的。"

原口用狡猾的目光瞥了一眼失魂落魄的琴美，然后便离开了。

侵犯琴美应该就是他用来封口的一个方法。然而，这个长年碰不到女人的中年男人却能借此机会自由地侵犯年轻女性那娇艳欲滴的身体。也许是破灭前的破罐子破摔，他内心那近乎疯狂的激情不断地刺激着他，这位原本老实本分的男人的色欲之情就这样被点燃了。不到三天，原口再次来到琴美家里。他只需在夜深人静的时候，注意不被人发现即可。

"男人是不会明白身体被控制是一种什么样的感受的。我只能像个机器人一样，按照他的要求将钱偷出来交给他；又像个没有心的人偶一样，任他侮辱。"

琴美害怕此事被人知道。她为堕落到这个地步的自己感到悲痛与羞耻，以至于无法正常地思考。那个恶魔能巧妙地看穿她的心思，并总是低声对她说：

"我不会告诉任何人的，这是我和小琴美之间的秘密，对吧？你也不想让你母亲知道吧？如果你母亲或是其他人知道了此事，他们会作何感想呢？你不仅偷了事务所的钱，竟然还做出了如此放荡的事情。无论发生什么事我都无所谓。能和琴美一起被逮捕，我也心满意足了。"

逮捕——这个词足以让涉世未深的琴美颤抖不已。

摧毁自己的内心，只有这样才能在地狱中活下去。母亲住院长达三个月。这段时间里，原口一次次闯入琴美的家，而琴美早已失去了反抗的气力。

"我当时很狼狈对吧？丰。"

琴美毫无感情地问道。丰一言不发地低着头。

琴美家客厅的玻璃门和拉门被原口打开，外面是因疏于打理而荒废的院子。这里原本是一座被打理得井然有序的日式庭院，然而这里在荒废后，到处都是未经修剪的树木，假山也倒塌在即，点景石如黑影般伫立着。原本有鲤鱼游动的大池塘如今也已经枯竭。琴美行尸走肉般承受着原口的凌辱，用涣散的目光看着庭院。

虫鸣声戛然而止，琴美突然注意到，有人躲在这个荒芜且黑暗的院子里。

是住在附近的丰。一个上小学的男孩，这么晚溜进来，正屏住呼吸注视着自己。当琴美注意到此事时，她脑海突然变得一片空白，她发出了小声的悲鸣，然后便尝试着将原口推开，她不想被人看到自己这么狼狈的样子。但是原口并不允许琴美这样做，他应该没有注意到有小孩潜入这里。

琴美家的四周虽然设有土墙，但对于身手灵敏的男孩子而言，想要翻过土墙应该也不算什么难事吧。这个情窦渐开的男孩子，就这样屏息凝神地注视着，这令人眼花缭乱的场景。

丰应该来过好几次。因为琴美曾察觉到他的存在，有时当她看向院子时，会发现这个男孩正两眼放光地看着这边；有时她只能在院子里看到一个蜷缩在黑暗中的身影。但不管怎样，丰确实偷看了。

恐怕他就屈身躲在点景石的暗处，或者庭院粗壮的树干后，又或者是干涸池塘的凹陷处。

琴美自己也觉得不可思议，为什么当时自己会任由丰偷窥下去，难道自己已经自暴自弃，并选择了听天由命？如果丰能将此事告诉给什么人的话，或许自己还能够得救。然而，一旦这种事真的发生了，自己也会身败名裂。对琴美来说不论是哪种结果都已经无所谓了。某种意义上讲，她已将自己的命运寄托在丰的身上了。但最终却什么也没有发生。丰没有告诉任何人，而是沉浸在这种悄然无声的快乐之中，沉浸在那充满诱惑的淫靡之事中。

琴美目不转睛地看着这个垂头丧气的中年男子，看着这个曾经出现在黑暗中的少年。

"你也知道吧，我当时明明看到琴美姐遭人虐待，可我却没能救你。不，其实是我故意不管的，我——"

"你幸亏这样做了，我宁愿死也不想让别人知道这种事。"

丰咬住嘴唇。

"你想查明当年在替出镇发生过什么事对吧？还想弄明白真实子谋划了什么以及干过什么，是这样吧？发生在我身上的事也是这一串事件中的一环，你是这么想的对吧？"

即便被这样问道，丰依旧无法调整好自己的心情，只是默默地眨着眼睛。

"你应该也觉得奇怪吧，明明受到如此残忍的虐待，可我为什么没有采取任何行动。我当然拼命地考虑过，该怎样做才能摆脱那种困境。"

然而琴美无论如何也没法向自己亲近的人坦白这一切。不论是自己犯下过错的事情，还是在精神和肉体上遭到原口奴隶般对待的事情，她都不想让别人知道，也更不会告诉自己的母亲。母亲本就身体不好，自己又怎么能说得出口呢。即便到了秋天母亲出院后，原口仍会依心情好坏来找琴美，不过并不像之前那样频繁。为了不让在里屋休息的母亲有所察觉，琴美只能拼命忍耐，这一全新的恶趣味又让那个恶魔喜出望外。

服用过安眠药的母亲，完全没有注意到住在同一屋檐下的女儿经历着什么。自己的女儿正在无声地哭泣。到了年底，母亲的病情又恶化到需要住院的地步。

琴美开始考虑，有没有什么办法能够顺利解决全部问题。

母亲住院后，崎山也偶尔会来家里。虽然这个矮子是个吝啬小气、卑鄙无耻的人，但他头脑灵活，特别擅长通过坑人来从中牟利。长年深受其苦的琴美再清楚这一点不过了。琴美认为他应该会为了一己私利而帮忙的。再怎么说他也是琴美的亲戚，所以琴美竟天真地以为他也许会站在自己这边。

于是琴美决定利用崎山，她想碰碰运气，她认为就算情况再坏，也不会比现在还要糟糕。

"你到死也要服侍我。"

正是原口的这声低语，让琴美下定了决心要采取行动。

琴美将原口侵吞竞技场公款的事告诉了崎山。以他的为人，应该不会老老实实跑去劝阻原口，更不会向市里揭发。不出所料，崎山眼中散发出卑鄙的目光。

"我并不清楚那个家伙究竟对原口做了什么。不过可以猜得到，他应该是威胁了原口。崎山按照约定没有说出我的名字，而且他是个有点小聪明的人，如果被问起是从哪知道那些事的，他应该可以想到办法蒙混过去吧。"

某种意义上讲，平庸的原口本就是个容易被操控的人。他做事十分耿直，照这样下去他应该会碌碌无为地工作到退休为止。但是一名不速之客的出现让他偏离了原本的道路。他虽然在没被发现的情况下侵吞了公款，却还没来得及使用那笔钱。估计他做梦也不会想到，会有第三方介入吧。

所以，崎山的威胁理应会让他产生动摇。作为替他保守秘密的条件，崎山要他做了什么呢？琴美并不关心这种事，她只是默默地等待着事情的进展。

"崎山先生让原口感到非常恼火。他气愤不已地怀疑是不是我向他告的密。虽然我一直装傻，但那个家伙并不相信我。然后还对我说：'侵吞公款的事被发现了也没关系。不过小琴美你应该不会背叛我，对吧？你可是属于我的东西。我不会将你交给任何人的。你说是吧？'"琴美将目光从丰的身上移开，颤抖着嘴唇继续说道，"那时的他已经无法用正常的思维去思考问题了。我清楚，像他那种人一旦失去约束就会不断堕落下去。"

"所以——"琴美笔直地看着丰，丰绷直了身子，像是知道琴美接下来要说什么似的，"为了继续跟我保持关系，他打算竭尽全力清除妨碍自己的事物。他立刻采取了一个最简单有效的方法，他——"

她从未想过有一天会将这件事告诉别人。琴美轻轻闭上眼睛，然后再睁开。本以为世界会发生改变，但天空依旧那般晴朗，群山依旧绿意盎然，一切依旧是那么祥和。

"那家伙杀了崎山。"

"杀了崎山？"

也不知这个结果在他意料之中还是意料之外，只见丰重复着琴美的话。

"是的，我亲眼所见。就在春天到来之前，发大水的时候，崎山掉进了河里。"

周围的声音就像突然中断一般，变得鸦雀无声。在这份平静中，琴美继续说道：

"崎山来到了我家后，原口突然出现，然后与他发生了争执。我惊慌失措，什么也做不了。我清楚地记得那天的风雨特别大。"

从他们的争执中得知，原口被崎山的花言巧语所欺骗，参与了类似于欺诈的商业行为以及可疑的期货交易，致使他损失惨重。由此可以反向推知，原来就是崎山欺骗了既没有结婚，又不善于交际，还从不与他人交流的原口，并搅乱了他的人生。自暴自弃的原口，却通过凌辱琴美，找到了安慰自己的方法。

本想利用崎山的自己，竟然连这种事都不知道。琴美痛恨着如此天真的自己。

"崎山质问起原口，'是谁跟你说，要用竞技场的钱当作资金的？'接着他冷笑道，'你可真是个白痴。'我难以忘记，当他说完这话的瞬间，原口脸上显现出来的神情。"

琴美仿佛听到原口心中像是最后的良知般的东西，啪的一声破裂了，恐怖的黑影迅速从他脸上掠过。想必崎山并没有注意到那个瞬间。

"按照之前说的那样，那笔钱我会通融你的，毕竟竞技场保险柜中的钱要多少有多少。我会再联系你。"崎山说完这话便夺门而出，全然不顾外面横飞的大雨。

"原口追了上去，一把抓住他，然后又发生了争执。你应该知道我家后面有一条水渠吧？事情就发生在水渠边上。"

琴美在屋内透过落地窗，看到那两个浑身湿透的男人扭打在一起。原口认为是崎山毁了自己的人生。深知崎山手段的琴美，非常能理解原口的心情。

激动的崎山撞向原口的胸口，原口则一脚踩空。远处的琴美无法看清原口脸上的表情。不过，当他迅速弯腰捡起放置在田边的橛子时，琴美注意到他的脸上好像闪过了一丝冷酷且无耻的喜悦之色。那是她非常熟悉的表情。

看到原口举起橛子，琴美发出尖叫声，而她的声音却被风雨声所掩盖。原口看上去并没有特别兴奋，他冷静地锁定目标，挥舞下来的橛子正好击中崎山的头部。见崎山站不稳，他又打了第二下。实际上分明不可能听到什么，可琴美还是感觉听到了某种沉重的声响。失去平衡的崎山，转眼间便掉进了水渠里。喷涌出来的浊流，轻而易举地就吞噬了这个身材矮小的男人。

尽管如此，他仍试图爬上来。可以看到他的手抓在水渠边缘的水泥地上，而原口则用脚将其踢了下去。崎山抓空了的手很快便消失在水中。

琴美闭着眼睛，想象着崎山被汹涌的水流冲走的样子，她不禁发出了恐惧的呻吟声。那天，风雨大作，低气压天气将冬天的痕迹一扫而光。

"原来是这么一回事。这就是原口说的'杀过人'啊。"

"我觉得原口并不是过失伤人，而是有着明显的杀人意图。"

出于愤怒而做出了如此可怕行径的原口，却像是暂且安下了心似的呆坐在暴雨之中。

随后原口才注意到琴美目睹了整个过程，于是他摇摇晃晃地站起身回到了房间。琴美很想逃跑，但是身体却不听使唤。原口从外面一下子打开了落地窗，他正晃动肩膀大口喘着粗气。吹进来的雨水打湿了地板，玻璃窗也被风吹得不停地晃动。

尽管如此，琴美还是听清了他说的话。

"琴美，这样一来就不会再有人打扰咱们了。为了你，我终究还是杀了人。怎么样，咱们一起去其他地方生活吧？毕竟我们已经是一条船上的人了。"

此刻他的脸上又露出了看似温柔的笑容。然后，这个被疯狂所支配的男人留下琴美，并消失在了雨中。

不过琴美不能就这样一直待在家中，她回过神来便冲到了门外，她心想或许自己还能把崎山救上来。就在这时，她碰巧遇到了前来检查稻田情况的真实子的祖父。这位穿着雨衣的老人相信了她所说的话，认为崎山是失足掉进水渠里，于是沿着水渠方向跑去。然而湍急的水流早已将崎山冲到很远的地方。

从真实子的祖父那里得到消息后，附近的人们以及消防队的队员们聚集在一起一同进行了搜寻，但并没有找到崎山。琴美能做的也只有这些了，被彻底吓坏的她没法将原口的所作所为说出口。人一旦遇到真正恐怖的事情，就会陷入停止思考的状态。她自己也很清楚这一点。当时的琴美除了自保以及照顾母亲之外，已经丧失了活下去的动力，完全沦为一个空壳。

她尝不出食物的味道，也不记得自己去医院看望母亲时说过什么话，就连医生的说明也无法理解。每天的生活不过是在虚度光阴而已，白天起床出门工作，按照原口的吩咐把钱取出，然后返回家中。若是原口晚上偷偷来找自己的话，她就要按照原口的吩咐宽衣解带，而且她已经完全不在乎丰是否溜进了院子里。

不记得是在十天后还是两周后，崎山的遗体在赤根川的下游被人发现，这让她产生了动摇。可没有人对此表示怀疑，都认为这只是起溺水事故。

"原口那句'为了你，我终究还是杀了人'一直在我脑海里回响。我觉得他说得对，事实也确实如此，不是吗？如果我没向崎山求助，他就不会因此而丧命。"

这或许就是人类才会拥有的感情吧。琴美身上的罪恶感与日俱增，几乎要将她压垮。现在想来，那时自己脸上的神情应该相当难看吧。

"就在我快要坚持不住的时候，我听到了京香说的那句话。"

琴美不再拜访德田家，甚至避免与关系亲密的真实子进行交谈。具体情况已记不清楚，但那是她、真实子以及京香在一起时发生的事。

"原口先生在酒馆里说的那句'我杀过人'是真的吗？"

听到京香这句话，琴美吓破了胆。原口竟然如此轻易地就将此事给说出去了，他没有丝毫的罪恶感以及良心上的不安。一想到这里，她就止不住地颤抖。琴美失魂落魄地离开之后，真实子便追了上去。

"真实子一追上我，就问我是不是在为崎山的死而烦恼。接着又问道：'原口先生所说的杀过人，指的就是那个人吗？'"

真实子的洞察力还是一如既往的敏锐。

其实在琴美将崎山被水冲走一事告诉真实子的祖父不久前，她祖父就看到原口离开时的场景。他将这件事告诉了自己的孙女。原口偏偏要冒这么大的雨来到堤坝下，这一点让人感到很奇怪。后来真实子发现崎山落水处的泥土被人严重踩踏，那或许是前来救援的人留下的足迹。

"但是，我觉得有些奇怪。"真实子说道。她觉得那些痕迹相当混乱，就像两个人扭打在一起所造成的。如果是后来前来查看情况的人们所留下的话，不可能会踩得那么深。

听到这里，琴美终于还是没有忍住，她已经无法再将这个秘密继续藏在自己心里了。

她向真实子坦白了一切。话一旦说出口，剩下的内容就会像河口决堤般倾泻而出。

她想将那些痛苦、肮脏的事全都讲出来，讲给这个小学生听。

"我当时已经忍到了极限，如果不是被真实子发现了的话，我想我会彻底疯掉的。"

迫于家中债务的自己竟一时糊涂挪用了竞技场的销售款。原口知道此事后，强迫自己帮他侵吞公款。后来自己将这些事告诉崎山后，原口竟将他推下水渠使其丧了命。

即便如此，有些事琴美无论如何也说不出口，她无法对真实子说出，自己被迫与原口发生的肉体关系。

"不过当我说出这些后心里就好受多了。见我的状态发生变化，原口感到很不舒服，心情变得很糟糕，而且还心神不定。他应该很后悔醉酒说出那句'我杀过人'吧。"

就在那时，事务所即将进行人事调整。原口的所作所为很有可能会暴露。如果琴美在严格的追查下揭露出原口的罪行的话，他就会身败名裂。明明说过要一起远走高飞，可他却因为害怕事情败露后自己会被追责，而精神崩溃了。

"他照常工作没有请假休息，不过整个人看上去有些呆滞。他在事务所里愈发遭到孤立，虽然还跟我搭话，但再也没有来过我家。他好像是在家中借酒消愁。像他那种人，如果事情不能如愿以偿地发展下去，就会变得手足无措。"

琴美无意识地望向丰身后的景色，她很惊讶自己竟然能泰然自若地将这些事说出来。

没过多久，原口就失踪了。四月份的时候，因为人事调动，竞技场来了一位新所长。与前任所长不同，这是位洁身自好且相当严格的人。当他发现所里的一大笔资金不知去向时，就立即展开了调查。于是很快便知道原口侵吞巨款的事，毕竟保险柜的现金是由他管理的，而且谁也不相信仅凭琴美一个人就能轻易做到这种事。

原口消失后，人们发现他名下所有的土地和房屋都已用于抵押，足以见得他被崎山的诈骗行为害得有多惨。

家财尽失的原口虽然通过侵吞公款挺了过来，但最终还是无计可施。或许是因为遭到对方的欺骗与威胁，才会在愤怒中迷失自我吧？破罐子破摔的原口最终选择了报复崎山。这不过是一位碌碌无为、虚度光阴的男人在怒不可遏的情况下做出的鲁莽之举罢了。即便他对琴美这位年轻女性的身体还有所留恋，他最终还是因为害怕杀人的事情败露而独自逃跑了。

新所长进行了彻底调查。在他顺藤摸瓜地调查下，违法的员工被一网打尽。情节最严重的是原口，协助他的琴美所犯下的罪行也浮出了水面。不过，重获自由的她相当喜悦，所以很坦率地接受了调查。

有的上司还捏造出虚假的维修工程，与其他公司签订了违法的合约。私人金库的事被发现后，前所长也被追究了责任，多名男性员工违法购买车券的事也被查了出来。令人惊讶的是，有好几位竞技场的工作人员弄虚作假，从销售额中谋取私利。

不久后，报纸等新闻媒体都报道了这次的"自行车竞技场腐败事件"。比起逃亡的原口，竞技场内部的腐败成了舆论的焦点。最终，多名职员受到惩戒性解雇。曾私吞过公款的人，在还清欠款后才免于被起诉。琴美也是想方设法地归还了原口给自己的那些封口费，这次又是德田夫妇帮助了她。

至于为什么没有说出崎山死亡的真相，她担心自己被原口凌辱的事情也会一并被人知晓。琴美想忘记一切，真实子对此也是装作什么都不知道的样子，好像完全不记得琴美对自己说过那件事，两个人就像商量好了似的，再也没有提及这个话题。

之后的几年，琴美一直害怕原口会不会突然回来。不过她的担忧并没有发生，琴美觉得自己终于逃出了地狱。

谈话结束后，丰站起身，从自助贩卖机里买了两杯热咖啡回来。二人一言不发地喝着咖啡。丰用手握住杯子，发出一声叹息，然后抬起头，笔直地看着琴美。

"非常感谢你能告诉我真相。"他礼貌地低头致谢，"如果没有听到这些事的话，我想我的思考方向可能会出现错误，然后被毫无意义的臆想牵着鼻子走。"

毫无意义的臆想会是什么呢？琴美有些好奇，但是没有多问。能看到丰释然的表情，这就够了。

悠闲地喝完咖啡后，丰将桌上那张背面写有笔记的传单放回了包里。

"这么一来，你又回到起点了。如果真像你说的那样，真实子拿过去的不是骨骼标本的话，那你们埋的究竟是谁的遗骨呢？

"是啊，无论如何我都不相信原口能杀两个人。

"而且就算有人死了，又是怎样将人骨弄得跟骨骼标本一样完美呢？"

问完这些后，琴美突然觉得，他们在这种地方讨论如此危险的话题，显得相当奇怪。她又目不转睛地盯着丰。

琴美注意到，这个被神秘事件所吸引，并能为之付诸行动的人身上，一直保留着年少时的纯粹。

"你的旅行还没结束吗？"

"很快就要结束了。毕竟这个世界上没有能够永远存在下去的事物。"

"是啊。"

就连自己原本以为会永远持续下去的那个地狱，也草草结束了。原口究竟去了哪里？反正他肯定是在哪个地方苟且偷生吧？不过琴美对此事也不再感兴趣了。那段令人作呕的记忆，如今早已沉入心海底部，永远不会再浮出水面。即便如此，已经发生过的事是不会消失的，有时水面上还是会止不住地泛起波澜。

不过——琴美觉得自己似乎想通了，所以她才会向丰坦白了一切。她告诉自己，从此无须再被过去所折磨，而惶惶不可终日了。

"我说丰啊。"

"什么？"

"我觉得被掩埋的事物就那样放着不管也不错，真实子这样做一定有她的理由——"

"说得也对。"

"啊，真想再见小真实一面啊。"

琴美抬头望向天空。透过帆布之间的缝隙，可以看到太阳正绽放着明媚的阳光。

五　丰之章

"是谁？是谁杀了我？"

黑土之上的白色头盖骨开口说话了。

沙沙的树叶声从天而降，森林里充斥着潮湿的空气。结果还是回到这里来了，丰看也没看周围便在心里如此想。

丰正在洞里与骷髅头相对而坐，接着他便意识到这是梦。

"是谁？是谁杀了我？"

骷髅的下颌骨发出"咔嗒咔嗒"的响动。

"你应该知道吧？"

他又听到了那个重复过很多遍的问题。

"你应该知道吧？"

"你应该知道吧？"

还是一如既往不带任何感情的声音。

"你应该知道吧？"

"我知道。"

丰终于给出了回答。

他就在被子里嘀咕着那个一直让自己感到疑惑的人的名字。到底是怎么了，自己为什么会害怕知道真相。

不要再深入下去了，另一个自己对他低声说道。

丰坐在了工作室的圆凳上。他从工具箱里取出大大小小的短刀和凿子，并摆放在面前的工作台上。他将这些工具一个又一个地握在手中，摆弄这些常用的工具，让他的内心平静了下来。难以相信自己竟然几个月都没碰这些东西。

丰将用水浸湿过的磨刀石安置在工作台上，开始用力打磨着短刀。扎实的阻力伴随着悦耳的沙沙声反馈至自己的双手，让自己得以放空大脑，沉浸于这项工作。将全部的短刀和凿子打磨完毕后，便随意选了个木块来试着削一下。这是樱花树的木材，削的时候木材的香味就会释放出来。丰深深地吸了一口气，然后很自然地便露出了笑容。

丰感觉回到了对于自己来说最舒适的地方，在这里他会跟不会说话的木头对话，反复地对它们进行切割、打磨与组装，最终为它们赋予一个全新的造型。这些来自大自然的木材，将以这种形式重获新生，然后通过被人们使用，它们的生命将得以延续。

虽然只是一个人待在这里，但他并不会感到孤单。在思考如何活用这些木材，并为使用它们的人着想的过程中，他觉得自己就已经跟某处的某人产生了联系。

——也该回去了。

他回想起他对正一说过的话，那或许也是对自己说的。每个人都有自己的归宿。这里就是我的归宿，丰拿起木块并在心中如此想道。与其说是不得不完成的顾客的订单，不如说是自己想要触摸这些木材。这里才是适合自己的地方，与木材打交道就是自己的工作。

父亲也已经在姐姐那边开始了全新的生活，自己也必须踏出这一步。现在不是劝说正一的时候了，自己也得稳扎稳打才行。他小心翼翼地把磨好的刀具收进工具箱里，然后开窗换气。

窗边有一棵木瓜树，这棵树原本是种在替出镇老家院子里的，搬家后便将其移植了过来，一开始种下这棵树的人正是父亲。丰小时候有哮喘病经常咳嗽，听说木瓜能止咳，于是父亲便买回了树苗。木瓜树在春天绽放出淡红色的花朵，秋天就能够结出黄色的果实。此时母亲会用砂糖来腌制木瓜，并让丰服用。糖浆在舌尖融化而产生的甘甜令人回味无穷。

随着丰的成长，他的身体变得强壮起来，不知何时起这棵木瓜树不再有出场机会。于是家里也不再采摘果实，深秋时分，成熟的果实扑通扑通地落地。另外，由于木瓜树种在后院，所以才没有人注意到。即便如此，在离开替出镇时，父亲只说要将这棵木瓜树带走就行了。

"是啊，毕竟这棵树是丰三岁生日时种下的。"

当时身体还健康的母亲也面带微笑地表示赞成，丰对此则没有多想。后来比丰大八岁的姐姐告诉他，丰在两岁的时候哮喘病发作险些丧命，父母甚至担心他无法迎来三岁生日。

"为了庆祝你迎来三岁生日，父亲并没有给你买玩具而是买了这棵树苗。"

丰的脑海里浮现出沉默寡言的父亲在院子里挥动铁锹栽种树苗的身影。

父亲坚持将木瓜树移植过来的时候，心里是怎么想的呢？他是不是在想今后该如何在这个新家生活下去呢？他一定没有想到，自己和儿子之间会产生隔阂，以至于最后会分开生活。

丰摇了摇头，将思绪从关于父亲的回忆上收回来。想必父亲在千叶县的姐姐家过得很好吧，丰很庆幸他们能分开住。愤怒、烦躁还有怀疑，各种感情积压在丰的身上，让他已经无法忍受再跟父亲住在一起了。

丰再次面向工作台坐了下来，并摊开了传单，这正是当时正一在临时住宅的矮桌上写下的笔记。丰反复认真地看着这上面的笔记。

原口所说的"杀过人"，指的就是杀了崎山。不过崎山的尸体早就被找到了，由于被冲到下游，再加上长时间浸泡在水中，尸体的损伤相当严重，就连原口用橛子击打过他的痕迹都看不出来。如果真实子偷偷带来的白骨是真的话，那到底会是谁的呢？

真实子从琴美那里得知了原口的恶行，想必她也知道这些行为给琴美带来了多大的痛苦。按照真实子的性格，她说不定会采取什么行动。可是，她究竟做了什么呢？

在琴美看来，真实子不过是个孩子。正因为如此，她才会一时冲动，把原口中饱私囊以及杀害崎山的事告诉了真实子。

琴美不认为真实子因此而做过什么，毕竟琴美并没有说出她所遭受过的最大的痛苦，那就是受到原口随心所欲的凌辱，而且还担心这种凌辱会持续到以后。

丰的眼前清晰地浮现出真实子摆出大人一样深沉的表情，倾听着琴美讲话的情景。那时她一定在头脑中进行着各种各样的思考吧。丰曾多次见到过这位童年好友稍稍噘起下嘴唇，低下头来潜心思考的样子。博学的她在经过一番深思熟虑后，应该已经知道自己该怎么做了。

是的，真实子已经知道琴美拼命想要隐瞒的那件事了。

丰在一次偶然的情况下发现了琴美家中发生的事。一般来说，不会有人那么晚了还关心别人家的事。丰虽然跟琴美是邻居，但院子里枝繁叶茂，所以无法窥探到家中的情况。然而那次的理科作业是观察星星的运行，那是班主任木下布置的。于是丰来到家门口视野开阔的地方，每隔一小时就抬头观察一次星空。那天晚上，同学们应该都是这么做的。

与城市的天空不同，在没有灯光的乡下，可以很清楚地看到星空。天气好的时候，甚至还能发现模模糊糊地散发着光芒的银河。天空南边的较低位置有一个具有代表性的星座，即天蝎座。丰以此为参照，在画板上描摹着星星的位置。可每隔一小时就要出去一趟很麻烦，而且时间已经很晚了，自己实在是很困。此时的乡间小路上寂寥无人。相比于自家门前，还是在琴美家门前的路上更便于观察。于是他倚靠在邻居家的土墙上，继续敷衍地观察着星空。

就在此时，土墙的内部传来了声音。虽然一开始这声音听上去含糊不清，但还是可以隐约听到叫声。受到惊吓的丰停下了手中的笔，接着便听到一声清晰的"不要"。他竖起耳朵，听到有个男人在说些什么。那的确是男人的声音。琴美家只有她和她母亲住在里面，而且她母亲此时应该正在住院才对。于是丰悄悄把画板放在路上。

他翻墙并非企图偷窥，只是想知道里面究竟发生了什么。要是进了小偷的话，那就得赶紧叫大人过来。

土墙很轻松就能翻过去，翻的时候虽然差点就让摇摇欲坠的瓦片掉下去，但他终于还是悄无声息地翻进了院子里。丰压低身子，朝着房子走去。荒废的院子参差不齐，正好适合隐藏丰瘦小的身躯。他一边依靠肆意生长的杂草、蜿蜒曲折的古树以及巨大的点景石来做掩护，一边慢慢靠近客厅。客厅里灯火通明，连榻榻米也被照得泛白，而且玻璃门全都敞开着。

丰蹲在点景石后，看到一男一女正纠缠在一起。那个女人是琴美，她像是冻僵了似的一动不动，脸上露出痛苦的表情。由于男人的脸朝下，所以看不清楚他是谁。不过，他看上去并不年轻。这是丰第一次看到这样的场景，他咽下了一口唾沫，本能地知道他们接下来将会做些什么。

"不要！"

琴美再次喊道。从她痛苦的表情上还能看出恐怖与厌恶。丰这才意识到男人是强行和她发生关系的。自己应该把这件事告诉别人吗？熟知的这位邻居正遭受着惨无人道的对待。但是，丰的身体却动弹不得，就像被钉在了地上一样。

"乖乖听话，小琴美。"

那个男人窃笑道。丰好像在哪里听过这个声音，可他气血上头，无法正常地思考。挣扎中的琴美所发出的强烈喘息声，与压在她身上的那个男人所发出的喘息声混杂在一起。

"我只有小琴美你了，所以，我只能这么做了。"

丰目不转睛地看完了全过程。事后，琴美一边发抖一边哭泣，而那个男人则像是在安慰她似的抚摸着她的头发。

"对不起，是我太过分了。疼吗？疼吗？"

他的这番话，与之前他那残忍的行为极不相称，听得丰毛骨悚然。与此同时，可怕的背后所蕴藏的甜美也刺激着这位少年的身心。

赤身裸体的琴美，爬也似的消失在房间深处，那个男人整理好衣服，然后对着院子精神恍惚地抽着烟。直到那时，丰才知道那个男人是原口。这个男人是替出镇的居民，曾帮助过琴美就职，如今他们在同一个单位上班，还是琴美的上司，年纪应该比琴美大二十岁吧？然而不论怎么想，这都不像是年龄差距如此悬殊的男女该有的场景。很明显琴美是拒绝原口的，由此可以很容易推测出，是原口在强行霸占琴美。

之后，丰也想过是不是应该将此事告诉别人，揭露原口对琴美做出的恶行。但丰并没有那样做，他认为琴美自己也能主动向他人寻求帮助，她之所以没那样做，应该是有什么隐情吧。这是多么无耻的借口。

背德、罪恶感、憧憬、兴奋、羞耻。

那年夏天到秋天，丰的内心百感交集，但是他并没有就此打住。每当原口来到琴美家里时，她家客厅就会灯火通明。丰只要透过房前面的树木看到这一幕，他就会悄悄离开家里，翻过邻家的土墙。

眼前的场景让他目眩神迷。丰怀揣着矛盾的心情，继续坐在黑暗之中。

深秋的某个满月之夜，原口又来到琴美家里，此时，他对对方已经不存在所谓的感情，只是在做自己想做的事罢了。

丰目不转睛地看着他们，甚至忘记了呼吸，他的内心深处燃起了一团火。

五 丰之章

这时，瘫倒在地任凭对方处置的琴美，转过头来看向了院子内。她那湿润的黑色瞳孔，笔直地注视着丰。不，应该说是丰自己这样认为的。他突然感到脊背发凉。

被发现了吗？琴美知道自己在偷窥了吗？

怎么会呢？应该不会被发现的，自己每次来这里都非常小心。为了确保不被发现，自己不会惊动一草一木，也不会靠近能被客厅的灯光所照到的地方。

丰与琴美四目相对，同时他压低了身子向后退去。他冷静下来，意识到自己不能待在这里了。

于是他翻过了土墙。由于掌握了诀窍，翻墙时土墙上的瓦片只发出了很小的响动。另外，由于残破不堪的土墙上到处都是破洞，也确保了能够落脚的地方。所以丰很轻松地就从上面跳了下来。

紧接着，他被吓了一跳。苍白的月光下，真实子就站在土墙远处的角落里注视着丰。这时丰看到她手里握着一根狗链。当时真实子家里养了一条叫作吉洛的混血狗，这条狗隔三岔五就会逃走。看来真实子在深夜出门似乎是为了找狗。

真实子摇晃着狗链向丰走了过来。被洞察力敏锐的真实子发现自己像小偷一样从别人家逃出来的样子，丰自知难以糊弄过去。

"你看到吉洛了吗？"

走过来的真实子只说了这句话。

"没有，没看到。"

仅仅是回答了这么一句话就让丰大汗淋漓。

"好吧。"

227

丰抛下陷入沉思的真实子，转身便离开了，他顺着土墙快步赶回家中。迈进后门之前，他忍不住回头看了一眼。

真实子和丰一样，脚踩在土墙上，试着爬上去。但她的手脚不太灵活，反复掉下来很多次。不过在丰观察着真实子的这段时间内，她还是翻过土墙跳进了院子里。丰急忙回到家中并钻进了被窝，他很清楚，即便这样做也无法消除自己的罪过。

想必真实子已经目睹了一切吧？她会去拯救琴美吗？她肯定会将此事告诉大人，然后——然后，明知琴美遭人凌辱，不但不出手相助反倒只顾偷窥的自己，也会受到谴责吧？

然而却什么事也没有发生。

真实子一定会质问自己，为什么自己会袖手旁观。毫无疑问，自己的偷窥行径也会遭到她的严厉批评。

然而真实子却保持着沉默。丰完全搞不懂，她到底在想些什么。同时，他也松了口气，他实在没有勇气去请她想办法解决此事。

丰偷偷躲着这位神情忧郁沉默寡言的童年玩伴，就这样度过了冬天。

"所以说，那之后究竟发生了什么？"

丰看着工作台上摊开的广告单，并喃喃自语道。

真实子应该知道，因为丰的愚蠢行为，琴美遭了多大的罪。真实子事后从琴美口中得知，原口让琴美协助她侵吞竞技场公款的事情。她应该也已经察觉到晚上的那些残忍行径是一种能让琴美保密的方式吧。而且琴美还将原口杀过人的事也一并告诉了她。当时，所有的牌都捏在真实子的手中。

　　真实子究竟怎么了？那个早熟且聪明的少女究竟怎么了？

　　丰往椅子的圆形座面上装了四条精心制作的椅子腿。胡桃木材质的家具，越用颜色就会越深。特别是日本产的鬼胡桃树，是丰特别喜欢用的材料。它柔软、分量轻，而且其表面给人一种温暖的感觉。有一位客人想给自己的女儿做一件家具，还把女儿的照片给了丰。那位客人对丰制作的家具很满意，目前为止已订购过两次，有饭桌和架子，每一件都是丰花费大量时间精心打造的。这次下单的虽然是一把小椅子，但丰依旧会用心制作。

　　窗外的木瓜树传来沙沙的树叶声。丰听着这凉爽的声音，沉浸在手头的工作中。他的手掌和指尖时而灵活地驱使着工具，时而抚摸着木材的表面。堆积在他脚下的木屑散发着沁人心脾的芳香。

　　丰在那个年纪所目击到的琴美与原口的行为，给他日后的人生留下了巨大的阴影。抱着初惠的时候，他当年偷窥到的那些令他目眩神迷的场景，就会浮现在他的脑海里。他总觉得初惠那白皙且丰满的身体与琴美有几分相似。

　　电流般的冲动不断在他体内游走。

　　丰将自己与原口重合在一起。那个男人的行为已经刻在心里。接着，他为如今还执着于此事的自己而感到惊讶。这段年少时期的遥远经历，本该作为痛苦的回忆而被遗忘，然而他却没有做到。

　　丰感觉当年他得不到的琴美，此刻就在自己的面前喘息着。他对初惠做了和原口一样的事，这位成熟的女性，可以满足他的任何要求。

初惠是个直觉敏锐的女人，很快就明白丰想要什么，并顺势做出回应。丰知道这一切都是初惠的演技，但这些却令他相当满足。

如今静下心来仔细想想，自己之所以会迷上初惠，与其说是因为自己想与她建立精神上的联系，不如说是想建立肉体上的联系。造成这种结果的间接原因便是他儿时的那些偷窥经历。

很长一段时间，丰认为自己没有那样的感情，那些事也跟自己无缘。然而那甜美的果实如今已唾手可得，面对初惠，自己不再是偷窥者，这种兴奋感令他陶醉。

当得知初惠怀孕的时候，他有些不知所措，与此同时喜悦之情也涌上心头。

丰打算与初惠组建家庭，并认为这是理所当然的事情。他固执地欺骗自己，他们之间的关系不仅只停留在肉体层面上，他打算过一个以孩子为中心的平稳生活，想收养初惠与前夫的孩子。

然而事与愿违，初惠打掉了丰的孩子。

情况发生了翻天覆地的变化，初惠的情绪如退潮般迅速降到了冰点。从此，无论自己给予她多么热烈的拥抱，她都不会回馈自己。

虽然事到如今后悔也无济于事，但这段过往着实令他心痛。

丰将一把朴素的靠椅放在了稍远的地方进行观察。椅子的靠背有着柔和的曲线，似乎是为了贴合三岁孩童的身体而设计的。他仿佛觉得有个小女孩正笑眯眯地坐在那里。然后他便微微抬起下巴，得意扬扬地挺起胸膛。

自己终究还是没能组建家庭，这就是父亲不满的原因吧？与女性和睦相处然后生儿育女，连这一约定俗成的社会习惯都无法做到，甚至还舍弃了银行职员这一稳定工作的丰，让他的父亲感到了失望。

要是父亲知道这些事情起因于十岁时的那段青葱岁月的话，不知会作何感想。

是因为——当年发生了什么事情，从而使得大家的命运也随之发生了改变吗？

丰站起身，抚摸着儿童椅的靠背。那顺滑的手感让他感到平静，这一事实说明他下功夫的方向没错。

真实子得知所有事情后，丰便再也没有去过琴美家的院子。既然琴美的母亲已经出院回家，想必原口也不会下手了吧。有时，丰可以透过庭院树的间隙看到她家客厅亮着灯，虽然很在意，但他并没有翻墙的打算。

真实子做了什么呢？他又回到了这个百思不得其解的问题上来。聪明的她绝不会视若无睹。

这个名字里带"真实"的孩子究竟在想什么？究竟做了什么？她装在登山包里背过来的白骨又从何而来？为何时至今日那些白骨又被公之于众了呢？

工作台上的手机响了起来。

"丰？"

是哲平。

"之后，我一直都在思考那件事。"

"嗯。"

来自过去的漩涡始终在曾是少男少女的他们身边蠢蠢欲动，终于连哲平也被卷进了这巨大的漩涡之中。漩涡深处究竟隐藏着什么呢？

"之前，我曾参与过某个活动。"

哲平说那是一场博物馆的主题展，规模不大，其主题是展示野生动物的标本及骨骼。他跟举办了这场主题展的那位大学生物学教授有过交流。

"那人很有意思。据他所说，将野生动物的尸体捡回来，然后将其做成骨骼标本，这既是他的工作也是他的爱好。"

"什么？"

"骨骼标本。"

哲平稍大声地重复说道。

"听好了，丰。那位教授说，要想把动物尸体上的肉清除干净，最好的办法就是放在地面上。你知道这是为什么吗？"

"不知道。"

命运的齿轮再次转动起来。

哲平热烈地解释了起来。

"把尸体置于野外，苍蝇产下的蛆以及鲣节虫科的虫就会来分解它们。所以教授在发现尸体后，为了不弄丢一根小骨头，会用冷布将尸体包好，然后悄悄放在地上。是冷布啊，丰，冷布！虫是可以通过上面的缝隙钻进去的。"

得意扬扬的哲平大声说道。冷布是一种用黑色尼龙编织成的网状园艺用品，用来保护蔬菜和花木在夏天免受阳光直射，在冬天免受霜冻侵害。

"用冷布包裹尸体也是为了保护骨头不被阳光晒坏，以及不被野狗和貉叼走。"

"这样啊。"

或许是被反应平淡的丰气到，哲平不耐烦地继续说道。

"还有就是为了不让别人看到尸体腐化中的惨状。"他将声调提高，"这个东西，我大哥都不知道给德田先生他们家送过多少了！"

骨头、冷布、在后院的地里种植蔬菜的德田夫妇，以及出入过那里的真实子与琴美，种种事物都被漩涡卷到了一起。

"根据种类的不同，肉会在几周到几个月内被虫子吃得所剩无几。不过据教授所说，如果想尽快做成标本，在放置之后还需要采取某种方法进行处理。你知道是什么吗？"尽管没有得到回应，但哲平还是兴奋地继续说道，"那就是用碳酸钠去煮骨头。"

不知哪里响起了东西连接在一起的声音，丰仔细地倾听着那微弱的声音。

"和教授道别后，我上网做了很多调查。网上说除了碳酸钠之外，还可以用碳酸氢钠。丰，你知道碳酸氢钠吗？就是小苏打。"

"小苏打——"

"没错！就是可以让馒头变蓬松的发酵粉。不过那个东西还可以用来打扫卫生吧？"

说到这里，哲平降低了语调。

"网上还有外行人对制作骨骼标本的步骤进行了介绍。丰，你可以去看看。"

网上好像还写有一些注意事项，比如：煮过的骨头上仍会残留肌腱和韧带之类的纤维物质，所以需要用牙刷之类的东西将其清理掉。

"网上还有这样写的：如果想把骨头弄得白白净净，那就稍微用过氧化氢泡一泡即可。"

哲平精神抖擞地说到了现在，然后便陷入了沉默。似乎在观察自己提供的信息被朋友听进去了多少。

丰也一言不发，一直都在面对那把快要完成的儿童椅。

"丰，你为什么不说话？"

哲平终于忍不住地说道。

"我不知道该说什么好……"

"不知道该说什么？那我来说说我的推理吧。你可能会觉得难以理解。"

可以听到电话那头的哲平深深地吸了一口气。也许是他有一些犹豫吧。

"德田先生那儿，曾处理过人的尸体。"

这句话冷不丁地传到了丰的耳朵里。与肯定地说出这话的哲平一样，丰也相信这一点，并一动不动地听哲平接着阐述他的理由。

"会是谁的尸体呢？德田先生为什么要那样做呢？我们先将此事的原委放在一边。"

突然出现在面前的尸体让德田夫妇束手无策。身患癌症的德田先生并没有力气将其搬到其他地方去，况且他也没有车，他只能在家里进行处理。最省事的方法就是把尸体放置在后院的杂木林中，为了以防万一，他用黑色的冷布裹住了尸体。

当时正值五月，尸体腐烂后会发出很严重的臭味，于是便想到将野猪肉放在草地上。这其实是一个障眼法，目的是混淆臭味的出处。苍蝇很快便聚集在尸体上，并产下了数量惊人的蛆虫来分解那些肉。

"飞来飞去的苍蝇，是马蜂最喜欢的食物，所以——"

所以马蜂才会被吸引到那片杂木林中，这就是丰的父亲在埋野猪肉时被蜇的原因。为了进一步扩大异味，德田先生把自己家里也弄得满是垃圾来进行伪装，为的就是不让别人注意到杂木林。

"那么，去除了肉之后剩下的尸骸又是怎么处理的呢？"

"埋掉了吗？就跟处理野猪肉一样。"

"并不是，埋在附近肯定是不行的。你也知道，当时镇里的土地不久后就会被挖开。那种上面没有肉，几乎只剩骨头的尸体其实很好处理。"

"是煮了吗？"

丰战战兢兢地问道。

"没错。"

或许是为了忘记二人所谈论的话题过于瘆人，哲平故意用明朗的语调回答道。

"你觉得会是哪里？德田先生家里不是正好有个非常合适的地方吗？"

"那个建在外面已经不再使用的浴室？"

"没错，你说对了，丰。"哲平的语气变得越发轻松。

那个用旧瓷砖铺建的浴室，还是那种往炉子里加柴来烧水的类型。恒夫先生说那个浴室还从没有漏过水。

"可那不是小动物，而是人的骨头。如果没那么大的空间，可没法将那些骨头一次性都煮了吧？"

听到这话，哲平在电话那头深吸了一口气。

　　"间接帮了他们这个忙的就是大哥和我。为了让那个老浴室能烧水，大哥用小货车从恒夫先生原来工作的那个木材加工厂运来一些边角料，按照惯例，我当时也一起去了。说是他家主屋的热水器坏了，只能用那个旧的。我记得那时的事，因为——"

　　那应该是夏天发生的事，哲平接着说道。他说他打电话向大哥确认过，不会有错的。大哥说离开加工厂的时候，保险杠擦到门柱上了，这让他很是为难。就在他准备找个借口来向父亲解释的时候，还没等父亲用这辆车，它就在停车的时候被卡车撞报废了。所以那件事也就没被发现。

　　"他们为什么要做到这种地步——"

　　"听好了。"哲平的语调终于降了下来，"他们仔仔细细地处理人骨，甚至还用双氧水把骨头泡得雪白，这是为什么呢？"

　　丰起了一身鸡皮疙瘩，可他还是忍不住继续听了下去

　　"就是为了让咱们认为那是理科教室里的骨骼标本。"

　　"骨骼标本？那么……"

　　"没错。这一连串的事件都和真实子有关。"

　　哲平的推论不动声色地涌进了丰的脑海。这过于荒唐的想法实在好笑，但在某种程度上，丰还是认同哲平的。

　　骨骼标本、化学药品、漂白、肌腱与韧带的处理——是谁在背后推动着这一切？

　　"你说对吧？德田先生他们应该不会想到用这种方法来处理尸体。不过，如果是真实子的话——"

　　如果是真实子的话，那就有可能。她阅读过各种领域的书籍，有

着丰富的知识储备。

只要有明确的目标，总能找到方法，而且她还有着钢铁般的决心和不可动摇的信念，以及行动力。

这个十一岁的女孩虽然聪慧早熟，但皮肤却有些黑，而且一脸穷酸相。她经常板着脸陷入沉思，像是被什么事物推动着似的。

"在处理尸体之前，那家伙就想好了要利用大家的力量吧？"

"就是这样。这是一个宏大的计划，毕竟开始处理尸体的时候，她还没把骨骼标本从理科教室里偷出来呢！"

哲平回想起来并说道，把边角料运到德田先生家时，在浴室烧水的人正是真实子。她当时一直面无表情地坐在炉口旁盯着火堆看。

"等一下，我脑子有点乱。"

"你听我说。德田先生家发生恶臭事件是在五月份对吧？我还记得，我家收到野猪肉，准备吃野猪肉火锅的那天，正好是我妈的生日。那个时候，真实子就开始实施她的计划了吗？"

"没错！不，我也不能确定。他们当时不知该如何处理尸体，就扔在了后院的杂木林中，那时或许还没有制定订出完美的计划。不过，真实子肯定会想方设法解决问题的。"

然后她便想到了，通过发动自己的童年玩伴们，来巧妙地处理那些骨头的方法。不能直接将尸体埋在替出镇的地下，总有一天那里的土地会因施工而被翻开，那样的话，尸体肯定很快就会被发现。真实子在说明将偷来的骨骼标本扔到山里的理由时，也使用了与此相同的说法。原来那时她说的是处理人骨的理由。

将人骨处理得干干净净，足以与骨骼标本相混淆之后，真实子把调包的骨骼标本偷了出来。她的目的并不是为了教训木下，而是为了欺瞒朋友们，真是一个用心良苦的计划。不过，丰心想，真实子那个家伙也不是做不出来这种事。被她欺骗，还协助她做了这么可怕的事，但丰不知为何并没有感到不悦。

"真实子，你也太厉害了吧！"

丰在心中对已经不在人世的少女说道。说不定真实子正在天上对自己吐着舌头呢。

"不过——"丰回过神来，并对哲平问道，"那具尸体是谁的？"

"谁知道呢。"

他的声音里也带有某种愉悦的感情。

"这是你要思考的问题。我先挂了。"

丰觉得自己已经知晓了答案。

京香带来的笔记本上写有一首诗，这首诗让丰看入了神。

今日，我们将你埋葬于此。

你与你的灵魂，绝不可再度苏醒。

你必须遗留在此，直至永劫。

你，既无肉体，也无精神。

认清自己的罪恶吧。

接受相应的惩罚吧。

缄口闭目，以土填耳。

你已无宣扬自主之权利。

也无伤害他人之气力。

寒土之下，唯有寂静作友。

最后，让我们为你哀悼。

为你悲惨而又贫乏的人生哀悼。

我们会将你的末路铭刻于心。

你不得对任何人心怀怨恨。

我等，秉持崇高精神之人。

心怀从未遭受玷污的骄傲，

高举从未遭受贬损的尊严。

今日，凭借这份力量将你埋葬。

"小京——"京香听到丰在叫自己，便猛地抬起了头。

"我，知道了。"

京香并没有问他知道什么了，只是一直看着他。她的眼神很平静，似乎知道丰接下来会说什么。

"咱们带到山上埋起来的那些骨头是原口的。"

丰感觉京香的脸颊抽动了一下，或许是自己的心理作用吧。

然后，坐在丰家客厅里沙发上的京香，只是低着头说了句"是吗？"。

丰开始讲起漫长的故事。继京香之后，丰听到了正一的回忆、琴美的自白还有哲平的推理，他将自己知道的一切都说了出来。他无法做到再隐瞒什么事了。丰认为那天陪同真实子一起前往深山弃骨的伙伴们，都应该共享所有的信息。琴美也是做好心理准备后，才向丰挑明了秘密。

所以，丰也毫无隐瞒地说出了一切，包括自己潜入邻居家中，没有帮助琴美，并一直躲在暗中偷窥的事。

京香一言不发，一直听到最后。丰能感觉到她似乎也已经做好了准备，虽然她面容憔悴，但眼神却充满了力量。

"是小真实拯救了琴美姐。没错，一定是的。真实子一定会这样做的。"

曾经那个帮真实子驳倒一众男生的京香又回来了。当年那个两眼放光地期待着真实子接下来会想到什么主意的，那个八面玲珑的少女又回来了。

然后她吃惊地用手捂住嘴。

"也就是说是小真实杀了原口？"

"不，我不这么认为。"

丰也列举出各种可能性，并试着进行推理。

"你看，我刚才不是说过了吗。就是正一在德田先生家门口见到真实子时发生的事。"

"春游的前一天吗？"

"对。那天邦枝夫人从家里跑出来，真实子也吓了一跳，然而等真实子查看完房间的情况出来后，就把为郊游而买的零食送给了正一……"

"也就是说，这件事对真实子来说也是突发状况吧？"

"也许是的。可能是家中发生了让真实子意想不到的事。"

"这件事就是——"

或许是有所顾虑，京香欲言又止。

"原口的尸体在他们家里。"

丰接着她的话说道。

"不过真实子并没有因此而慌了手脚，对她来说，那件事可能确实出乎她的意料，但也不至于不能理解吧。"

"说得对啊。只要想到原口的所作所为……"

二人陷入了沉默。坐在破旧沙发上的二人面面相觑，并沉浸在各自的思考中。在一切都已真相大白的今天，再次读起这首诗时，很容易就能想到埋在地下的究竟是谁。二十九年前没能弄明白的诗句，也有了明确的解释。

埋在那里的并不是塑料制的骨骼标本。

"是恒夫先生杀死了原口。"

总算说出了这句话，不对，其实丰早就得出了这个结论。丰很高兴京香能在此帮他确认他的推理。

"为了帮助琴美姐？"

丰用力点头。

"真实子将她从琴美口中听到的事，以及我的偷窥行为结合在一起，由此完全掌握了发生在琴美姐身上的事。"

"她把这些事告诉德田先生了吗？"

"嗯。"

真实子在秋天目击到琴美被原口耍得团团转后，可能就独自陷入了沉思之中，她一定在烦恼，自己该怎么做才能帮到琴美姐。恐怕就

241

是在这时，她去找德田夫妇商量了。然后，在她听到琴美亲口说出原口那不可饶恕的罪行后，便下定了决心。而且她还将此事告诉了德田夫妇，也是为了之后能顺利实施。然而在真实子不知情的情况下，德田先生率先采取了行动。大概真实子也没想到他会杀死原口，结果弄得她也十分狼狈。

"德田先生无法置之不理，毕竟他非常疼爱琴美。"

琴美与恒夫的女儿出生在同一天，所以德田先生一定对琴美有一种独特的感情。

"说不定恒夫先生只是想给对方一个忠告，然而原口却使用了暴力，于是二人就这样发生了肢体冲突。"

"有这种可能。"

深思熟虑过后，京香小声地说道。这一切只不过是猜测罢了，如果能问一下生活在养老院的邦枝夫人，就能弄清所有的事情吧？可丰并不打算去养老院。

他不想打搅在那个远离世俗的地方过着平静生活的人。

他心中总是反复出现一个疑问。

这样做又能怎样？真相就真的那么有价值吗？以真实子为首的大部分相关人员都已经去世了，自己这样做不就是给活着的人徒增烦恼吗？仅仅只是为了解决自己心中的疑问，就把这么多人给牵扯进来，这样真的好吗？

"丰，我们当时不是好好地祭奠过一番吗？"

"什么？"

"小真实不只埋下了骨头。你看了那首诗也应该明白了吧？她还为原口，为他那可怜的灵魂举行了祭奠仪式。"

"小京你、我还有……"

"哲平和四角，所以说——"京香突然挺起腰板，"丰，你不必再为被杀的原口而烦恼了，不管是那家伙的精神还是肉体，都已经不在了。那家伙会被关在山上的深坑里，直至永劫。毕竟小真实已经通过那场祭奠仪式将他封印起来了。"

京香朝客厅前方的院子望去。不知为何，每次说完，京香的内心似乎就充满了自信与勇气。京香慢慢转过头看向丰。

"对了，丰。"

"嗯？"

"我从家里搬出去了。"

"搬出去了？"

由于不明白她的意思，丰便重复起她的话。

"我带着萌萌香，从富永家搬出去了。"

京香毅然决然地说道。

"我不会再回去了，我准备和丈则离婚。"

丰不知该如何回答，不过，他觉得她变得更坚强了，一定是什么事物改变了京香。

或许自己应该像京香那样不再拘泥于过去，可心中总有些事情放不下。

工作室里，丰一边用刨子刨木材，一边陷入了沉思。

德田恒夫为什么要杀害原口？邦枝说不定也参与了其中。可这种做法太过草率而且粗暴，实在难以想象这对素来和蔼可亲的夫妇会做出这种行为。

杀人——剥夺他人生命的这一行为，如果没有非比寻常的决心是无法做到的，可想而知驱使他做出此事的那份感情该有多么强烈。一想到那病弱之躯充满杀意的瞬间，丰便打起了寒战。

他咻地滑动刨子，如羽毛般轻盈的木屑纷纷落下。

咻——咻——

他专心致志地滑动着刨子。

真实子对杀人动机表示了理解，所以她才会帮德田夫妇做好周全的善后。唯有这点是可以确定的。

这就是虚弱的老夫妇和一位小孩所施行的巧妙的杀人过程。

原口失踪后，警方对替出镇的各家各户进行了走访，没有一人知道原口的下落。大家都觉得那个浅薄且毫无存在感的男人，真如字面写得那样人间蒸发了，警察们也是百思不解。谁能想到是德田夫妇和真实子，让一个男人像是被施加了魔法似的消失得无影无踪。

咻——咻——

虽然全身冒汗，但不知为何头脑却很冷静。丰凝视着面前的那根木材，继续推动着刨子。木材表面呈现出流线型的纹理，好像只要解读出其蕴含的意义，便能解开某个巨大的谜团似的。

丰给哲平和正一打了电话，将《祭骨之诗》告诉了他们，然后又将自己对京香说过的话讲给了他们听。

哲平的反应很积极。

"这样啊，原来是原口！那个过分的家伙，落到这个下场也是罪有应得。"

丰沉默不语，他觉得这个世上不存在应当被杀的人，也不存在能让杀人合理化的正当理由。一旦超越了这层道理，人恐怕就会杀人了。凶手有着任何人都无法理解的理由，谁又能触及这一点呢？

"喂，丰，你在听吗？"

"什么？"

"这下你该满意了吧？"

丰被问得不知该说什么好。

"这就是——"哲平也受到他的影响，沉默了一瞬间，"这就是你追求的故事的结局吗？"

还没等丰回答，哲平便先说道：

"看上去似乎衔接得很完美，事实也一定与你的推理相吻合，至少我是这么认为的。不过这一切只是你的想象吧？连一个证据也没有。既然已经无法证明，那就到此为止吧。"

不，其实是有办法证明的，丰在心中喃喃道，然后简单地说了一句"再见"就挂断了电话。

正一则对丰所说的话表示怀疑。即便听到他的推理，得知死掉的人可能是原口，也没有像哲平那样兴奋，相反，他很冷静。

"你就是想落实此事吧？"

"也不是非要落实……"

"那你就去问邦枝太太吧。既然你让琴美姐都交代了如此悲惨的经历，那就去邦枝夫人那里，你应该也能让她坦白吧？"

"不是我让琴美姐交代的。"

丰感到有些呼吸困难。正一说得对，若不是自己去拜访琴美的话，她也不会说出那些事。虽然琴美故作镇定，满不在乎地讲了出来，但她一定是下了很大的决心才做到这点的。

读过一些无聊的新闻后，就想重新调查过去的那些琐事，可自己真的有面对它们的勇气吗?

正一对完全陷入沉默的丰继续说道：

"如果你的想法是错的，那邦枝夫人将受到相当大的伤害。她本来就年老体衰，你这样做会让她的身体状况进一步恶化的。"

丰无言以对。

"你的正义感束缚了你，你都没注意到你忽略了周围的人。"

丰叹了口气，他并没有生气，也许自己就是正一说的那样。

"不过，这也是你唯一的生活方式吧。"

正一的声音柔和了许多。

"要去确认一下吗?"

丰咕嘟咽了一口唾沫。他没想到离替出镇最远的正一会这么说。他的声音虽然有些压抑，但丰能感受到他身上那份之前见面时所不具备的热情，丰不禁为之一惊。

只有一个方法能确认自己的推理是否正确——

"只要知道当时埋的骨头是不是真的，一切就会水落石出。"

说出这句话的人是正一。

将手机贴在耳朵上的丰缓缓点头。

"可是，已经没法确认了，就连埋在什么地方我都不记得了。"

"我想我还记得。"

正一很干脆地说道。丰感到有些疑惑。

"你说你还记得？"

正一说出了汽车站的名字。

"那地方是真实子让我定下来的，所以时至今日我还记得很清楚。不过我不太记得班车站之后的路了，实际走走看的话，兴许还能找到。"

然后正一便陷入了沉默，就像是在等待丰的回复似的。

真相就在那个深坑里，得去确认一下才行。那天，众人埋在那里的究竟是什么？是骨骼标本还是人骨呢？自己真的有勇气挖出当年埋下的东西吗？丰的内心产生了动摇，可既然走到了这一步又怎么能回头呢？那天手里捧着的骷髅，还在那个坑里等着自己，得再次前去将它捧起，并倾听它的声音才行。

去确认真相吧。

去确认真实子的真意吧。

四名中年男女下了巴士，他们停下脚步，抬头看着车站的站牌。

"拾易。"

是哲平将站名念了出来。

我怎么不记得这站的名字有这么古怪？

正一忽视了哲平的话继续前进，并说着"这边"。

"真的是往这边走吗？"

面对哲平的发问，丰歪头表示疑问。即便如此，在京香的催促下，他们还是跟在了正一的身后。

"没想到事情会发展成这样。"哲平继续说道，"真的，为了挖出那副骨头，我不得不休带薪假。"

京香在一旁小声地笑了起来。

"但哲平你还是来了啊。"

"谁让我对象最近读了太多推理和恐怖小说，已经沉迷解谜不能自拔了，我快被她烦死了。"

哲平还说，他负责策划的美食节项目正好刚刚结束。

秋风携着浓浓秋意自山间吹来，京香连忙按住帽子。

二十九年前众人在真实子的号召下将骨头带到了此地，如今为了确认其真伪，曾经的童年玩伴再度聚首。提议者是丰，而积极响应的人是正一。他似乎在宫城就通过调查这边的交通路线图以及地图，并结合过去的记忆推定了目的地。所以今天，其他三人只需跟在他的身后走即可。

这天是九月初的周三，是众人根据各自的时间安排而敲定的日子。丰看着背着包走在他前面的另外三人的背影，并跟在了他们的身后。其实真正忙的人只有哲平，其余三人并没有什么要紧事。

丰按照自己的节奏继续做着手工家具，正一在宫城过着打工生活，而京香已经与她那位身为县议会议员的丈夫分居了。京香希望离婚，而丈夫不同意，二人之间的谈判便陷入了胶着状态。据京香所说，丈夫是碍于面子才不愿与她离婚，夫妻关系一旦破裂，丈夫的形象就会受到损害。

不论是京香带着萌萌香离开，还是她从婆家出去干兼职，似乎都触及了富永家的底线。态度强硬的丈夫曾多次要带京香回家，但都遭到了京香的强烈反抗。

京香已经下定了决心，她说："我已经不打算回去了，我要跟丈则离婚。"

如果她还在富永家的话，肯定是不能像今天这样随意外出的。走在哲平身边的丰看到京香那爽朗的笑容后，在心里如此想着。此刻的她跟几个月前在咖啡店里见到的她简直判若两人。京香神情自若，看来已经恢复了原本的状态。

曾经那个在真实子身边露出恬静的笑容，听完她的话后，就会两眼发光地期待着接下来会发生什么事的少女，此刻就在眼前。可真实子却不在了，这实在叫人痛惜不已。

"怎么回事啊，这里的路变得这么好了吗？"

戴着浅色太阳镜的哲平，再次深感怀疑地说道。

正一准备踏足的这条山路很是宽阔，而且还铺好了路。记忆中，这里应该是一条狭窄的林道，只能通过一辆车。其间还长有低矮的杂草，地上的石头也时不时地阻碍他们前进。

"这前面是建了什么设施吗？估计已经完全变样了。"

"总之，先走走看吧。"

正一悠闲地回答道。这是他时隔两年再次回到四国。这位之前一直坚持要留在灾区的男人，在回到故乡后，突然变得不再那么固执，表现出他与生俱来的那份豁达与纯朴。

"好啦，走吧，走吧。"

京香推着哲平的后背，开朗地说道。

萌萌香放学回家后，会干劲十足地帮外婆准备晚饭。与住在富永家时相比，她现在更能像个孩子一样撒娇，跟朋友一起玩的时间也变多了。即便如此，丈则时不时打来的电话，还是会让萌萌香露出害怕的神情，所以京香希望彻底离婚，然后过上安稳的生活。

哲平背包里的折叠式铁锹被京香一推便发出嘎嚓嘎嚓的响动。正一手持地图走在前面，哲平在一旁发牢骚，说手机地图在这个没有参照物的山里根本派不上用场。前方只有一条路穿行于树林之中。可二十九年前，他们中途便走进了林道旁的野路。难道是众人错过了那条岔路吗？这样下去恐怕会在这条漫长的主干道上走着走着就从某个地方出去了。

"路上连一辆车也没有经过吧。所以说，为什么这条路会修得这么宽呢？"

"可能是为了花光不得不花掉的预算吧，一定是这样的。"

"这里完全变样了。"

就连正一也失去了信心。

"我记得在转弯的地方，有一条笔直的野路。"

丰一边唤醒着记忆一边试着说道，可这些记忆都相当模糊。

"当时咱们以小孩子的脚力，走了大概四十分钟。"

"是吗？"哲一边在坡道上弄出声响，一边说道，"那么，要是成年人的脚力，应该二十分钟左右吧？"

"谁知道呢，说不定小孩的速度会更快。"

京香调侃着气喘吁吁的哲平。

此时正一找到了那条野路。他迈向了那个被夏季的野草覆盖得几乎难以辨识出来的路口。京香虽然犹豫了一会儿，但还是下定决心跟在了他身后。

正一感觉只要调查一下这里，多多少少会有一些发现，但道路两旁长满了高高的杂草，让人看不清前方的情况。

"这就是荒野求生吧？"

哲平恶狠狠地说道。

"咱们当时走到真实子发饭团的地方花了多久来着？"

"还没走那么远。"

走在末尾的丰，已经看不到答话的正一身在何处了。这时正一突然停了下来。

"你们在这里等一下。"

正一走出野路，顺着斜坡走了下去。他很快便回来了。

"不，不是这里。"

众人继续前进，正一又走下斜坡，就这样反复尝试。现在只能依赖记忆了。正一收起地图，重复着相同的行动。每次走下斜坡，他的手脚都会沾上腐叶土。大家只能默默地看着脸上带着擦伤回来的正一。

"不行就算了吧，四角也混乱了，看来看去不管哪里都是一个样子。"

就在哲平这样说的时候，森林中传来了正一的呼喊声。

"找到了！"

三人面面相觑。丰第一个走下了斜坡，接着是京香，哲平也紧随其后，他们来到看上去是森林之底的洼地。丰身后的哲平没有站稳，一屁股摔在地上。

"你那个时候也摔倒了吧？"

正一并没有开玩笑，他的语气很严肃，然后京香接着说道："没错没错……"丰注视着地面，这是一片再寻常不过的林地，上面覆盖着厚厚的一层腐叶，照不到阳光的地面显得湿漉漉的。

眼前这似曾相识的场景让丰沉浸在怀念之中，他曾多次在梦中造访过此地。

"真的是这里吗？"

京香环视着四周问道。看到哲平摔倒的那一瞬间所浮现出的开朗神情也已经消失。正一指向了身旁的那棵日本七叶树说：

"没错的，这棵树我还记得。"

丰走上前，抚摸着日本七叶树的表面，树干上长有很多树瘤，他能感受到这棵树在这片森林里度过了相当漫长的岁月，如此高龄的日本七叶树在做成木材后，便会呈现出如水波般美丽的木纹，这是一种被称为"缩杢[1]"的珍贵木纹。

这棵古老的日本七叶树矗立在森林中历经了风吹雨打，其周边时而会有树木遭到砍伐，时而会发生山体滑坡，甚至还有孩子在它脚下埋骨头。丰仿佛能感受到这棵古树正向他们投以悠长的目光。

哲平放下背包拿出铁铲。众人默默注视着正在寻找挖掘地点的正一。

"在这里。"

---

1 "杢"在日语中是"木纹"的意思，"缩杢"指的是木材上像收缩的皱纹一样的纹理，也叫皱状纹理。——译者注

正一平静地说道。哲平将铁锹插进了土里，而丰则拿起了另一把铁锹。不一会儿他们便汗流不止，汗水被森林里湿润的空气所冷却，并带走了他们的体温。中途正一接替了哲平，而丰却一刻不停地在挖。

洞越挖越深，可没有任何发现，只有湿润的黑土不断地在洞旁堆积起来。丰稍微改变方向，试着在那棵树的附近也挖挖看，但还是一无所获。

"肯定已经尘归尘土归土了。"坐在洞旁的京香喃喃道，"小真实一开始就是这个打算，所以才选择埋在了这里。"

"反过来说，如果那真是从理科教室拿出来的骨骼标本的话，应该会有残留吧？"

"还没挖出来呢，怎么能断定那是真正的人骨呢？"

正一像是生气了似的说道。他拒绝了哲平的换人请求，并胡乱地挥动着铁锹。丰停下来看着正一。

他到底想从这里挖出什么呢？是在寻找活力四射、天真无邪的孩提时代，还是在寻找沉醉于可笑的埋骨之旅的童年时光？

"要去确认一下吗？"正一热情洋溢的声音在丰的耳朵里回响。

正一额头上的汗水被穿过树叶间隙的阳光照得闪闪发光。

丰专心地用铁锹帮正一一起挖，哲平与京香则一言不发地看着他们二人，正一死死地看着地面。此事虽然是丰发起的，但他却输给了正一的热情。这是为什么呢？丰在心里问道。

究竟是什么在驱使着他？

嘎呲一声响起，二人一惊，然后便停了下来。洞挖了快有一米深，不记得当时有挖这么深。

但是——

正一用手拨开泥土，他知道泥土下方有硬物，不过有可能只是石头而已。当时埋下去的时候，骨头虽然被泥土弄脏，但还是白色的，可正一手里拿着的却是一个茶褐色的物体。

"那是……"

京香小声说道。

"还有。"正一在洞里蹲了下来。一看到他放在洞边的东西，哲平便发出了惊叹声。虽然断成两截，但很明显是人骨。这恐怕是下肢的骨头，不知是大腿骨还是胫骨。丰小心翼翼地将其拿起，骨头的断面竖起了如纤维般的倒刺。脆弱不堪的骨头在丰的手中逐渐变得粉碎。正一又接连挖出许多骨头的碎片，有四分五裂的骨盆和一些圆柱形的脊椎骨，还有那又弯又细一拿起来就断掉的肋骨。

骨头的中心呈海绵状，其周围被发黑的坚硬皮质骨所包围。

任谁来看这都是人类的骨头，而不是骨骼标本，可是谁也没有说出来，哪怕最后正一将头盖骨拿了起来的时候也是如此。

头盖骨的顶部凹陷，下颚骨已经丢失，明明在梦里对丰发问时还摆动得那么剧烈。那两个大大的眼窝中塞满了深黑色的泥土。

"是原口——吗？"

哲平说完，这人骨总感觉就好像有了人格似的，让京香发出了小声的呻吟。

丰目不转睛地瞪着正一捧在手里的头盖骨。这个男人曾诱使琴美犯罪，玩弄过她的精神和肉体，杀了被称为都市鼠叔的崎山，即便如此，这个男人却还打算继续威胁琴美，让她像个奴隶一样被束缚一生。他那油光满面且毫无表情的面具背后，还藏有一副既傲慢又脆弱、既狡猾又愚蠢的矛盾面孔。不过他已失去肉体，并将永远不为人知地埋葬在这片土地里。

这么看来，那首《祭骨之诗》的内容的确切合实际。

真实子在最后的最后还祭奠了这个可怜的家伙。

"没事的，他已经死透了。"

哲平的话并没有逗笑任何人，他自己在说这话时也极其严肃。

"知道了，快放回去吧。"

在京香的催促下，正一毕恭毕敬地把头骨放回洞底。其余的骨头也被小心翼翼地放了回去，丰也搭了把手，他低头看着这些骨头，然后便率先爬上去了。

接着正一也从洞里爬了出来，他的裤子和运动衫都被泥土与腐叶弄脏了，他并没有将其掸掉，而是直接看向了洞内。其余三人也同样如此。

洞底的黑土上，那些由于长年埋在土里而变得十分脆弱的物体，已逐渐失去了骨头的形状。丰往它们上面撒下了一捧土。

"等一下。"目光还停留在骨头上的京香叫住了他们，"我们得再吟唱一遍那首诗才行，这也是为了让它能入土为安。"

四人围在洞口。

还缺一个人——虽然每个人都会这么想，但没有人说出口。

京香以庄严的语调朗诵着《祭骨之诗》，她似乎记得全文。真实子创作的这首诗想必她已经认真地读过了一遍又一遍吧。

京香那纤细且通透的声音飘荡在森林的底部。那有力而又温柔的声音就像是一个人正在劝告对方"你绝不能离开这里"，死者将被这份语言的力量封印在此。

丰猛地抬起头，他感觉真实子就站在地洞的对面，语言的力量似乎让坚韧不拔的她复活了。

丰不再迷茫，很快就填好了洞。彼此之间也没有进行商量，都默认这是理所应当的流程，好像大家一开始就知道这里埋着原口的骨头。然后，这件事也无需再挂在嘴边了。

毕竟这事在二十九年前就已经结束了。丰在心里静静地想。

众人背对日本七叶树，从斜坡爬了上去。原路返回的途中，每个人都沉默不语。不绝如于耳的虫鸣声自杂草丛中传来，路旁的斜坡上还留有正一反复上下坡时走出来的痕迹，被踩乱的杂草丛中，唯有一抹鲜艳的色彩傲然挺立其中，那是一株长有几片红紫色花朵的植株。

"这是野凤仙花呀。"

身后的三人停下脚步，看着京香伸手去掐花梗。这种花正如其名，随风轻摆的花朵就像一只只栖息在枝头上的凤凰。一心想要下山的四人，坐在路边稍作休息。

"我家遭遇海啸之后……"正一若无其事地说了起来，这让众人不禁面面相觑。大家聚在一起以来，正一还从未提过此事。

一只蝗虫自茂密的草丛中飞了出来，吱吱地扇动翅膀又飞走了。

"地上也是一片狼藉，到处都是从别处冲来的瓦砾。"

正一悠闲地仰望天空，断断续续地说道：

"可是，我家地基的混凝土当中，"他来回地盯着三人的脸，"却盛开着一朵雏菊。"

正一莞尔而笑，脸上看不出丝毫的悲伤，他淡然地说了下去。

"是不是很奇怪？明明三天前的海啸已经卷走了一切，可它却还长在地基的混凝土里，而且我家院子里根本就没种过雏菊，可那确实是雏菊，应该是从别的地方来的吧。它有着鲜艳的粉色，并且已经牢牢地扎下了根。"

正一起身拍了拍屁股，便开始带头往前走，哲平、丰、京香也跟着他一起动身。正一头也不回地说道：

"奇迹偶尔也是会发生的。"

"是啊。"

京香一个人回答道。

众人走出野路，来到了铺设好的道路，这里还是没有一辆车经过。

京香口袋里的手机响起，她取出手机贴在耳旁。为了等她，其余三人也停下了脚步。

"喂，你要任性到什么时候！"

手机里传来京香丈夫的声音，他的声音在寂静的山林里显得格外响亮。京香并没有回话，只是默默地听着。对方勃然大怒。

"刚才，我给你家打过电话了，岳母和萌萌香都在家。京香，你丢下孩子想要干什么？"

京香还是一言不发。

"赶紧给我回来！后援会的人也开始怀疑了。现在回来我还能原谅你，听好了，任性也得有个限度，我妈已经受够照顾我爸了。喂！

你有在听吗？"

京香慢慢地深吸一口气。同时还随着呼吸的节奏，先是闭眼再是睁眼。

"缄口闭目。"

京香对着手机大声喊道。丰目瞪口呆地看着身边的这位发小，哲平和正一也露出了惊愕的表情。

"以土填耳。"

京香以坚定的语气继续说道。手机那头反倒陷入了沉默。

"你已无宣扬自主之权利。"

京香以嘹亮的嗓音朗诵道。

"你说什么？"丈则终于低吟似的说道，"你还想挨揍吗？"他那低沉的声音令人毛骨悚然。

"也无伤害他人之气力。"

京香突然挺直了腰板。

"喂！你跟谁在一起？岳母说不知道你跟发小去哪儿了，到底是谁？是男的吗？"

丰、哲平还有正一，一动也不动。

"我等，秉持崇高精神之人。心怀从未遭受玷污的骄傲，高举从未遭受贬损的尊严。"

"京香！回答我！"手机里传来近乎崩溃的喊叫声。

"我不会再回你那里了。"

京香斩钉截铁地说完便挂断了电话，然后对默默围在自己身边的三人露出了灿烂的笑容。

"我说，四角。"

"嗯？"

正一应声看向京香。

"奇迹只会降临在有能力看到它的人身上。"

她转身向前走去，接着又对慌忙跟在自己身后的中年男人们爽朗地说道：

"——这是真实子以前说过的话。"

京香饶有兴致地笑了起来。

工作室里，丰正看着电脑，屏幕上显示着一个端坐在木椅上的小女孩，这是前几天，椅子的委托人发来的照片。照片里的三岁女孩正腼腆地笑着，她双腿交叉，双手抓着椅子的座面。委托人在邮件里说："女儿很喜欢，每天都坐在上面吃饭、画画以及看书。"

看着看着，丰也情不自禁地笑了。这个瞬间，他切身体会到物品不再只是物品，而已经成为给人带来幸福的事物。

丰关掉电脑并站了起来。他再次体会到自己除此之外便一无所有了，还是在这里做木工最适合自己，虽然只能勉强养活自己，但能够找到属于自己的天职也足以让他感到幸福。

——丰的手很巧，适合做某个行业的手艺人。

工作室内沐浴着秋天金色阳光的丰，仿佛在窗外木瓜树上的黄叶纷纷飘落的细微声响中，听见了真实子的声音，这或许也是个奇迹吧。奇迹不是什么千载难逢的稀奇事，它其实在平凡的生活中随处可见。

此后，他们便回归了各自的生活。哲平回了东京，而正一回了宫城。趁着这次机会，这边的家人强烈要求正一留在四国生活，可最终他还是回了东北。丰、哲平还有京香也没有阻止他，他们认为正一终有一天会得出结论，但并不是现在。过去发生的事情会对现在产生影响，也许会改变什么，也许什么也不会改变，但它至少会传达些什么。经历了此次登山之旅的四人仿佛感觉自己收到了这份讯息。

京香就这样直接回老家了，不是回丈夫那儿，而是回到有母亲和女儿在等着自己回去的那个家。想必她接下来将以坚决的态度来迎接离婚谈判吧。

丰用手掌轻轻抚摸横放在两根支架上的七叶树木板，那柔和的触感令他心满意足。

他在木材批发商的仓库深处发现了这么一块木板，上面有着精致的波浪状木纹，是一块上等的木板。虽然价格不菲，但丰无论如何也很想要。他自己也不明白为什么会有这样的冲动，明明没有接到任何相关的订单，或许是与七叶树木材的相遇让他联想到了什么。矗立在那片森林深处的老树，就是那棵日本七叶树，此后它将继续作为遗骨的看守人，度过悠久的岁月。

店主抽出这块木板，发现背面有一道划痕。

"我算你便宜点。以你的手艺，应该能让这块木板重获新生，它一直躺在仓库里，就跟死了也没什么两样。"

说罢，店主便给了丰一个不小的折扣。

就在丰盯着这块木板看的时候，家里传来了声响。是有人登门拜访吗？他在埋头工作的时候经常没注意到有人上门。不过他发现声响不是从玄关传来的，而是来自家里。丰没有锁门，心想该不会是小偷吧？

丰觉得麻烦便没有前去查看。就在他准备用刨子刨木板的时候，又传来咔嗒一声，声音比刚才更加清晰。

他终于自久坐之中站起身来，并打开了通往主屋的拉门。穿过短小的走廊，然后看向开放式厨房的餐厅，丰整个人僵住了。坐在那儿的是父亲，他把嘴巴噘成歪八字形，正抬头看着自己的儿子。

“为什么？”

丰好不容易才憋出这句话。

“我只不过是回到了自己家里，不行吗？”

父亲不满地说道。

“可是，你不是住在大姐家里吗？而且我把你的行李都寄过去了。大姐怎么说的？”

丰不禁以责问的语气说道，这让父亲脸上的神情变得越发不满。

“在哪儿生活是我的自由吧？反正我是不回千叶了。”

丰深深地叹了口气便在餐厅里坐了下来，父亲自己在厨房泡了杯茶。他用过的茶杯还放在那里，丰的姐姐说，到了那边再买个新的，这个用脏了的茶杯就放在这里。用惯用的茶杯喝了口茶后，父亲满足地呼了口气。

父亲接受了坐在不远处的儿子所投来的目光，仍继续啜了一两口茶。

“我实在不喜欢千叶。”父亲厌恶地说道，“和东京相比，还是乡下住起来舒服。”

丰只是抬眼看着父亲。

　　"那儿离车站太远，去医院还人挤人，而且附近的人连声招呼都不愿好好打。"父亲用锐利的目光看着丰，见他不说话只好继续说下去，"我不愿意出门，但只要我待在家里，绫子就会把我赶到文化中心去。"

　　父亲坚持认为文化中心是孩子们补课的地方。接着便开始抱怨千叶人不友善，居委会不能发挥其职能等。

　　"我想跟大河还有美优说话，但他们总是不在家，就算在家也不愿跟我说话。"

　　"现在的年轻人不都这样吗？"

　　丰只是小声说了这么一句话，就被父亲抓住不放。

　　"别人家的孩子这样也就算了，可他们是我的外孙啊！他们压根儿就不想和我生活在一起。"

　　父亲又啜了一口茶。

　　"我觉得问题出在尚之身上。"

　　他将矛头指向姐夫。

　　"为什么？"

　　"哪有这么对待长辈的？也许是我在家里招他烦了，我说什么他都不搭腔，一大早就跑去上班了。"

　　姐姐想试着改善他们之间的关系，但姐夫却对此感到不满，并指责起姐姐。他回得越来越晚，待在家里的时间也逐渐减少，夫妻关系也变得有些异常，以至于姐姐似乎已经开始看心理医生了。

　　"为了这点小事犯不着去看医生吧？绫子心里不痛快，跟我说话也是板着一张臭脸。她得好好面对尚之才行，可尚之就知道工作——"

"这叫什么话，身为父亲的你怎么能这么说呢？"

丰严厉地说道，同时还一脸不悦。

"啊，我累了。我去躺会儿。"

父亲往自己的房间走去。看着他的背影，丰再次叹了口气。

丰立即给姐姐打了电话，她那边也是一筹莫展。

"咱爸跟尚之先生相处得不愉快是吗？"

父亲自以为是的话，好像惹得姐夫相当生气。姐夫在某个很有名的证券公司好不容易才升到了部长的职位。即便在公司里也有一定的地位，但在父亲眼中他只不过是自己的女婿罢了。他一旦认定了一件事情，九头牛都拉不回来。

"家里有两个男人真不容易。没想到会发生这种事。"

姐姐以低沉的声音说道，一家人何必呢。丰则在心里默念，"正因为是一家人，才会有相处不融洽的时候。"

"总之，咱爸跟我家那位大吵一架后，就说他再也不会回来了，然后就走了。尚之也很生气，说即便爸回来也绝不让他进家门。"

"我知道了，那我来照顾爸吧。"

丰带着些许愤怒将这话说出口，也不知道姐姐有没有听出来。绫子忙着让自己的丈夫消气，已无暇顾及父亲的感受。丰不禁觉得从遥远的都市回来的父亲很可怜，与自己的亲儿子相处不愉快，于是便去指望女儿，可结果却遭到他们家的排斥。

我真是太任性了，丰在挂断电话的同时如此自嘲道。父亲定下来要去千叶的时候，自己还松了一大口气。即便闹过别扭、互相恨过，但还是跟血浓于水的亲人在一起才是最好的。一想到这里，他便为自己是否也发生了改变而感到惊讶。

丰和父亲的生活再次开始了。

他们彼此之间没有过多的深入交谈，过着看似风平浪静的生活。父亲开始像从前那样参与居委会以及老年人协会的事务，他还重新开始在他所属的围棋教室里教孩子们下棋。他时而受人之托前往市政府的窗口处理烦琐的手续，时而站在小学生上下学的路上为他们保驾护航。父亲变得活跃起来，说他在这里有很多事情可做。

看来父亲之前的校长还有民生委员可不是白当的。

令丰感到惊讶的是，听说京香正在为离婚问题而烦恼时，他竟主动前去找她商量。京香那边很是信赖他，甚至多次拜访丰家。富永家找来代理人和律师，打算将擅自离家出走的京香塑造成一个恶人形象。一听说此事，父亲立刻就铆足了干劲。他认为离婚的原因在于对妻子施暴以及出轨的丈夫，于是便前去找认识的律师商谈，并按律师的要求准备文件。丰还是第一次直视精神抖擞地做着这些事的父亲。明明父亲一直都在做同样的事，但丰以前并没有什么兴趣。

"你和你父亲真的很像呢，不论谁的事都放心不下。"

听到京香这么说，丰只回答了一句"是吗？"。

从前跟父亲面对面吃饭都是一件痛苦的事情，不过现在已经不会这样了。父亲严厉地斥责京香的丈夫身为县议会议员却使用如此肮脏的手段。丰当时在听到京香的遭遇后也是大吃了一惊，他不由自主地想为京香还有向她提供帮助的父亲声援。如今没有任何头衔，只是以老朽自称的父亲，已经无所畏惧了。他还气势汹汹地说一定会撕掉那位县议会议员的伪装。

随着父亲对京香离婚问题的逐步深入，他们之间的对话也自然而然地增多了。父亲似乎也从京香那里得知了丰、哲平还有正一的事。在父亲的追问下，丰断断续续地说出了以真实子为中心的骨骼标本事件。他还告诉父亲，他们四人花了好几天终于挖出真骨头，并推测那恐怕就是失踪的原口，以及他们推测出的死亡真相。让丰感到惊讶的是，自己竟然会将这些事讲给关系疏远的父亲听，他从未想过会有这一天的到来。毕竟自己当初就是因为无法应对父亲，才开始了这场探索之旅。

听丰说他们在确认骨头是真的后，又将其埋了回去时，父亲回答道："这样就好。真相不一定能帮到他人。"

父亲的语气很坚定，听完后丰便忍不住想哭。小时候，只要得到父亲的肯定，丰就会非常安心。许久未曾有过这种感觉以至于他都快要忘记了。为了帮助被欺负的朋友，他曾撞向对方以至使其受伤时；顶撞蛮不讲理的老师时；目睹家境贫寒的孩子偷东西，于是便替其顶罪时，父亲都只会说一句"这样就好"，而且从来不会责备他。

身边有能够理解自己的家人，是一件多么可靠的事啊，自己竟然把这种事忘得一干二净。丰现在能深切感受到，自己与父亲果然是血浓于水的至亲啊。

这或许要感谢真实子，多亏她在这个世上留下谜团，才使得父子二人能够互相理解。

"不过啊，我怎么也没想明白。德田先生为什么会为了琴美姐而做到这种地步呢？那可是杀人啊！那么和善的人竟然会起杀心，做出这么可怕的事，我实在不能理解。我知道他很疼爱琴美姐，可他也不至于……我之前还和京香说过，会不会是与原口发生争执时不小心误杀的。会是这样吗？

"算了，我也不想再深究下去了。"丰接着说道。平日里吃晚饭时，虽然丰不喝酒，但父亲兴致来了便会喝上一合[1]烫酒。此时的餐桌上，他也正喝着酒。他停下正准备往酒杯里倒酒的手，然后哼了一声。于是便安静了下来，丰也不指望从父亲口中听到答案。

他迅速收拾好餐具后，便去洗澡了。

丰洗完澡后，父亲还坐在餐厅。他一边用毛巾擦着头一边喝着麦茶时，听到身后有人叫自己的名字。

"嗯。"

"来，你坐下。"

丰坐在了矮饭桌前。父亲倾斜着酒壶，不过只滴出了一两滴酒。他把酒壶放在桌上，盘腿而坐，并将手放在了两个膝盖上。

"其实，德田先生是有杀人动机的。"

"什么？"

丰停下了用毛巾擦着头的手。

"德田先生有明确的理由要杀死原口。"

"什么理由？"就算问过之后，丰也还是一头雾水。他想不出这

---

1 "合"是日本自古以来的一种计量单位，起源于中国。在日本，一合液体约等于180ml，而在中国则约等于100ml。虽然日本已于1966年正式废除这一计量单位，但在日本的酒馆里喝酒时，可能会见到容量为一合的酒杯。——译者注

对从外地搬来的夫妇，有什么样的理由要杀死替出镇的居民。

"这事我没有对任何人说过，现在，我把它说给你听。"

丰不禁端正好坐姿。

"琴美小姐其实是德田先生的亲生女儿。"

"什么？！"

丰不由得惊叹道。他怀疑是不是自己听错了。然而，只见父亲一本正经地继续说着。

"我是从恒夫先生口中得知的，千真万确。当时妇产医院把后来他们死去的那个女儿与琴美弄混了。"

"怎么会这样……"

父亲接下来要讲的故事是这样的：德田夫妇的女儿在五岁的时候遭遇了交通事故。上了年纪的他们好不容易才得到这个孩子，他们抓住医生，拼命恳求医生救女儿一命。结果在治疗过程中，发现女儿的血型与父母不符。此前从没查过女儿的血型，当时这种情况也很常见，很多人在孩子上了小学后才知道其血型。

虽然输到了别人的血，可女儿还是没能救回来。夫妻俩在痛失爱女的同时，也面对着这个孩子并非亲生骨肉的事实，有段时间里他们不知所措，但还是重新振作了起来。如果这件事是真的的话，那么他们的孩子应该还活着，哪怕能看她一眼也好，于是夫妻俩便踏上了寻女之路。既然是弄混了，那么问题一定出在邦枝分娩的那家妇产医院。

那是一家规模较小的妇产医院，只有几个上了岁数的助产士和负责帮忙的女性。对于刚出山区不久的德田夫妇来说，他们需要控制生育的开销。邦枝夫人后来好像说过，她觉得那家医院的管理相当草率，医院里为分娩而忙得不可开交时，助产士就四处打电话请求支援。看起来很业余的助手们就会一个接一个前来帮忙照顾婴儿。

这种地方虽然口碑可能不太好，但助产士的技术还是可靠的，更重要的是这里收费不高，因此，似乎很多孕妇都会选择这家医院。在邦枝的记忆里，分娩结束后，自己抱着的那个婴儿的左耳垂上有两颗黑痣，而且还是连着的两颗，她觉得很是稀奇。可第二天带到她房间里来的那个孩子却没有那两颗痣。邦枝不觉得医院会抱错孩子，于是便认为是自己记错了。女儿死后她才清楚地记起此事。

经过详细的调查，他们得知在邦枝分娩的那天，也不知怎么回事，医院只诞下两名女婴，然后又委托侦探所，找到了当时在那家医院工作的女性。他们支付完谢礼后便向她打听起了情况，那名女性吞吞吐吐地交代道，她听另一位助手说那天由于人手不足，医院忙得不可开交，于是那人在给同时出生的两个女婴洗澡时，没分清谁是谁的孩子。

因为对方孩子的父母着急出院，所以就稀里糊涂地把孩子交给了对方，但她怎么也放不下心来。德田夫妇来打听情况的时候，那家妇产医院已经停业了。那名女性当时记下了着急出院的母亲还有婴儿的名字。于是德田夫妇便以此为线索，再次委托侦探所进行调查，最终找到了琴美。

"琴美小姐的左耳垂上，似乎正如邦枝夫人记忆的那样，长有两颗并列的黑痣。侦探所还暗中调查过她的血型，确实是他们夫妇的孩子可能拥有血型。"

"然后呢?"

丰被父亲的话深深吸引,催促着他继续讲下去。

"然后你猜他们怎么想的?他们看到健康长大的琴美后,就放弃了向她表明身份的念头。不过他们还是一心想待在自己孩子的身边,于是就在替出镇买下房子并搬去住了。"

另外,据德田恒夫所说,他们夫妇对那个孩子的去世也深感愧疚,所以难以下定决心说出真相。

丰一言不发。餐厅的墙壁上挂着一块廉价的圆形钟表,它记录时间的声音听上去格外响亮。父亲也陷入了沉默,明知酒壶已经空了,但他还是把酒壶倒过来上下挥动,滴下来的唯一一滴酒没有掉进酒杯,而是"嘀嗒"一声落在了桌上。

所有的事情都能联系起来了。德田先生的杀人动机一直令丰百思不得其解,不过这下也想通了。原来德田夫妇一直把待在亲生女儿身边度过余生,当成活下去的意义,而且绝不会透露这个秘密。然而有一天,他们从真实子口中得知琴美落入火坑的事。担心他们心爱的女儿说不定这辈子都会被原口所束缚,过上悲惨的生活,他们无法原谅那个畜生一样的男人,那个把琴美当成道具一样来使唤、威胁的男人。

他们对原口的憎恨想必已经远远超出了旁人的想象。恒夫先生知道自己时日无多,既然如此,他想在死前帮助女儿,甚至不惜犯下杀人的重罪。

四角在河滩上看到的恒夫先生的行为,以及邦枝夫人在琴美家痛哭的样子,都是他们内心情感的体现。

这对夫妇非常担心琴美的处境，以至于乱了心智。

由于担心自己的孩子而坐立不安的这份父母心，最终酿成了杀人这一悲剧性结局。

真实子是否知道琴美就是德田夫妇的孩子，事到如今已无从得知。德田先生把原口叫到自己家中并将其杀害，然后真实子绞尽脑汁，终于想出了对策，并且毫不犹豫地实施了对策。处理掉尸体还有其随身物品后，原口被杀一事就这样被完美地掩盖了。

"那家伙真厉害啊。"

父亲抬头看向突然喃喃自语的丰。

"喂，丰。这事你可不能告诉任何人。知道吗？恒夫先生搬过来好几年，才把这件事偷偷讲给了我这个民生委员听。"

这是肯定的，丰并不打算对外说出此事。住在养老院的邦枝夫人估计也不知道丈夫会将如此重大的秘密泄露给别人。如今她的身边，也只剩静静流逝的时光吧。曾经因为冲动而夺走他人性命之事，早已随着时光而远去。

这样就好——丰模仿着父亲的语气，在心中如此默念道。

"好了，我也去洗澡吧。"

父亲站起身，意外地笑了起来。

"哎呀哎呀，埋那些野猪肉可把我累坏了。那臭味真是难闻，差点把我的鼻子给熏歪了，而且我还被马蜂给蜇了。没想到这些都是拜真实子所赐——"

父亲朝着浴室走去时，也说了相同的话。

"那家伙真厉害啊。"

他在丰的面前"砰"地关上门。父亲一边哼着歌，一边在走廊上走远了。听到父亲的声音，丰微微一笑。

"那家伙很厉害吗？"

教真实子如何处理尸骨的人其实正是丰的父亲。一个小女孩即便再怎么喜欢读书，也不可能查到把尸骨处理干净的方法，毕竟当年电脑还没有普及。

丰的父亲曾在高中教过化学，对化学药品比较了解。他应该知道如何用哲平说的那些化学药品来制作骨骼标本。真实子经常出入父亲的书房，阅读他的藏书。父亲对求知欲旺盛的真实子也青睐有加，每当她问起书中的内容时，父亲都会认真回答。

作为知识的扩展，父亲应该也教过真实子想知道的。

有段时间，她曾非常积极地来找父亲，丰也突然很好奇，她到底在调查些什么。真实子有一次不小心把笔记本落在了父亲的书房。于是丰便随手翻看了起来。

真实子在上面写着"清理骨头的方法"这几个字。他还记得当时看到这里的自己不禁皱起了眉头。但那时丰并没有感到奇怪，因为真实子的所作所为、所思所想，早已超出小学生的思维范畴。

之后真实子也来过家里，不是看书就是提问。在那之后，她笔记本上的内容应该也有所增加吧？在父亲的指导下，她一定选出了最合适的方法。

父亲洗完澡后，丰便听不到他的声音了。

在被真实子问到那些问题时，父亲是怎么想的呢？也许会像那时的丰一样，只是单纯觉得她的问题很骇人吧？不，不会的。身为民生委员的父亲，其实知道真实子要做什么，而且还为她提供了帮助。他明白德田先生家发生了什么，也完全能够理解他的动机。毕竟他知道琴美是德田夫妇的亲生女儿。

父亲明明知道，却装作不知道，而且还支持过真实子的行为。

其实当丰看到报纸上的报道时，就预感这一连串的事件可能与父亲有关。从那些疑似真实子偷出来的骨骼标本于塌方的堤坝中被人发现的时候开始，丰的心中就突然出现了这样一个疑问：当年真实子让他们埋在山里的骨头会是真的吗？而且这个疑问在他心中越变越大。

从此，丰就会梦见从土里出来的白骨向自己问道："究竟是谁杀了我？"他打心里害怕这个梦，因为他怀疑教真实子如何将尸体变成白骨的父亲就是杀人凶手。于是为了查明真相，他开始四处拜访儿时的伙伴。

父亲作为民生委员，比较了解别人家的情况，有时候他会过分深入，甚至会因此而发火并提出多余的忠告。丰非常清楚父亲的性格，他经常会把他认为的正义强加在别人身上。而且在这一方面表现得既顽固又坚决。他做事如此极端，是打算根除那无可奈何的罪恶吗？丰无法断言这么可怕的事不会发生。

丰难以摒弃父亲与真实子合谋做了那种事的疑虑，否则，父亲又何必调查那些奇怪的事，并教给真实子呢？

然而，丰的推理最终还是落空了。在知晓了以德田先生与琴美为中心的秘密后，如今的丰终于明白了父亲所扮演的角色。这起悲惨的犯罪事件发生在自己的辖区，而父亲却选择了视而不见，仅此而已。身为高中教师兼民生委员的他应该知道详细的经过，有可能是真实子在询问尸骨的处理方法时对他说的。父亲知晓一切，却又原谅了一切。在此基础上，为了能让真实子这个聪慧的小学生能顺利处理好此事，父亲还向她提供了帮助。

又或者是因为恶臭事件引来民众抱怨，于是父亲便在前往德田家查看情况的过程中知晓了一切，从而成了协助者，帮忙处理放在后院杂木林中的尸体。

不过如今，丰并不想追问父亲。父亲参与到什么程度并不重要。父亲只是在用他的做法来帮助他人吧。

"这样就好。"

丰站起身来，在洗碗池里洗起了杯子。

六　真实子之章

随风飘荡的门帘猎猎作响，上面清晰地印着"万一庄"这几个白色字样。朱里拨开门帘，从里面走了出来。

"喂，别捣乱，我正拍照呢。"

朱里对如此说道的哲平吐出舌头。即便如此，她还是老老实实地回到了店里。哲平拿着数码相机，按下了好几次快门，然后便操作着显示屏上的画面，正在挑选拍得好的照片。丰则在他身边看着。

"这张可以吗？"

"不，还是把镜头拉远点比较好。稍微把周围的景色也拍进去会更直观一些。"

"是吗？"

哲平不解地歪着头。从预制板房粗糙的木桩以及颜色不一致的石膏板可以看出，这是一家急忙赶造出来的店铺。

"算了，就这样吧。不快点就赶不上开张了。"

二人一同走进店里，正一正在厨房里忙碌着，负责打下手的人是京香。哲平坐在放有电脑的桌子前。明天店铺就要开门迎客，负责给"万一庄"创建网页的哲平正在上传店里的照片。

距离挖出人骨刚好过去了一年。

正一决定在蒜野开家食堂。他在东名运河旁租了一块地，这里要比原来的"万一庄"更加靠近内陆。野蒜海岸附近由于受到地基下沉的影响，目前还无法建造房屋。考虑到客流量的问题，还是尽可能把店铺建在有人居住的地方为好。

"喂，四角，进货来得及吗？"

忙着敲键盘的哲平头也不回地向身后的正一问道。

"啊，这张和那张照片还是换一下比较好吧？"

在一旁插嘴的朱里应该是最有干劲的一位。

"'可以尽情享受新鲜海产的店'，这样的宣传语怎么说呢，会不会太老套了？还是更加突出本地特色以及店主个性比较好吧？"

"你这个杂志社编辑就别吹毛求疵了！"

哲平一脸不快，而朱里却毫不让步。

"改成这样你看如何？'小店大心思，万一庄重新开业'"

哲平"嗯——"地犹豫道。

为了帮助暂时无暇雇人的正一，哲平和朱里从东京赶来，京香与丰则从四国赶来。全员都穿着统一的黑色T恤，背后印着和门帘上相同的白色文字——万一庄。这是朱里为了表示庆祝而送来的礼物。

"不要紧，我觉得应该没问题。况且，还不知道会来多少客人呢。"正一一边卸着鱼类货品，一边回答道。

"不用担心这种事，多想想怎样在这里赚钱吧。"京香一边打开冰柜一边鼓励着他。无事可做的丰则坐在了椅子上。

"四角就是四角，我还以为你会回四国呢，你可真是顽固啊。"

"所以说他是四角嘛，认死理，不懂变通。"

"所以说他是四角嘛，盲目冒进的类型，不懂变通。"

哲平用来放置他现在正在使用的这台电脑的桌子，是这个店里唯一的一张大桌子，如果在其周围摆上椅子的话，可以坐十个人。此外还有六个吧台座位，桌子的中心浮现着一道水波似的木纹，这是丰在工作室用日本七叶树做成的木桌。他趁着万一庄开张之际，租车从四国运了过来。

当得知正一要在蒜野开餐馆的时候，丰当场就决定要让他来使用这张桌子，他觉得这张桌子非常适合重出江湖的正一。

既然正一决定在这里扎根生活下去，那也只能支持他了。想必哲平、京香还有朱里也是同样的想法吧。这一年的时间里，他们经常为正一提供建议与援助，特别是哲平和朱里，开业之前他们曾多次来过这里。正一也欣然接受了众人的好意。

哲平和朱里已经正式登记为夫妇，他们依旧过着忙碌的生活，虽然还是有不少分歧，但他们的神情中却多了一份闲适。丰心想，到了明年这个时候，有了孩子的他们就会变得更加忙碌。话虽如此，这两人很有可能已经把忙碌当作是一种快乐了。

京香和丈夫也已经正式离婚。丈夫那边的态度很强硬，以至于在协商的过程中产生了纠纷。丰的父亲怒不可遏，还特地闯进富永家找他们理论。话虽如此，但父亲也深知硬碰硬起不到效果，于是便使出了杀撒手锏。

丰的父亲以地方上的老年人协会会员的身份混进了富永家事务所里举行的后援会聚会中，并在会上进行了发言，说目前上传在富永议员主页上的那些和睦相处的夫妻照是假的，应该删掉才行。富永家的人和秘书大仓这才意识到，这位发言人是站在京香那边帮她进行离婚谈判的那个老人。惊慌失措的他们正打算否认这一说法时，他身旁的其他会员们纷纷发出了唏嘘声。

一位老人紧接着说道："这是怎么一回事？说起来，最近都没看到过夫人，发生什么事了吗？"当然了，这位老人也是丰的父亲准备的托儿。

会场一片嘈杂。就在这个时候，丰的父亲大声地说道：

"你不知道吗？夫人回娘家了。听说富永议员有外遇，还把对方的肚子给搞大了。"

与其说是装傻充愣，不如说二人在扮演着商议好的角色。

"是吗？我还真不知道啊。那夫人肯定相当生气吧！"

"议员和出轨对象还有往来呢，这种事可不是那么容易就能了结的。"

后来听父亲说，大仓秘书还怒气冲冲地冲了过来。当地报社的记者也去了那天的后援会，准备对富永议员之前在县议会上提出的"为养育子女的家庭提供免费纸尿裤"的议案进行详细的询问。

"你家也需要纸尿裤吧！县议员，那个孩子你会领养吗？"

"估计夫人不会答应吧？不管有多少纸尿裤都不行的，他已经被嫌弃了！是不是啊，议员？"

两位不停起哄的老人被赶了出去，眼看着丈则和澄江脸色苍白地站在会场的前排。

这场纠纷被刊登在地方报纸的话题板块上。这个话题板块曾刊登过从赤根川堤坝里挖出骨骼标本的事情。丈则在有家庭的情况下，与陪酒女保持不正当关系，并使其怀孕的消息被公之于众，其中还包括与京香之间的离婚纠纷。在网络上扩散之后，就连全国的电视节目也都报道了此事。

受到此事影响，丈则与京香的离婚协商总算得以顺利进行，萌萌香的监护权交给了京香，并且对方还支付了相当多的赡养费。京香的要求如愿以偿地得到了满足。如果在这种事上斤斤计较的话，想必可以对丈则的形象造成损害。然而再手下留情也已经晚了，想必这位傲慢且自以为是的年轻县议员，将在下次选举中面临极大的挑战。

京香现在和母亲还有萌萌香一同在老家过着安稳的生活。丈则好像和出轨对象结婚了，虽然如愿以偿得到了儿子，但由于对方不愿照顾难伺候的公公婆婆，于是很快便离家出走，与丈则分居了。

这一连串的事情让丰的父亲感到很是满意。趁着这次让狂妄自大的县议员一家无言以对的势头，他还和尚之大吵一架，最终和姐姐一家决裂了。看他的样子是绝对不会再去千叶了，他已经下定决心要在四国一直生活下去。

父子二人的生活没有发生太大的变化。丰还是每天盯着木材，与它们对话，对它们进行加工，如此来完成客户的订单。正一的新店开张是件大事，完成那张用日本七叶树做的桌子，也是他的一个目标。不过等这件事结束后，每天的生活也许又会回归平淡。

丰的旅途结束了，但他并不觉得寂寞。虽然一件事情结束，但还要继续下一件事情。丰只是默认了这一点，并继续了下去，他对此并没有感到不满

店外停着一辆轻卡，卡车的货箱上装满了花圈[1]。两个男人将花

1　在日本，花圈既可以用于丧事也可以用于结婚、开业等喜事。——译者注

圈卸下车，并搬到了店门口。身在厨房的正一探头望去。

"啊，是下村先生。"

露出笑容的那个人，就是以前在临时住宅见过的那位自治会长。另一个男人将花圈摆在了店门口，花圈上面写着正一住的那个临时住宅的全体居民这几个字样。

"哎呀，这次真是恭喜你了。"

下村先生摘下老旧的帽子郑重其事地低头行了一礼，正一也诚惶诚恐地低头回礼。

"虽然没什么可以帮你的，不过我们会经常来这里吃饭的。"

"非常感谢您送来这么漂亮的花圈，我真的特别高兴，还请代我向大家问个好。"

正一也摘下裹在头上的毛巾，连连鞠躬表示感谢。

"虽说不知道最后会变成什么样子，但我会认真做下去的。"

"哪儿的话呀，光是看到'万一庄'的名字就足够令人高兴了。一定会生意兴隆的。"

"有老爹您宣传的话，那肯定没问题。"

一同前来的男人也跟着说了起来，几人站着聊了一会儿，他们最后说了句"要加油啊"便回去了。

"这样一来，明天肯定能座无虚席。"

坐在电脑前的哲平抱着胳膊露出了笑容。

朱里也跟着说："能被本地人喜欢可是头等大事呢。"

"不过，还是得有外地人来吃才行啊。"

厨房传来京香的声音。

"小京，你可真是干劲十足啊。"

"那是自然。一店之主就好比一国之君，必须有相对的觉悟才行。"

"你又在小题大做了。"

从外面回来的正一说道。

"对了，我们把门帘收起来吧，以免有人误以为已经营业了。"

听到朱里如此说，正一摇了摇头。

"不，还是再挂一会儿吧，我想让大家都能看到。"

"知道了。"

正准备出门的朱里严肃地点着头。

在场的众人都明白"大家"是什么意思。建造在空旷平地上的"万一庄"，想必从天上往下望去也能看得相当清楚吧。

中午正一请大家吃海鲜盖饭，上面有新鲜的虾和鱼片。

"你放太多了，明天要不够用了。"

哲平一边说着，一边高兴得垂涎欲滴。

"等天气再冷一点，就会有上等的牡蛎，如果能从认识的养殖商那里分到货的话，还可以做火锅。"

正一笑着挥舞着菜刀。

丰开始回想起一年零四个月前，他去拜访这个家伙的时候，完全感受不到正一想要开启新生活的动力。正一当时已经完全抛弃了人生，只是畏畏缩缩地苟且度日，而且还纠结于是留在这里还是返回老家。即便他还在静静地呼吸，但恐怕什么时候呼吸停止了，旁人一时间都难以察觉得到。

是什么事物在支持着他，才让他得以振作的吧。

不论是正一、哲平还是京香，他们都说是我的拜访改变了他们的生活。其实并非如此，改变他们的并不是我。

"话说，这短短的一年里真是发生了不少事啊。"

京香一边拿着筷子一边意味深长地感慨道，就像是听到了丰的心声似的。

"如今大家能够坐在这里一起吃饭，简直跟做梦一样。"

不久前京香还裹足不前，过着令人窒息的生活。也许是想起了这段痛苦的回忆，京香长叹了一口气。

"这说明生活在朝好的方向发展。"

听到朱里这番话，正一回头看向门口。敞开的拉门那头，门帘在随风飘摆，门帘的那头是晴朗的天空。

丰认为，这个"大家"中还包含着真实子。

"激动人心的故事终于迎来了结局。这真是最近几年来最具有魅力的故事，连我这个局外人都无比兴奋。"

"和你喜欢的推理小说相比呢？"

哲平开玩笑地说道。

"还好吧。"

"我们已经解决了小真实留下的那个故事的谜题吧？"

最终还是由京香开口说道。

"多亏小京写下了那首诗。"

"是啊，那是最重要的线索。"

"《祭骨之诗》吗？"

"对了，能把那首诗完整地告诉我吗？哲平那家伙完全不记得了。"

朱里把吃完的碗放到一边，然后将身体探到桌子上。

"好的。整首诗我都记得。"

京香端坐在椅子上。其他人也都放下了筷子并看向了她。

今日，我们将你埋葬于此。

你与你的灵魂，绝不可再度苏醒。

你必须遗留在此，直至永劫。

你，既无肉体，也无精神。

认清自己的罪恶吧。

接受相应的惩罚吧。

丰注视着坐在对面的朱里。伴随着京香的背诵，她紧闭的嘴唇慢慢地张到半开状，与此同时还睁大了眼睛。

缄口闭目，以土填耳。

你已无宣扬自主之权利。

也无伤害他人之气力。

背到这里，朱里的脸上露出了相当惊愕的神情。

寒土之下，唯有寂静作友。

"等等！"

朱里小声喊道。

"这首诗，我知道！"

"什么！"

> 最后，让我们为你哀悼。
>
> 为你悲惨而又贫乏的人生哀悼。

继续背下去的人是朱里。其余四人都目瞪口呆地看着她，而京香则陷入了沉默。朱里将剩下的诗句也背诵了出来。

> 我们会将你的末路铭刻于心。
>
> 你不得对任何人心怀怨恨。
>
> 我等，秉持崇高精神之人。
>
> 心怀从未遭受玷污的骄傲，
>
> 高举从未遭受贬损的尊严。
>
> 今日，凭借这份力量将你埋葬。

"为什么……"

京香小声地说道。

"什么为什么——"朱里看起来有些困惑，她的目光游离不定，"这是宇佐美真琴的小说中出现的诗啊。"

"什么！"

"真的假的？"

众人一同感到诧异。哲平甚至在站起身的时候弄倒了椅子。

"我觉得这是一首震撼人心的诗，所以反复读过好几遍，于是就记下来了。只不过这首诗不叫《祭骨之诗》，但这确实是她作品中出现过的一首令人印象深刻的诗。"被众人过激的反应吓到的朱里努力地解释道，"主人公在迫不得已的情况下杀了人，然后在埋葬尸体时吟诵了这首诗。"

"等一下，让我冷静一下。"

最为慌张的哲平扶起椅子说道。

"这可是真实子十一岁时创作的诗。是在德田先生杀死原口后，埋葬他的尸骨时——"

可以继续说下去吗？哲平环视着朋友们。他们都一本正经地点着头，而丰却悄悄地移开了视线。对于琴美是德田夫妇的亲生女儿这件事，他一直对朋友们有所隐瞒，因为身为民生委员的父亲跟他交代过，不能将此事说出口。

因此哲平他们都以为向来和蔼的德田夫妇，是因为太过在意琴美而失手杀了原口。

丰也不打算向琴美吐露实情，包括骨头是真货的这一事实，以及可能是恒夫杀了原口的这一推论。在琴美眼中，德田夫妇还是那么温柔亲切。如果琴美知道了真相，恐怕她就无法保持那颗平常心了。这是德田夫妇决定的生活方式，所以自己无权左右。

"可这首诗只在埋骨头的时候才被真实子吟诵了出来。"

"小京不是把这首诗写在笔记本上了吗？"正一插嘴道，"会不会被什么人看到了？”

京香摇头否定。

“不会的，我没有给任何人看过。我抄在了笔记本上，虽然时不时会看一下，但之后我就忘了这事，笔记本也收了起来。”

“既然这样，会不会是真实子在搬出替出镇之后，把这首诗告诉其他人了？”

听到丰这么一说，正一也表示赞同，说有这种可能。

“听过这首诗的人，在几十年之后写起了小说——”

“也就是说，那个人是宇佐美真琴？”

讨论逐渐陷入僵局，不一会儿众人都沉默不语。

“这种事似乎不太可能——吧？哪有人会把以前从别人那儿听来的诗写进小说里。”

京香小声说道。

“还有一种更有可能的情况。”

朱里挺起腰板大声说道。所有人的目光都聚集在朱里身上。

“宇佐美真琴会不会就是曾经的真实子？”

“啊！”哲平睁大了眼睛，“宇佐美真琴是女的吗？我还以为肯定是个男的——”

“什么啊，你不知道吗？反倒是你让我大吃了一惊。”

朱里惊讶地说道。

听着二人的对话，京香垂下了肩膀。

“这怎么可能呢？毕竟小真实她——”

“已经——去世了，对吧？”

又是一阵沉默。

"那个宇佐美真琴是个怎样的人？"

面对正一的询问，朱里耸了耸肩。

"这我就不太清楚了。她的照片还有详细的资料都没有公布过，而且她也不愿意露面。前年在获得日本幻想小说大奖的时候，好像也是由编辑代领的。"

"太荒唐了，还是别想了。"

正一开始收拾桌子上的餐具，京香也摇着头站了起来，帮他一起收拾。丰来到室外准备开工，他打算用和桌子一同搬来的边角料木材做一块"万一庄"的招牌。想着这样也许能让店铺的门面看起来不那么萧条，于是他打开工具箱取出了锯子。

大家都在埋头做着各自的事情。

"原来是这样啊。"

店内突然传来哲平的叫声。所有人的目光都集中在他身上，丰甚至还拿着锯子就进到了店里。

"原来是这样啊。"

哲平这次又索然无味地说道，而且还笑了起来。

"这是个易位构词游戏。"

"什么？"

从厨房走出来的正一皱起了眉头。

"易位构词游戏，就是重新排列。"

哲平指着电脑屏幕。只见屏幕上显示着两个摆放在一起的名字。

SATOU MAMIKO

USAMI MAKOTO[1]

众人全都丈二和尚摸不着头脑，唯独哲平一人在捧腹大笑。

"怎么样？这确实像真实子会干出来的事！"

店内回响着哲平开朗的笑声。

"不会吧……不过，也说不定。"

"这种事不会是巧合吧？"

众人表达着各自的怀疑。

"是啊！一定是这样的！"只有朱里格外兴奋，"哪有这么巧的事呢？《祭骨之诗》就是真实子的原创。"

然后她说了句"等我一下"，紧接着从挎包里取出了手机。慌忙之中，手机还掉在了地上。

"我认识文艺部负责对接宇佐美老师的人，我问一下。"

电话没有打通，但对方很快就回电了。

四人站在旁边，听着朱里向对方简明扼要地说明了缘由。她完全没有提及那次事件以及相关的背景，只是说有一群人发现，他们小时候从某个人那里听到的一首诗，出现在了宇佐美真琴的小说里，于是他们想知道其中的联系，说不定宇佐美真琴就是他们的发小佐藤真实子小姐。

朱里中途还非常周到地打开了免提，因此他们可以很清楚地听到

---

1 日语的罗马音写法，第一个名字是"佐藤真实子"，第二个是"宇佐美真琴"。——译者注

对方的声音。

"怎么说呢，我想老师她是不会理睬这种事的。她甚至都不怎么愿意跟我们见面，交流也大多是通过邮件来完成的。"

朱里很清楚对方不想接手这种麻烦事，于是死缠烂打地说着"请您通融一下吧"以及"这是非常重要的事情"之类的话，可谓是费尽唇舌。所有人屏息凝神地注视着她们的交谈。

最后，以请对方在六本木的名餐厅吃三次饭为条件的恳求之下，对方屈服了。

"那里到底是有多好吃啊？"

正一小声吐槽道，但没有人笑出来。

总之终于能联系到宇佐美真琴了。

朱里把丰、哲平、正一还有京香的名字说给对方，让那人记下。

"记好了吗？你一定要说给对方哦，说这四个人解开了她留下的谜题，明白了二十九年前发生的事。"

朱里还让对方重复了这句话。然后又犹豫了片刻，并补充道："这些人听说真实子因白血病去世了，而且他们还在拜访了那个曾经供奉着坟墓的寺庙，听说委托人的独生女去世了……所以如果老师真的是真实子的话，大家会非常高兴的。"

对面不耐烦地说着"是是是"并挂断电话后，朱里皱起眉头。

"故事还没有结束，最终会迎来怎样的结局呢？"

朱里说这事肯定会花些时间，于是众人又继续忙着各自的事。正一与京香准备着食材，哲平和朱里继续在电脑上制作着主页，丰一个人在外面用凿子往锯好的木板上刻着"万一庄"的名字。

　　没有人再说过话，大家看上去都在专心做着自己的事，实际上却心神不定。

　　电话再打过来的时候，已是傍晚时分。大家一起来到了野蒜海岸附近，他们并不是在悠闲地散步。由于所有的事都忙完后，电话还是没有打来，于是坐立不安的众人便出门了。

　　从海堤的缺口处能够看到延绵三千米的白沙海岸线。丰被这美景深深迷住，名为"奥松岛"的景区勾勒出一条平缓的弧线，平静的海浪向前涌来又向后退去。

　　谁又能想到，从上古时期就开始重复的景色，会在某个瞬间变得截然不同呢？地震后这里已经禁止进入。原来的万一庄就坐落在正后方的空地上，如今连地基也已被拆除，很难知道原来房屋的具体位置。

　　朱里挎包里的手机响起，一瞬间，众人面面相觑。

　　"喂。"

　　接通电话的朱里平静地回应着，并迅速打开了免提。

　　"我和宇佐美老师聊了很久。"

　　对方也用平静的声音回答道。

　　"老师的本名是——"说到这里，朱里注意到对方停顿了一下，应该是在调整呼吸，"佐藤真实子。"

　　听完，朱里随即闭上眼睛。京香则发出了"啊——"的感叹声。

　　"老师她非常怀念那段时光。"

　　"原来她还活着。大家都以为老师，不，以为真实子女士确实已经死了。"

"白血病的事是真的，不过好在有骨髓移植，老师得救了。"

"不过，其中的一位朋友曾拜访过那座寺庙——"

"去世的人，其实是老师的母亲。"

"什么？"

"那句话应该是老师的外祖父说的吧。对于老爷子来说，老师的母亲不就是他的女儿吗？所以才有了那句话。"

话说回来，琴美曾拜访的那座港口城市，据说就是真实子母亲长大的地方。她母亲也是独生女，父亲是入赘到她母亲家的，也就是说真实子一家是跟外祖父外祖母住在一起的，所以墓上写着佐藤家的姓。丰终于意识到这个误区。

"不过老师说，母亲的去世其实是她导致的。为了治疗白血病，老师从母亲那里接受了骨髓移植。"

编辑讲述起她从真实子那里听到的事情。真实子没有兄弟姐妹，兄弟姐妹之间有四分之一的匹配成功率，可她却没有这个机会。因此，只好从白细胞配型不完全一致的母亲那里接受了骨髓移植。随着免疫抑制剂的发展，据说这种情况下也是有可能成功的。对于经过化疗和放疗后白血病仍旧复发的真实子来说，这是摆在她面前最好的治疗方法了。

然而，由于全身麻醉出现了极低概率的副作用，母亲亡故了。

"怎么会这样……"

朱里一时说不出话来。她身边的人也跟着倒吸了一口凉气。

除精神上的痛苦外，真实子的身体也出现了排斥反应以及并发症，从此过上了与病魔进行激烈斗争的生活。

"食道还有口腔内部溃烂得很厉害，连唾液都分泌不出来；嘴里长满了脓包，如果不将其挑破就无法开口。这样的状态持续了三年之久。这期间，她无法用嘴吃任何东西，全靠点滴维持着生命。"

"这些事我一点儿也不知道。"京香捂住嘴，用颤抖的声音说道。泪水滑过她的脸颊，并被吹来的海风所带走。

"虽说身体在一点点地恢复，可精神却跌入了谷底。她认为自己是通过夺走母亲的生命才得以延命，这样的想法让她痛苦万分，而且她还无缘无故地担心着自己的病情会不会复发，于是备受折磨的她变得离不开抗焦虑药和抗精神病药，眼看着就要产生药物依赖了。"

远处传来了海浪声，以及在空无一物的大地上肆意回荡的风声。

五人一动不动地倾听着电话那头传来的关于真实子的故事。

"所以——"故事即将接近尾声，"所以，她才没有和朋友进行联系。老师是这样说的，大家认为她死了就好，这就是她想要的结果。"

"可是，她现在不是为我们献上了一部精彩绝伦的小说吗？"

朱里断断续续地说道。

"是啊，我也是这么想的。"

对方的声音也终于变得激动了起来。与此同时，男人们都是一副垂头丧气的样子。

"老师她，还是不想见她的童年玩伴吗？"

京香惊讶地抬起头，脸上的泪水也早已风干。

在电话那头的编辑回复之前，朱里抢先说道：

"现在，这些人就在我身边。他们非常想见佐藤真实子小姐，想见那位给别人取外号的天才，想见那位拥有让傲慢的大人无言以对的才能、能用智慧和不屈不挠的精神解决一切问题的真实子小姐。虽然我没见过她，但是这个人一定花费相当长的时间克服了病魔吧？然后才开始编织出这部宏大的小说对吧？"

朱里精神振奋地说道。

"你就这样转告老师，说'真实子女士当年从理科教室里偷出来的那些骨骼标本，在途中变成了真的吧'。"

"你说什么？"

朱里向不知所措的对方重复了刚才那句话。

"这……"

通话结束后，朱里再次面向大家。

"别担心，一定会顺利的。"

"我能问一下吗，你的自信从哪里来的？"

朱里没有理会哲平，而是直接把手机扔进包里。逐渐落下的夕阳将海平面照亮，五人默默看着海面上泛起的粼粼波光。

"那个，"许久过后正一开口说道，"奇迹偶尔也是会发生的对吧？"

"是啊。"

如此回答的人还是京香。

回到万一庄，这次是真的要将门帘收起来了。众人将各自没做完的工作处理完后，全都一声不吭地围坐在七叶树制成的木桌旁。

"也不知道什么时候能回电。"

听朱里这么一说，其余四人这才意识到他们在等编辑的回电，于是面面相觑起来。

在正一的催促下，众人来到店外并关上了门。明日开店的准备工作都已经完成，没有什么事情可做了。于是正一回了临时住宅，其他四人则住在了东松岛市中心的商务酒店里。

"明天一定会很忙的。"

丰说完后，大家一边点头一边"嗯嗯"地赞同道，但明显都在想着其他事。

五人沿着黄昏下的道路，向着野蒜站走去。身后的海面还泛着零星光点，吹来的海风里也可以感觉到些许温暖，落日的余晖照在他们身上，就像在推着他们前行似的。

在坐落于野蒜丘的车站门前，众人并排着站在了一起。站在位于高地的车站也能够看到大海，远远望去水平面与天空的界线变得逐渐模糊起来。

丰瞥了一眼排成一排的中年男女们。这不禁让他产生一种似曾相识的感觉：当年那五名朝着森林前进的小学生们，正站在山路上注视着前方的道路。少男少女们面泛红光，双目炯炯有神。孩提时代的他们盲目地相信前方一定充满了光明。虽然现在已经知道人生并非一帆风顺，但这一路走来也是有价值的。

朱里的手机又响起了那熟悉的来电铃声。

她缓缓将手机从包里拿出，然后贴在了耳朵旁。

"喂。"

"你知道我现在在哪里吗？"

电话那头的话语声中夹杂着克制不住的兴奋之情。

"我在宇佐美老师这里！"

还没等朱里开口回答，女编辑就抢先说道。正在侧耳倾听着这一对话的四人为之一惊，并互相环视着彼此。

"我负责老师的工作虽然已有两年零八个月，但这是我和她第二次见面。"

编辑之间流传着这样的传言，宇佐美真琴之所以不愿见人是因为她讨厌社交。真实子在患有骨髓增生异常综合征的时候经常骨折，因此她现在走路也需要拐杖。这也是她不怎么愿意出门的原因之一。这位编辑也是今天才从真实子那里得知此事的。

"不过呢，一直以来总是在电话里交谈的老师其实很是精神。她擅长犀利地批判他人、好奇心旺盛、对社会上发生的事也很敏感，有什么在意的事就会立刻展开调查，所以老师也十分健谈——"

太过兴奋的编辑以支离破碎的语言说个不停，此时她似乎终于回过神来，并对众人说："老师当然没有忘记各位。"接着还说，"她无论如何也想跟各位见上一面。"

"老师说骗大家说那是骨骼标本是她的不对，可如果不那样做的话，就不会有人跟她一起去了。"

剩下的事，估计真实子也没好意思说出口吧。丰心想，这位编辑要是知道了真实子所说事情的真相，一定会吓得瘫倒在地。与此同时，丰的脑海里还清晰地浮现出真实子在编辑的身边窃笑的样子。

"不过话说回来，没想到真实子竟然会成为小说家啊！人永远都不会知道这个世上会发生些什么！"

哲平大声说道，朱里则将这句话原封不动地说给了对方。

电话那头的编辑好像也将这话转达给了真实子。不一会儿便能听到那边传来的窃笑声。

"老师说：'不是每个白鹤都会报恩，不是每个金龟子都有钱。'"

四位童年玩伴的脸上逐渐露出了笑容，只有朱里呆立在原地不明所以。

朱里伸出拿着手机的手。

"好了。老师想和你们说话。"

四人面面相觑，他们的视线很快都聚集在丰的身上，他们想让开启这段旅途的丰来见证故事的结局。

朱里强行将手机塞在了丰的手里。丰缓缓拿起在落日的余晖下灿灿生辉的粉色手机，将其贴在耳旁，并闭上了眼睛。

丰发出沙哑的声音。

"喂。"

夏日的某个清晨，空气中弥漫着些许寒意。一望无际的稻田随风泛起绿色的波浪，一只白鹭挺立其中。自枇杷叶上滑落的水珠挂在蜘蛛网上，反射着清晨的阳光。年幼的丰将目光聚焦在其中一滴所蕴藏的彩色光辉上。

手机那头也传来声音。

"喂。"

这个世界远没有我们想象得那么糟糕。

作者致谢

东北医科药科大学法医学教授高木彻也先生为本书的撰写工作提供了法医学方面的专业建议，特借此机会向其表示感谢。

参考文献

《尸体上的虫成为破案线索》（死体につく虫が犯人を告げる）Madison Lee Goff著，垂水雄二译，草思社出版。

《海啸之夜》（津波の夜に），大西畅夫著，小学馆出版。

《海啸的幸存者》（津波からの生還），三陆河北新报社"石卷河北"编辑部编，旬报社出版。

《骨骼标本的制作方法》（骨格標本の作り方）樽野博幸著，大阪市立自然史博物馆官网载。

http://www.mus-nh.city.osaka.jp/dai3ki_zoo/kokkaku.html

"医疗笔记"官网（メディカルノート）

http://medicalnote.jp

北京市版权局著作合同登记号：图字 01-2024-4146

图书在版编目（ＣＩＰ）数据

寻骨谜踪 /（日）宇佐美真琴著；温雪亮译 .
北京：台海出版社 , 2024. 11. -- ISBN 978-7-5168
-3954-6

Ⅰ . I313.45

中国国家版本馆 CIP 数据核字第 202417DV09 号

寻骨谜踪

著　者：[日] 宇佐美真琴	译　者：温雪亮

责任编辑：员晓博　　　　　　　　　插画绘制：李宗男
封面设计：李宗男

出版发行：台海出版社

地　　址：北京市西城区红莲南路 57 号　　邮政编码：100055

电　　话：010-64041652（发行、邮购）

传　　真：010-84045799（总编室）

网　　址：www.taimeng.org.cn/thcbs/default.htm

E - mail：thcbs@126.com

经　　销：全国各地新华书店

印　　刷：北京盛通印刷股份有限公司

本书如有破损、缺页、装订错误，请与本社联系调换

开　　本：880 毫米 ×1230 毫米　　　　1/32

字　　数：246 千字　　　　　　　　印　　张：9.75

版　　次：2024 年 11 月第 1 版　　　印　　次：2024 年 11 月第 1 次印刷

书　　号：ISBN 978-7-5168-3954-6

定　　价：56.00 元